GRISHA

Titre original : *Shadow and Bone*
Ouvrage originellement publié par Henry Holt and Company, LLC
175 Fifth Avenue
New York, New York 10010

Mise en pages : Petits Papiers • Correction : Claire Debout
Design de couverture par Natalie C. Sousa et Ellen Duda

1, rond-point du Général-Eisenhower, 31101 Toulouse Cedex 9, France
editionsmilan.com

Dépôt légal : mai 2021 • ISBN : 978-2-4080-2451-2
Achevé d'imprimer au 3e trimestre 2021 en Espagne par Graficas Rodesa
Plus d'informations sur la fabrication de nos livres :
editionsmilan.com/comment-fabriquons-nous-nos-livres

Tu vides tes étagères et connais déjà ce livre par cœur ? Donne-le !

PEFC
PEFC/14-38-00306
Certifié PEFC
Ce produit est issu de forêts gérées durablement et de sources contrôlées
www.pefc-france.org

LEIGH BARDUGO

GRISHA

SHADOW AND BONE

Traduit de l'anglais (États-Unis)
par Nenad Savic

MILAN

À mon grand-père :
Raconte-moi des histoires.

DJERHOLM
NON-MER
NOVOKRIBIRSK
KRIBIRSK
OS KERVO
VRAIE-MER
1
2
3
4
Illustration de Keith Thompson

FJERDA
PERMAFROST
CHERNAST
TSIBEYA
PETRAZOI
RAVKA
RYEVOST
LA VY
BALAKIREV
OS ALTA
POLIZNAYA
SIKURZOI
SHU HAN
5
10
15
20

LES GRISHAS

Soldats de la Seconde Armée
Maîtres de la Petite Science

LES CAPORALKI

(L'Ordre des vivants et des morts)
Fondeurs
Soigneurs

LES ETHEREALKI

(L'Ordre des invocateurs)
Hurleurs
Inferni
Faiseurs de marée

LES MATERIALKI

(L'Ordre des fabrikators)
Durasts
Alkemi

PROLOGUE

Les serviteurs les appelaient les *malenchki*, les petits fantômes, parce qu'ils étaient les plus petits et les plus jeunes, et parce qu'ils hantaient la demeure du duc en gloussant. Ils couraient partout, se cachaient dans les placards pour espionner les conversations et se faufilaient dans la cuisine pour voler les dernières pêches d'été.

Le garçon et la fille étaient arrivés à quelques semaines d'intervalle, deux orphelins de plus, victimes de la guerre des confins, réfugiés au visage couvert de crasse retrouvés dans les ruines d'une ville lointaine et conduits chez le duc pour y apprendre à lire et à compter, mais aussi un métier. Le garçon était petit, trapu, timide, quoique toujours souriant. La fille était différente et le savait.

Un jour, recroquevillée dans le placard de la cuisine pour écouter les conversations des grandes personnes, elle entendit Ana Kuya, la gouvernante du duc, dire :

– C'est une vilaine petite chose. Aucun enfant ne devrait être comme ça. Elle est pâle et amère comme un verre de lait qu'on a laissé tourner.

– Et elle est si maigre, ajouta la cuisinière. Elle ne termine jamais son dîner.

Accroupi à côté de la fillette, le garçon murmura :

– Pourquoi est-ce que tu ne manges pas ?

– Parce que tout ce qu'elle prépare a un goût de vase.
– Moi, je trouve ça bon.
– Tu avalerais n'importe quoi.

Ils approchèrent de nouveau leur oreille de la fissure dans la porte du placard. Un instant plus tard, le garçon chuchota :

– Je ne te trouve pas vilaine.
– Chut ! siffla la fillette.

Dissimulée dans les ombres épaisses du placard, elle sourit.

Durant l'été, ils passaient des heures à accomplir toutes sortes de tâches harassantes avant d'aller en classe dans des salles étouffantes. Quand la chaleur était à son comble, ils s'échappaient dans la forêt où ils cherchaient des nids d'oiseaux et se baignaient dans un ruisseau boueux, ou alors ils restaient allongés dans leur pré à regarder le soleil défiler lentement dans le ciel, réfléchissant à leur future laiterie, se demandant où ils la construiraient et s'ils auraient deux ou trois vaches blanches. Le duc passait l'hiver en ville, à Os Alta. À mesure que les journées raccourcissaient et que le froid revenait, les professeurs se laissaient aller, préférant rester près du feu pour jouer aux cartes et boire du *kvas*. Comme ils s'ennuyaient et qu'ils ne pouvaient pas sortir, les enfants plus grands se défoulaient souvent sur les petits. Alors le garçon et la fille se réfugiaient dans les pièces non utilisées de la propriété, jouant des pièces de théâtre pour les souris et essayant de se réchauffer.

Le jour de l'arrivée des examinateurs grishas, le garçon et la fille étaient perchés sur le rebord de la fenêtre d'une chambre poussiéreuse de l'étage, d'où ils espéraient apercevoir la voiture. Au lieu de quoi ils virent un traîneau, une troïka tirée par trois chevaux noirs, passer sous l'arche de pierre blanche de la propriété et glisser en silence jusqu'à la porte de la maison.

Trois silhouettes en émergèrent, vêtues d'élégants chapeaux en fourrure et de lourds *kefta* en laine : l'une était rouge, l'autre bleu foncé et le dernier d'un violet vif.

– Les Grishas ! murmura la fille.

– Vite ! lança le garçon.

Un instant plus tard, ils avaient retiré leurs chaussures et couraient en silence dans le couloir, traversaient la salle de musique déserte et se cachaient derrière une des colonnes de la galerie qui surplombait le salon où Ana Kuya aimait recevoir ses invités.

Ana Kuya était déjà là, pareille à un oiseau dans sa robe noire. Elle qui servait du thé d'un samovar, son grand trousseau de clés cliquetant à sa taille.

– Alors ils ne sont que deux, cette année ? remarqua une femme d'une voix grave.

Les enfants regardèrent entre les barreaux de la galerie. Deux des Grishas étaient assis près du feu : un homme séduisant en bleu et une élégante femme en rouge à l'air hautain. Le troisième, un jeune homme blond, faisait les cent pas pour se dégourdir les jambes.

– Oui, confirma Ana Kuya. Un garçon et une fille. De loin nos plus jeunes pensionnaires. Nous pensons qu'ils ont tous les deux autour de huit ans.

– Vous pensez ? demanda l'homme en bleu.

– Quand les parents sont décédés…

– Nous comprenons, reprit la femme. Nous admirons évidemment beaucoup votre institution. Nous regrettons que la noblesse ne s'intéresse pas davantage aux gens simples.

– Notre duc est un grand homme, dit Ana Kuya.

Dans la coursive, les deux enfants se regardèrent et échangèrent un hochement de tête grave. Leur bienfaiteur, le duc Keramsov, était un héros de guerre célébré et un ami du peuple.

De retour du front, il avait transformé sa demeure en orphelinat et en refuge pour les veuves de guerre. On leur demandait d'ailleurs de prier pour lui tous les soirs.

– Comment sont-ils, ces enfants ? demanda la femme.

– La fille a du talent pour le dessin. Le garçon est surtout à son aise dans les prés et la forêt.

– D'accord, mais comment sont-ils ? insista-t-elle.

Ana Kuya fit la moue avec ses lèvres flétries.

– Comment sont-ils ? Ils sont indisciplinés, contrariants et bien trop attachés l'un à l'autre. Ils…

– Ils écoutent tout ce que nous disons, termina le jeune homme en violet.

Le garçon et la fille sursautèrent. L'homme avait le regard rivé sur leur cachette. Ils se recroquevillèrent derrière la colonne, mais il était trop tard.

La voix d'Ana Kuya claqua comme un coup de fouet :

– Alina Starkov ! Malyen Oretsev ! Descendez tout de suite !

À contrecœur, Alina et Mal descendirent l'escalier en colimaçon étroit situé à l'extrémité de la galerie. Lorsqu'ils furent en bas, la femme en rouge leur fit signe d'approcher.

– Savez-vous qui nous sommes ? demanda-t-elle.

Ses cheveux étaient gris acier, son visage marqué, mais magnifique.

– Vous êtes des sorciers ! bafouilla Mal.

– Des sorciers ? répéta-t-elle en se tournant vers Ana. C'est ce que vous enseignez à ces enfants ? Des superstitions et des mensonges ?

Gênée, Ana Kuya s'empourpra.

– Nous ne sommes pas des sorciers, poursuit la femme en rouge, le regard noir et féroce, à l'intention d'Alina et Mal. Nous pratiquons la Petite Science. Nous assurons la sécurité de ce pays et de ce royaume.

– Tout comme la Première Armée, ajouta Ana Kuya d'un ton un peu sec.

La femme en rouge se raidit.

– Tout comme l'Armée du roi, concéda-t-elle néanmoins.

Le jeune homme en violet sourit et s'agenouilla devant les enfants.

– Quand les feuilles changent de couleur, vous appelez cela de la magie ? leur demanda-t-il doucement. Et quand vous vous coupez la main et que votre blessure guérit ? Et quand vous mettez une marmite d'eau à bouillir sur le feu, est-ce de la magie ?

Mal secoua la tête, les yeux écarquillés.

– N'importe qui peut faire bouillir de l'eau, rétorqua Alina, les sourcils froncés.

Ana Kuya soupira d'exaspération, mais la femme en rouge éclata de rire.

– Tu as raison. N'importe qui peut faire bouillir de l'eau, mais tout le monde ne peut pas maîtriser la Petite Science. C'est pour cela que nous sommes venus vous tester. Laissez-nous à présent, ordonna-t-elle à Ana Kuya.

– Attendez ! s'exclama Mal. Que se passera-t-il si nous sommes des Grishas ? Que nous arrivera-t-il ?

La femme en rouge les regarda de haut.

– Si, par le plus grand des hasards, l'un d'entre vous était un Grisha, nous enverrions cet heureux enfant dans une école spéciale où les Grishas apprennent à se servir de leurs talents.

– Vous y porteriez les plus beaux vêtements, y mangeriez la meilleure nourriture, précisa le jeune homme en violet. Cela vous plairait ?

– Ce serait la plus belle façon de servir votre roi, ajouta Ana, près de la porte.

– C'est très vrai, acquiesça avec satisfaction la femme en rouge, désireuse de faire la paix.

Le garçon et la fille se rapprochèrent l'un de l'autre. Comme ils ne faisaient pas vraiment attention à eux, les adultes ne virent pas Alina serrer la main de Mal dans la sienne. Ils ne virent pas non plus le regard qu'échangèrent les deux enfants. Le duc, lui, aurait reconnu ce regard. Il avait passé de longues années dans les confins ravagés du Nord, où les villages étaient constamment assiégés et où les paysans devaient se défendre sans l'aide du roi ni de personne d'autre. Il avait vu une femme sortir pieds nus pour faire face sans trembler à une rangée de baïonnettes. Il savait reconnaître le regard de celui qui n'avait pour défendre son foyer qu'une pierre dans la main.

1

Je m'arrêtai en bordure de la route encombrée et suivis du regard les champs vallonnés et les fermes abandonnées de la vallée de la Tula. C'est ainsi que j'aperçus pour la première fois le Shadow Fold. Mon régiment était à deux semaines de marche de la garnison de Poliznaya, et le soleil automnal brillait sur nos têtes ; et pourtant, je tremblai dans mon manteau à la vue de la brume posée comme une couche de crasse sur l'horizon.

Une épaule lourde me bouscula dans le dos. Je trébuchai et faillis tomber la tête la première dans la boue.

– Eh ! cria le soldat. Faites un peu attention !

– Regardez plutôt où vous posez vos gros pieds ! aboyai-je.

À ma grande satisfaction, un masque de surprise couvrit son large visage. Les gens, en particulier les hommes massifs armés de lourds fusils, étaient toujours étonnés de voir une petite chose décharnée comme moi leur répondre. Ils ne savaient jamais comment réagir quand cela leur tombait dessus.

Le soldat se remit rapidement de sa surprise, me lança un regard noir en ajustant son paquetage sur son dos et disparut dans la caravane de chevaux, d'hommes, de charrettes et de chariots qui s'écoulait par-dessus l'arête de la colline et se déversait dans la vallée en contrebas.

Je me remis en route, pressant le pas et tentant de voir par-dessus les têtes. J'avais perdu de vue le drapeau jaune des topographes depuis plusieurs heures, et j'étais consciente d'avoir pris énormément de retard.

Je marchais en inspirant les parfums verts et dorés de la forêt et en goûtant la douce brise qui me soufflait dans le dos. Nous arpentions la Vy, la large route qui, autrefois, reliait Os Alta aux riches cités portuaires de la côte ouest de Ravka. Mais c'était avant le Shadow Fold. Avant la nappe d'ombre.

Quelque part dans la foule, quelqu'un chantait. *Chanter ? Quel idiot pouvait chanter sur le chemin du Shadow Fold ?* Je me tournai de nouveau vers la brume qui tapissait l'horizon et réprimai un frisson. J'avais vu le Shadow Fold sur de nombreuses cartes, balafre noire qui avait privé le royaume de Ravka de ses seules côtes, le transformant en enclave. Parfois, on le représentait sous la forme d'une tache, parfois comme un nuage gris aux contours flous. Et puis il y avait ces autres cartes, où la nappe était un lac long et étroit appelé « la Non-Mer », nom censé mettre à l'aise soldats et marchands et encourager ceux qui étaient tentés de la traverser.

Je reniflai de mépris. Peut-être qu'un gros marchand s'y laisserait prendre, mais pas moi.

Je me forçai à détacher mon regard de la brume sinistre qui flottait dans le lointain et me tournai vers les ruines des fermes de la Tula. Autrefois, la vallée accueillait des propriétaires parmi les plus riches de Ravka. Les fermiers y labouraient leurs champs, le bétail y broutait une herbe abondante. Et puis la balafre noire était apparue du jour au lendemain, voile de ténèbres quasi impénétrables qui gagnait du terrain d'année en année et grouillait d'horreurs. Personne ne savait où étaient passés les fermiers, leurs troupeaux, leurs récoltes, leurs foyers et leurs familles.

Arrête un peu, me dis-je. *Tu ne fais qu'empirer les choses. Cela fait des années que les gens traversent le Shadow Fold. Les pertes sont en général importantes, mais quand même…* Je pris une profonde inspiration pour me calmer.

– Interdit de s'évanouir au milieu de la route, murmura une voix à mon oreille tandis qu'un bras lourd se posait sur mes épaules et qu'une main forte m'agrippait.

Je levai les yeux vers le visage familier de Mal, ses yeux bleus éclairés d'un sourire comme il marchait à mes côtés.

– Allez, m'encouragea-t-il. Un pied devant l'autre. Tu sais comment on fait.

– Chut ! Tu vas faire rater mon plan.

– Hein ?

– Oui. Je comptais m'évanouir, me faire piétiner et subir de graves blessures un peu partout.

– Brillante idée, en effet.

– Estropiée, j'aurais été dispensée du Fold.

Mal hocha lentement la tête.

– Je vois. Si tu veux, je peux te pousser sous une charrette.

– Je vais y réfléchir, grommelai-je.

Néanmoins, je me sentais déjà de meilleure humeur. Mal avait toujours cet effet-là sur moi. Et pas uniquement sur moi. Une jolie blonde passa devant nous en agitant la main et en lui lançant un regard amoureux.

– Eh, Ruby ! répondit-il. On se voit plus tard ?

Ruby gloussa et s'enfonça dans la foule. Mal sourit de toutes ses dents, puis se reprit en me voyant lever les yeux au ciel.

– Qu'est-ce qu'il y a ? Je croyais que tu aimais bien Ruby.

– Elle et moi n'avons pas grand-chose à nous dire, rétorquai-je sèchement.

Au début, il est vrai que j'appréciais beaucoup Ruby. Lorsque Mal et moi avions quitté l'orphelinat de Keramzin pour faire notre service militaire à Poliznaya, j'étais très nerveuse à l'idée de rencontrer de nouvelles personnes. Cependant, beaucoup de filles avaient aussitôt voulu devenir mes amies, surtout Ruby. Jusqu'à ce que je comprenne qu'elles souhaitaient uniquement se rapprocher de Mal.

Mal, justement, écarta les bras et, l'air satisfait, leva son visage vers le ciel automnal. Avec un certain dégoût, je remarquai même qu'il sautillait un peu en marchant.

– Qu'est-ce qui t'arrive ? lui demandai-je, furieuse.

– Rien, répondit-il, étonné. Je me sens très bien.

– Comment peux-tu être aussi… crâneur ?

– Crâneur ? Je n'ai jamais été crâneur, et j'espère ne jamais l'être.

– Dans ce cas, explique-moi… ça ! exigeai-je en le désignant tout entier. On dirait que tu te rends à un dîner en ville, pas que tu te prépares à mourir ou à te faire démembrer.

Mal éclata de rire.

– Tu te fais trop de souci. Le roi a envoyé tout un groupe de Grishas inferni pour protéger nos skiffs, et même quelques-uns de ces terrifiants fondeurs. Et puis, nous avons nos fusils, ajouta-t-il en tapotant celui qu'il portait dans son dos. Tout se passera bien.

– Ton fusil ne te servira à rien en cas d'attaque sérieuse.

– Qu'est-ce qui t'arrive, en ce moment ? me demanda Mal en me lançant un regard de biais. Tu es encore plus grognon que d'habitude. Et tu as vraiment une sale tête.

– Merci, bougonnai-je. Je ne dors pas très bien.

– Pour changer…

Je n'avais jamais bien dormi, mais c'était encore pire depuis quelques jours. Les Saints savaient que j'avais de nombreuses et excellentes raisons de craindre d'entrer dans le Fold, raisons partagées par tout notre régiment malchanceux d'avoir été choisi pour effectuer cette traversée. Cependant, il y avait autre chose, un sentiment de malaise plus profond que je ne parvenais pas à identifier.

Je me tournai vers Mal. Fut un temps où je pouvais tout lui dire.

– J'ai juste… un sentiment bizarre.

– Cesse de te faire du mauvais sang. Peut-être qu'ils mettront Mikhael sur notre skiff. Les volcras repéreront tout de suite son gros ventre bien gras et ne s'intéresseront pas à nous.

Un souvenir remonta à la surface de ma mémoire sans y avoir été invité : Mal et moi, assis côte à côte dans la bibliothèque du duc, feuilletant un épais volume relié de cuir et tombant sur une illustration de volcra. Longues griffes crasseuses, ailes tannées et plusieurs rangées de dents affûtées comme des rasoirs pour se repaître de chair humaine. Après des générations passées à vivre et à chasser dans les ténèbres du Shadow Fold, ils étaient devenus aveugles, mais, à en croire la légende, ils étaient capables de sentir le sang d'un homme à plusieurs kilomètres.

– Qu'est-ce qu'il tient ? avais-je demandé en désignant la page.

– Je crois… Je crois que c'est un pied, m'avait répondu Mal à l'oreille.

Nous avions aussitôt refermé le livre avant de nous précipiter en criant dans le jour si rassurant. Je n'oublierais jamais ce moment.

Sans m'en rendre compte, je m'étais arrêtée de marcher, figée, incapable de chasser ce souvenir de ma mémoire. Quand Mal remarqua que je n'étais plus avec lui, il lâcha un profond soupir et me rejoignit. Il posa les mains sur mes épaules et me secoua doucement.

– Je plaisantais. Personne ne va manger Mikhael.

– Je sais, répondis-je, les yeux rivés sur mes chaussures. Tu es vraiment hilarant.

– Viens, Alina. Tout se passera bien.

– Tu n'en sais rien.

– Regarde-moi.

Je me fis violence pour plonger mon regard dans le sien.

– Je sais que tu as peur. J'ai peur, moi aussi, mais on va faire ce qu'on a à faire, et tout se passera au mieux. Comme d'habitude. D'accord ?

Il sourit, et mon cœur battit plus fort dans ma poitrine.

Je frottai la cicatrice sur ma paume droite avec mon pouce et pris une inspiration saccadée.

– D'accord, acquiesçai-je à contrecœur en me sentant sourire.

– Le moral de Madame a été remonté ! cria Mal. Le soleil peut briller de nouveau !

– Tu veux bien la fermer ?

Je me retournai pour lui donner un coup de poing, mais il m'attrapa brusquement et me souleva du sol. Des martèlements de sabots et des cris emplirent mes oreilles. Mal m'écarta juste à temps pour laisser passer une grosse voiture noire tirée par quatre chevaux tout aussi noirs. La foule s'éparpillait en tous sens pour ne pas se faire piétiner. Deux soldats en manteaux anthracite flanquaient le cocher armé d'un fouet.

Le Darkling. On ne pouvait pas ne pas reconnaître sa voiture ou les uniformes de ses gardes.

Une autre voiture, rouge laqué cette fois, passa devant nous à une allure plus normale.

Je levai les yeux vers Mal, le cœur battant encore la chamade d'avoir frôlé la mort.

– Merci, murmurai-je.

Mal sembla se rendre compte qu'il me tenait dans ses bras. Il me lâcha brusquement et eut un mouvement de recul. J'époussetai mon manteau en espérant qu'il ne remarquerait pas mes joues empourprées.

Une troisième voiture, bleu laqué, nous dépassa à son tour. Une fille était penchée par la fenêtre. Elle avait des cheveux noirs et ondulés et portait un chapeau en renard argenté. Elle examina la foule et, comme de bien entendu, s'attarda sur Mal.

Tu étais toi-même en train de le regarder en rêvassant, alors pourquoi pas une magnifique Grisha ?

Ses lèvres s'ourlèrent en un léger sourire tandis qu'elle regardait Mal par-dessus son épaule. Leurs yeux restèrent ainsi connectés jusqu'à ce que la voiture ait disparu hors de vue. Le regard fixe, Mal resta longtemps bouche bée.

– Ferme la bouche ou tu vas avaler des mouches, éructai-je.

Mal cligna des yeux, mais semblait toujours ailleurs.

– Vous avez vu ça ? beugla une voix.

Je me retournai pour voir Mikhael arriver vers nous en bondissant, un air à la fois terrifié et enchanté sur le visage. Mikhael était un énorme rouquin au cou encore plus large que sa face. Derrière lui, Dubrov, brun et maigrichon, se hâtait de le rattraper. Tous deux étaient traqueurs dans l'unité de Mal et jamais très loin de lui.

– Évidemment que j'ai vu, lança Mal, tandis que son expression abrutie cédait la place à un sourire satisfait.

Je levai les yeux au ciel.

– Elle t'a regardé ! cria Mikhael en lui donnant une grande tape dans le dos.

Mal haussa les épaules, mais son sourire s'élargit.

– Je crois bien, confirma-t-il avec un air suffisant.

Dubrov s'agita nerveusement.

– On dit que les filles grishas peuvent vous ensorceler.

N'importe quoi. Mikhael me regarda comme s'il venait de remarquer ma présence.

– Eh, la Brindille ! s'exclama-t-il en me donnant un léger coup de coude.

Je lui fis les gros yeux à cause du surnom, mais il s'était déjà retourné vers Mal.

– Tu sais, elle va passer la nuit dans notre campement, expliqua le rouquin d'un ton concupiscent.

– J'ai entendu dire que les tentes des Grishas étaient aussi grandes que des cathédrales, intervint Dubrov.

– Et qu'on y trouvait plein de recoins sombres, ajouta Mikhael en haussant plusieurs fois les sourcils.

Mal lâcha un cri de joie et, sans un regard pour moi, les trois compères s'éloignèrent en parlant fort et en se bousculant.

– Moi aussi, je suis contente de vous voir, marmonnai-je.

Je rajustai les sangles de mon sac et me remis en marche, me joignant aux traînards qui n'avaient pas encore entamé leur descente vers Kribirsk. Je ne pressai pas le pas. On me crierait sans doute dessus quand j'arriverais enfin dans la tente des Atlas, mais je n'y pouvais rien pour le moment.

Je me frottai le bras là où Mikhael m'avait frappée. *Brindille.* Je détestais ce surnom. *Tu ne m'appelais pas Brindille quand, pinté au* kvas, *tu essayais de me palucher à la dernière fête du Printemps, misérable mufle*, pensai-je, amère.

Kribirsk se résumait à bien peu de chose. D'après le cartographe en chef, la ville avait été une modeste cité marchande avant le Shadow Fold, à peine plus qu'une place centrale poussiéreuse et une auberge pour loger les voyageurs las de leur journée passée sur la Vy. Désormais, elle ressemblait davantage à un port délabré adossé à un camp militaire et à des docks, où les skiffs des sables attendaient de prendre des passagers pour les conduire à travers les ténèbres vers la partie occidentale de Ravka. Je passai devant des tavernes, des pubs et ce qui devait être des bordels destinés à la détente des troupes du roi. Des boutiques vendaient des fusils et des arbalètes, des lampes et des torches, et tout le matériel nécessaire à un voyage dans le Fold. La petite église aux murs passés à la chaux et aux dômes en forme d'oignon était dans un état étonnamment bon. *En fait, non, ce n'est pas si étonnant*, me dis-je. Ceux qui s'apprêtaient à entreprendre un voyage dans la nappe étaient assez malins pour s'arrêter prier.

Je trouvai l'endroit où étaient installés les topographes, posai mes affaires sur un lit de camp et me précipitai vers la tente des Atlas. À mon grand soulagement, le cartographe en chef n'était pas là, et je pus me glisser à l'intérieur sans être vue.

À l'abri de la toile blanche de la tente, je me détendis enfin pour la première fois depuis que j'avais vu le Fold. La tente des Atlas était identique d'un camp à l'autre, pleine de lumières éclatantes et de tables à dessin où artistes et topographes étaient penchés sur leur travail. Après cette journée de bousculades et de bruits, il y avait quelque chose de rassérénant dans les froissements de papier, l'odeur de l'encre et les grattements doux des plumes et des pinceaux.

Je sortis mon carnet à esquisses de la poche de mon manteau et m'installai à côté d'Alexei, qui se tourna vers moi et me lança d'un ton agacé :

– Où étais-tu passée ?

– J'ai failli me faire écraser par la voiture du Darkling, répondis-je en attrapant une feuille de papier propre et en cherchant dans mon carnet une esquisse intéressante à recopier.

Alexei et moi étions des assistants cartographes. Dans le cadre de notre formation, nous devions fournir deux esquisses ou interprétations à la fin de chaque journée.

– C'est vrai ? s'étonna Alexei, impressionné. Et tu l'as vraiment vu ?

– J'ai vraiment essayé de ne pas mourir.

– Il y a pire manière de trépasser, dit-il en examinant l'esquisse d'une vallée rocheuse que j'étais sur le point de recopier. Beurk ! Pas celle-là. (Il feuilleta mon carnet et s'arrêta sur le dessin d'une arête montagneuse.) Celle-là, me conseilla-t-il en la tapotant du doigt.

J'eus à peine le temps de poser la mine de mon crayon sur le papier que le cartographe en chef entra dans la tente et passa devant les tables de travail pour observer nos dessins.

– J'espère que c'est votre second dessin, Alina Starkov.

– Oui, mentis-je. C'est le second.

Dès que le cartographe se fut éloigné, Alexei chuchota :

– Parle-moi de la voiture.

– Je dois d'abord terminer mes dessins.

– Tiens, me dit-il, exaspéré, en faisant glisser devant moi un de ses dessins.

– Il reconnaîtra ton travail.

– Il n'est pas terrible. Tu devrais pouvoir le faire passer pour tien.

– Ah ! je te reconnais bien là… grommelai-je sans toutefois lui rendre le dessin.

Alexei était un des assistants les plus talentueux, et il le savait.

Il ne me laissa tranquille qu'après m'avoir fait raconter en détail tout ce que j'avais vu des trois voitures des Grishas. Comme je lui étais reconnaissante de m'avoir donné un de ses dessins, je fis de mon mieux pour satisfaire sa curiosité tout en terminant mon arête montagneuse et en m'aidant de mon pouce pour mesurer les pics les plus élevés.

Lorsque nous eûmes terminé, la nuit commençait à tomber. Nous rendîmes nos travaux et filâmes vers le réfectoire, où un cuisinier transpirant nous servit un genre de ragoût boueux. Nous trouvâmes des places à côté d'autres topographes.

Je ne dis rien pendant tout le repas, écoutant Alexei et les autres échanger des potins et discuter de la traversée du lendemain d'une voix incertaine. Alexei insista pour que je raconte le passage des voitures des Grishas. Comme d'habitude, la mention du Darkling suscita peur et fascination.

– Il n'est pas naturel, affirma Eva, une assistante. (Elle avait de jolis yeux verts, qui ne parvenaient toutefois pas à détourner l'attention de son gros nez de cochon.) Les autres non plus, d'ailleurs.

Alexei renifla.

– S'il te plaît, Eva, épargne-nous tes superstitions.

– C'est un Darkling qui a créé le Shadow Fold.

– C'était il y a des centaines d'années ! protesta Alexei. Et ce Darkling était complètement fou !

– Celui-ci est tout aussi dangereux.

– Paysanne, va ! lâcha Alexei en agitant la main d'un air dédaigneux.

Eva lui lança un regard offusqué, lui tourna ostensiblement le dos et s'en fut rejoindre ses amis.

Je ne dis rien. En dépit de ses superstitions, j'étais davantage une paysanne qu'Eva. Si je savais lire et écrire, c'était uniquement grâce à la charité du duc ; toutefois, Mal et moi, sans l'avoir vraiment décidé, évitions de mentionner Keramzin.

Soudain, des rires gras retentirent, m'arrachant à mes pensées. Je regardai par-dessus mon épaule. Mal fanfaronnait à une table où des traqueurs chahutaient.

Alexei suivit mon regard.

– Comment êtes-vous devenus amis, tous les deux ?

– On a grandi ensemble.

– Vous ne semblez pas avoir grand-chose en commun.

Je haussai les épaules.

– Les enfants ont toujours beaucoup de choses en commun.

La solitude, le souvenir de parents que nous refusions d'oublier, le plaisir d'échapper aux corvées pour aller jouer à chat dans le pré.

Alexei paraissait si sceptique que je ne pus m'empêcher de rire.

– Il n'a pas toujours été le Grand Mal, expert traqueur et séducteur de jeunes Grishas.

La mâchoire inférieure d'Alexei se décrocha.

– Parce qu'il a séduit des Grishas ?

– Non, pas encore, mais je suis sûre que ça ne va pas tarder, murmurai-je.

– Alors, comment était-il ?

– Il était petit, boulot, et avait peur du bain, répondis-je avec une certaine satisfaction.

– Comme quoi il est possible de changer, commenta Alexei en regardant Mal.

– Oui, les choses changent, confirmai-je en frottant ma cicatrice avec mon pouce.

Nous vidâmes nos assiettes et sortîmes du réfectoire dans la nuit douce. En retournant vers les baraquements, nous fîmes un détour pour passer à proximité du campement des Grishas. Leur pavillon était vraiment aussi grand qu'une cathédrale, couvert de soie noire et surplombé d'étendards bleus, rouges et violets. Cachés quelque part en dessous, se trouvaient les tentes du Darkling, surveillées par des fondeurs et ces gardes personnels.

Lorsque Alexei eut satisfait sa curiosité, nous rentrâmes dans nos quartiers. Il ne disait plus rien, et je l'entendais faire craquer ses articulations. Nous pensions tous les deux à la même chose : la traversée du lendemain. Comme les autres, d'ailleurs, à en juger par l'ambiance morose qui régnait dans tout le campement. Certains étaient déjà couchés, dormant ou essayant de trouver le sommeil, tandis que d'autres, regroupés autour des lampes, parlaient à voix basse. Quelques-uns priaient les Saints en serrant leurs icônes contre leur poitrine.

Je déroulai mon duvet sur mon étroit lit de camp, retirai mes bottes, suspendis mon manteau, puis m'étendis sur les couvertures doublées de fourrure et m'abîmai dans la contemplation du plafond en attendant que vienne le sommeil. Je restai ainsi un long moment, jusqu'à ce qu'il n'y ait plus une lampe allumée et que les murmures des conversations aient cédé la place aux ronflements et aux bruissements des corps.

Le lendemain, si tout se déroulait comme prévu, nous atteindrions Ravka-Ouest en un seul morceau et je verrais la Vraie-Mer pour la première fois. Là, Mal et les autres traqueurs chasseraient le loup rouge, le renard de mer et les autres créatures rares qui ne vivaient que dans cette région. Moi, je resterais avec les cartographes à Os Kervo pour terminer ma formation et contribuer à mettre en forme les informations éventuelles glanées dans le Fold. Ensuite, évidemment, il me faudrait la traversée retour pour rentrer chez moi ; cependant, je n'arrivais pas encore à me projeter aussi loin dans l'avenir.

J'étais toujours parfaitement éveillée lorsque je l'entendis. *Tap-tap !* Une pause. *Tap !* Puis encore : *Tap-tap !* Une pause. *Tap !*

– Qu'est-ce qui se passe ? grommela Alexei, pas tout à fait endormi, sur le lit voisin.

– Rien, chuchotai-je en me glissant hors de mon duvet et en enfilant mes bottes.

J'attrapai mon manteau et sortis du dortoir en faisant le moins de bruit possible. Comme j'ouvrais la porte, j'entendis des gloussements et une voix de femme dans les ténèbres de la salle :

– S'il s'agit de ce traqueur, dis-lui d'entrer et de venir me tenir chaud.

– Quand il voudra attraper la *tsifil*, il viendra directement à toi, ne t'en fais pas, chuchoté-je avant de sortir dans la nuit.

L'air froid me mordit aussitôt les joues. J'enfonçai mon menton dans mon col, regrettant de n'avoir pas pris mon écharpe et mes gants. Mal était assis sur les marches branlantes et me tournait le dos. Un peu plus loin, Mikhael et Dubrov partageaient une bouteille sous les lampes qui éclairaient le chemin.

– S'il te plaît, commencai-je en fronçant les sourcils, ne me dis pas que tu m'as réveillée pour me dire que tu allais dans la tente de la Grisha. Qu'est-ce que tu veux ? des conseils ?

– Tu ne dormais pas. Tu étais réveillée dans ton lit et tu gambergeais.

– Faux. Je réfléchissais à la manière dont je pourrais me glisser dans le pavillon des Grishas pour faire la connaissance d'un mignon Caporalki.

Mal rit. J'hésitais, restant devant la porte. C'était ce qu'il y avait de plus dur : être à côté de lui. Ça et la manière dont il faisait battre mon cœur. Je détestais le fait de devoir cacher à quel point je souffrais de ses frasques, mais je ne voulais surtout pas qu'il le sache.

J'eus envie de retourner me coucher, au lieu de quoi je ravalai ma jalousie et m'assis à côté de lui, en continuant ma plaisanterie :

– J'espère que tu m'as apporté de quoi payer ; pas question que je brade mes secrets de séduction.

Il sourit.

– Tu veux bien mettre ça sur ma note ?

– Mmm… oui, mais uniquement parce que je sais que tu as les poches pleines.

Tout près de là, Dubrov avala une nouvelle gorgée d'alcool et tituba dans les ténèbres. Mikhael le rattrapa, et le bruit de leurs rires nous parvint, porté par l'atmosphère nocturne.

Mal secoua la tête et soupira.

– Il essaie de suivre le rythme imprimé par Mikhael, mais il finira sans doute par me vomir sur les bottes.

– Tu ne l'auras pas volé. Alors, que fais-tu ici ?

Au début de notre service militaire, un an plus tôt, Mal avait l'habitude de me rendre visite presque toutes les nuits, mais ce n'était pas arrivé depuis plusieurs mois.

– Je ne sais pas, répondit-il dans un haussement d'épaules. Tu avais l'air si malheureuse pendant le dîner.

Bizarre qu'il l'ait remarqué.

– Je pensais juste à la traversée, dis-je à voix basse.

Ce n'était pas vraiment un mensonge. J'étais effectivement terrifiée à l'idée d'entrer dans la nappe. Mal n'avait pas besoin de savoir qu'Alexei et moi parlions de lui.

– Merci de t'en faire pour moi, ajoutai-je.

– Eh ! fit-il dans un sourire. Je m'inquiète.

– Avec un peu de chance, un volcra me mangera pour son petit déjeuner demain matin, et tu n'auras plus de raison de t'inquiéter.

– Tu sais que je serais perdu sans toi.

Je levai les yeux au ciel.

– De toute ta vie, tu n'as jamais été perdu.

Il est vrai que je dessinais des cartes, mais Mal aurait pu trouver le nord les yeux bandés et la tête en bas.

– Tu sais ce que je veux dire, insista-t-il en me donnant un coup d'épaule.

– Bien sûr.

Sauf que je ne savais pas. Enfin, pas vraiment.

Nous restâmes assis en silence, à regarder l'air que nous expirions s'élever en volutes dans la nuit.

– Ça me rend nerveux, moi aussi, reprit Mal en étudiant les pointes de ses bottes.

Je lui donnai un coup de coude dans le bras et rétorquai avec une confiance que je ne ressentais pas :

– Quand on est capable de supporter une Ana Kuya, on peut s'occuper de quelques volcras.

– Si je me souviens bien, la dernière fois qu'on a croisé Ana Kuya, on s'est pris une claque sur l'oreille et tu t'es retrouvée à nettoyer les étables.

– J'essayais juste de te rassurer, dis-je en grimaçant. Tu pourrais au moins faire semblant de comprendre.

– Le pire, reprit-il, c'est qu'elle me manque parfois.

Je fis mon possible pour cacher ma surprise. Nous avions passé plus de dix années de notre vie à Keramzin, et, la plupart du temps, j'avais l'impression que Mal voulait oublier cette période, moi y compris. Là-bas, il n'était qu'un réfugié de plus, un orphelin élevé pour se sentir reconnaissant de la moindre cuillerée de soupe, la plus trouée des paires de bottes usagées. À l'armée, il s'était fait une place, et personne n'avait besoin de savoir qu'il avait été ce petit garçon indésirable.

– À moi aussi, avouai-je. On pourrait lui écrire.

– Peut-être.

Soudain, il me prit par la main. Je m'efforçai de ne pas faire attention à l'emballement de mon cœur.

– Demain, à la même heure, nous serons assis sur le port d'Os Kervo et nous admirerons l'océan en buvant du *kvas*.

Je regardai Dubrov qui se balançait d'avant en arrière et je souris.

– Avec Dubrov ?

– Non, répondit Mal. Il n'y aura que toi et moi.

– Vraiment ?

– Il n'y a jamais eu que toi et moi, Alina.

Pendant un instant, je fus tentée de le croire. Le monde se résumait à cet escalier, à ce cercle de lumière. Nous étions tous les deux suspendus dans les ténèbres.

– Allez, viens ! beugla Mikhael, sur le chemin.

Mal sursauta comme si on l'arrachait à un rêve. Il serra ma main une dernière fois avant de la lâcher. Son sourire effronté était de retour.

– Il faut que j'y aille. Essaie de dormir un peu.

Il sauta de l'escalier avec légèreté et rejoignit ses amis en trottinant.

– Souhaite-moi bonne chance ! me cria-t-il par-dessus son épaule.

– Bonne chance, répondis-je automatiquement avant de le regretter aussitôt.

Bonne chance ? Amuse-toi bien, Mal. J'espère que tu trouveras une délicieuse Grisha, que vous tomberez amoureux l'un de l'autre et ferez des enfants beaux et talentueux.

Je restai figée sur l'escalier et les suivis du regard jusqu'à ce qu'ils disparaissent dans la nuit. Je sentais toujours le chaud contact de sa main dans la mienne. *Ou alors*, pensai-je en me relevant, *il tombera dans un fossé sur le chemin du pavillon.*

Je retournai dans le dortoir, fermai bien la porte derrière moi et me glissai avec satisfaction dans la chaleur de mon duvet.

La Grisha aux cheveux noirs sortirait-elle du pavillon pour venir à la rencontre de Mal ? Je repoussai cette idée. Ça ne me regardait pas, et puis, je ne voulais pas savoir. Mal ne m'avait jamais regardée comme il avait regardé cette fille ou comme il regardait Ruby, et il ne le ferait jamais. Toutefois, le fait que nous soyons toujours amis était bien plus important à mes yeux.

Pour combien de temps encore ? demanda une voix vicieuse dans mon esprit. Alexei avait raison : les choses changeaient. Mal avait changé en mieux ; il était devenu plus beau, plus courageux, plus sûr de lui. Quant à moi, j'étais plus… grande. Je soupirai et me tournai sur le côté. Je voulais croire que Mal et moi resterions toujours amis, mais force m'était d'admettre que nous avions emprunté des chemins différents. Allongée dans le noir à attendre que le sommeil vienne me chercher, je me demandai si ces chemins continueraient de nous éloigner et si, un jour, nous redeviendrions des étrangers l'un pour l'autre.

2

La matinée passa à toute vitesse : petit déjeuner, rapide passage à la tente des Atlas pour prendre du papier et de l'encre, puis le chaos des docks. Avec les autres topographes, j'attendais de pouvoir embarquer dans un des skiffs des sables qui constituaient notre petite flotte. Derrière nous, Kribirsk se réveillait et commençait à s'affairer. Devant nous s'étiraient les ténèbres étranges et changeantes du Fold.

Les animaux étaient trop bruyants et peureux pour voyager sur la Non-Mer, aussi les traversées étaient-elles effectuées à bord de skiffs des sables, traîneaux peu profonds équipés d'énormes voiles qui leur permettaient de glisser presque sans aucun bruit sur le sable mort et gris. Les skiffs étaient chargés de grain, de bois, de coton brut, mais reviendraient avec du sucre, des fusils et toutes sortes de produits manufacturés qui arrivaient par les ports maritimes de Ravka-Ouest. J'examinai le pont du skiff, avec son mât et son bastingage branlant, et je ne pus m'empêcher de me dire qu'il n'offrait aucune cachette.

Devant le mât de chaque embarcation, flanqués de soldats lourdement armés, se tenaient deux Etherealki, de l'Ordre des invocateurs, avec leurs *kefta* bleus. Les broderies argentées de leurs manches et de leurs ourlets indiquaient qu'il s'agissait de hurleurs, de Grishas capables d'augmenter ou de diminuer la pression atmosphérique et de gonfler d'air les voiles des skiffs afin de leur faire traverser le Fold sur toute sa largeur.

Des soldats armés de fusils commandés par un officier sinistre se tenaient le long du bastingage. Parmi eux, il y avait d'autres Etherealki, dont les robes bleues brodées de rouge indiquaient qu'ils étaient capables de générer du feu.

Au signal du capitaine du skiff, le cartographe en chef nous fit signe, à Alexei, aux autres assistants et à moi, de nous joindre aux autres passagers. Puis il s'installa à côté des hurleurs, près du mât, d'où il les aiderait à naviguer dans les ténèbres. Il avait une boussole à la main, mais celle-ci ne lui serait d'aucune utilité une fois dans la nappe. Comme nous nous massions sur le traîneau, j'aperçus Mal et les autres traqueurs de l'autre côté du skiff. Eux aussi étaient armés de fusils. Derrière eux se dressait une rangée d'archers aux carquois bruissant de flèches à la pointe en acier forgée par les Grishas. J'effleurai le manche du couteau réglementaire accroché à ma ceinture, mais je n'en éprouvai aucun réconfort.

Sur les docks, un chef d'équipe lança un cri, et des hommes solidement charpentés poussèrent un à un les skiffs sur le sable terne. Les dockers ne s'attardaient d'ailleurs pas sur le sable pâle et sans vie. On aurait dit qu'ils craignaient de se brûler les pieds.

Notre tour arriva bientôt. Avec une brusque secousse, notre skiff s'élança, crissant contre le sol tandis que les dockers poussaient. Le cœur battant la chamade, j'attrapai le bastingage pour ne pas tomber. Les hurleurs levèrent les bras. Les voiles se déplièrent en claquant bruyamment, et le traîneau fonça dans le Fold.

Au début, j'eus l'impression de naviguer dans un épais nuage de fumée, sauf qu'il n'y avait ni chaleur ni odeur d'incendie. Les bruits semblaient étouffés, et le monde devint silencieux. Je regardai les skiffs des sables qui nous précédaient s'enfoncer dans les ténèbres et disparaître l'un après l'autre. Je me rendis alors compte que je ne voyais plus la proue de notre propre skiff. Très vite, je ne distinguai même plus ma propre main sur le bastingage. Je regardai par-dessus mon épaule. Le monde vivant n'était plus là non plus. Les ténèbres nous envahirent, noires, légères, absolues. Nous étions dans le Shadow Fold.

J'avais l'impression de me tenir à l'extrémité de tout. Je m'accrochai fermement au garde-corps, heureuse de sentir le bois dur sous mes doigts. Je me concentrai sur cette sensation et sur le contact de mes pieds bottés plantés sur le pont. J'entendais Alexei respirer à ma gauche.

J'essayai de penser aux soldats armés de fusils et aux Grishas inferni en robes bleues. Nous espérions tous traverser le Fold sans bruit, sans nous faire remarquer, aussi n'était-il pas question de tirer des coups de feu ou d'invoquer des flammes. Toutefois, leur présence était réconfortante.

Les skiffs glissaient en produisant un faible bruit de frottement sur le sable. Combien de temps cela dura-t-il ? Peut-être quelques minutes, ou bien plusieurs heures. *Tout va bien se passer*, me dis-je. *Tout va bien se passer*. Alors je sentis la main d'Alexei qui cherchait la mienne. Il m'agrippa le poignet.

– Écoute ! chuchota-t-il d'une voix rauque et terrifiée.

Dans un premier temps, je n'entendis que le bruit de sa respiration et les sifflements réguliers du skiff sur le sable. Puis je distinguai un autre son dans les ténèbres, faible mais insistant : des battements d'ailes rythmés.

J'attrapai le bras d'Alexei d'une main et le manche de mon couteau de l'autre. Mon cœur était près d'éclater dans ma poitrine tandis que mes yeux tentaient de transpercer les ténèbres. Derrière moi, les hommes armèrent leurs fusils et sortirent des flèches de leurs carquois.

– Tenez-vous prêts, chuchota quelqu'un.

Nous attendîmes en écoutant le bruit de ces ailes invisibles. Un bruit de plus en plus fort, comparable à celui des tambours d'une armée ennemie. J'avais l'impression de sentir sur mes joues le vent que les monstres brassaient.

– Feu ! lança une voix, bientôt suivie par le bruit d'un silex et le « *whoosh !* » explosif des flammes qui fleurissaient sur tous les skiffs.

Je plissai les yeux, le temps de m'habituer à la luminosité. Soudain, je les vis. Alors qu'ils étaient supposés se déplacer en petits groupes, j'avisai non pas des dizaines, mais des centaines de volcras voletant dans les airs autour du skiff. Ils étaient bien plus effrayants que tout ce que j'avais pu voir dans des livres, que tout ce que j'avais pu imaginer. Des coups de feu retentirent, les archers décochèrent leurs flèches, et les hurlements des volcras transpercèrent l'atmosphère, haut perchés et terrifiants.

Ils plongèrent.

J'entendis un cri aigu et me retournai à temps pour voir un soldat se débattant dans les pattes d'un monstre qui l'emportait dans les airs. L'un contre l'autre, Alexei et moi nous accroupîmes derrière le bastingage, nous accrochant à nos couteaux ridicules et, murmurant des prières, tandis que, autour de nous, le monde sombrait dans un cauchemar. Un peu partout, on criait, on hurlait, les soldats se battaient contre les bêtes ailées et massives. Par intermittence, les flammes dorées des Grishas faisaient éclater les ténèbres surnaturelles du Fold.

Soudain, un cri résonna juste derrière moi. Je sursautai tandis que le bras d'Alexei était arraché à mon étreinte. Dans un jaillissement de flammes, je le vis s'accrocher d'une main au bastingage. Je vis sa bouche hurlante, ses yeux écarquillés et horrifiés, et la monstrueuse créature qui le tenait dans ses bras gris et luisants, ses ailes battant avec force comme elle le soulevait, ses griffes épaisses et rouges de sang enfoncées profondément dans le dos d'Alexei. Le jeune homme lâcha prise. Je plongeai et l'attrapai par le bras.

– Tiens bon ! criai-je.

Alors la flamme disparut et, dans les ténèbres, je sentis les doigts d'Alexei glisser sur ma peau.

– Alexei !

Ses hurlements se fondirent dans le vacarme de la bataille tandis que le volcra l'emportait dans la nuit. De nouvelles flammes jaillirent pour illuminer le ciel, mais il n'était déjà plus là.

– Alexei ! appelai-je en m'appuyant contre le bastingage. Alexei !

En guise de réponse, un volcra fondit sur moi, soulevant une tempête avec ses ailes. Je me jetai en arrière en brandissant mon couteau devant moi d'une main tremblante, évitant ses serres de justesse. Le volcra plongea en me fixant d'un regard laiteux et aveugle dans lequel se reflétaient les flammes des Grishas. Sa gueule ouverte me permit de voir ses rangées de dents noires pointues et mal alignées. Du coin de l'œil, je vis un éclair de poudre ; un coup de feu retentit, et le volcra tituba en arrière en meuglant de colère et de douleur.

– Recule !

C'était Mal, fusil à la main, le visage maculé de sang. Il m'agrippa le bras et me tira derrière lui.

Le volcra avançait toujours, plantant ses griffes dans le pont à chaque pas, une de ses ailes pendant bizarrement sur le côté. Mal essaya de recharger son fusil à la lumière des flammes, mais le monstre fut trop rapide. Il se précipita sur nous en donnant de grands coups de patte et tailla dans le torse de Mal, qui lâcha un cri de souffrance.

J'attrapai l'aile blessée de la bête et enfonçai mon couteau dans son épaule. Sa chair musclée était gluante sous mes doigts.

Le volcra couina et se tortilla dans tous les sens. Je tombai en arrière et heurtai durement le pont. Le monstre se jeta frénétiquement sur moi en claquant des mâchoires.

Un nouveau coup de feu retentit, et le volcra s'écroula en une masse informe et grotesque, du sang coulant de sa gueule. Dans la faible luminosité, je vis Mal abaisser son arme. Sa chemise déchirée était imbibée de sang. Le fusil glissa de ses doigts tandis qu'il vacillait, tombait à genoux, puis s'effondrait sur le plancher.

– Mal ! m'écriai-je en le rejoignant et en pressant désespérément mes mains sur sa poitrine pour arrêter l'hémorragie. Mal ! sanglotai-je, les joues ruisselantes de larmes.

L'atmosphère était saturée d'une odeur de sang et de poudre. Tout autour de nous, j'entendais des coups de feu, des gens gémir... et le bruit obscène d'animaux se nourrissant. Les flammes des Grishas faiblissaient, devenant plus sporadiques. Pire encore, je me rendis compte que le skiff n'avançait plus. *C'est la fin*, pensai-je, désespérée. Je me penchai sur Mal, pesant de tout mon poids sur sa blessure.

Il respirait difficilement.

– Ils arrivent, marmonna-t-il.

Je levai les yeux et distinguai dans la lumière tamisée deux volcras qui fondaient sur nous.

Je me couchai presque sur Mal, faisant de mon corps un bouclier. Je savais que c'était futile, mais c'était tout ce que j'avais à offrir. Je sentis l'odeur fétide des créatures, le vent produit par leurs ailes. Je posai mon front sur celui de Mal et l'entendis chuchoter :

– Rendez-vous dans le pré.

J'avais tellement peur, j'étais tellement en colère et certaine de notre mort imminente que quelque chose céda en moi. Le sang de Mal réchauffait mes paumes et la douleur déformait son adorable visage. Un volcra lâcha un cri de triomphe en m'enfonçant ses serres dans l'épaule. Une souffrance intense parcourut tout mon corps.

Alors le monde devint blanc.

Je fermai les yeux tandis qu'un flot soudain de lumière aveuglante envahissait mon champ de vision, semblant emplir ma tête et devoir me noyer. Quelque part au-dessus de moi, résonna un horrible cri aigu. Les griffes du volcra lâchèrent doucement mon épaule, et je m'affaissai en avant, ma tête heurtant le pont. Et je ne sentis plus rien.

3

Je me réveillai en sursaut. Je sentis un courant d'air sur ma peau et ouvris les yeux sur ce qui ressemblait à de sombres nuages de fumée. J'étais allongée sur le dos sur le pont du skiff. Très vite, je me rendis compte que les nuages se dissipaient, se déchiraient en volutes noires entre lesquelles brillait un puissant soleil d'automne. Je fermai les paupières, un intense sentiment de soulagement m'envahissant. *Nous sortons de la nappe*, me dis-je. *Je ne sais pas comment, mais on y est arrivés*. En étais-je certaine ? Des images de l'attaque des volcras me revinrent soudain, effrayantes. Où était Mal ?

J'essayai de m'asseoir, mais une vive douleur m'enflamma l'épaule. Je serrai les dents, me redressai et me retrouvai nez à nez avec le canon d'un fusil.

– Écartez ce machin, m'écriai-je en repoussant l'arme.

Le soldat pointa de nouveau son fusil menaçant sur moi.

– Ne bougez pas, ordonna-t-il.

Je le regardai avec des yeux ronds, stupéfaite.

– Vous êtes malade !

– Elle est réveillée ! cria-t-il par-dessus son épaule.

Deux soldats armés, le capitaine du skiff et une Caporalki le rejoignirent. Dans un accès de panique, je m'aperçus que les manches de son *kefta* rouge étaient brodées de noir. Que me voulait donc cette fondeuse ?

Je regardai autour de moi. Un hurleur se tenait près du mât, immobile, les bras levés, générant le vent puissant qui nous poussait. Il n'était flanqué que d'un soldat. Par endroits, le pont était couvert de sang. Mon estomac se retourna lorsque je repensai à l'horreur de la bataille. Un soigneur s'occupait des blessés. Où était Mal ?

Des soldats et des Grishas se tenaient le long du bastingage ; ils étaient couverts de sang, de brûlures, et surtout beaucoup moins nombreux qu'au moment de notre départ. Tous me regardaient avec circonspection. De plus en plus effrayée, je compris que les soldats et la Caporalki me surveillaient. Comme une prisonnière.

– Mal Oretsev, dis-je. C'est un traqueur. Il a été blessé pendant l'attaque. Où est-il ? (Aucune réponse.) Je vous en supplie, les priai-je, où est-il ?

Il y eut une secousse lorsque le skiff toucha terre. Le capitaine me fit signe avec son fusil.

– Debout.

Je songeai à refuser de me lever jusqu'à ce qu'ils me disent où était Mal, mais la vue de la fondeuse me fit changer d'avis. Je me relevai en grimaçant à cause de mon épaule douloureuse, puis je titubai quand les dockers tirèrent le skiff sur la terre ferme. Instinctivement, je tendis la main vers un soldat pour ne pas tomber, mais celui-ci eut un mouvement de recul. Comme s'il avait peur de se brûler.

Je parvins à ne pas perdre l'équilibre, mais mon esprit vacillait.

Le skiff s'immobilisa de nouveau.

– Avancez, m'ordonna le capitaine.

Les soldats me poussèrent vers la terre avec le canon de leur fusil. Je passai devant les autres survivants, consciente de leurs regards curieux et apeurés, et vis de loin le cartographe en chef qui discutait d'un ton animé avec un soldat. J'eus envie de m'arrêter pour lui raconter ce qui était arrivé à Alexei, mais je n'osai pas.

Lorsque je mis pied à terre, je découvris avec stupéfaction que nous étions de retour à Kribirsk. Nous n'avions pas réussi à traverser le Fold. J'eus un frisson. Je préférais marcher dans le camp avec des fusils dans le dos que de naviguer de nouveau sur la Non-Mer.

Quoique… pensai-je avec inquiétude.

Tandis que les soldats me poussaient sur la rue principale, les artisans abandonnaient leur ouvrage pour me regarder. Mon esprit tournait à plein régime, cherchant des réponses, mais n'en trouvant aucune.

Avais-je fait quelque chose de mal, dans le Shadow Fold ? brisé un protocole militaire, peut-être ? Comment en étions-nous ressortis, au fait ? Mes blessures me faisaient souffrir. Je repensai aux serres de la bête s'enfonçant dans ma chair et à la lumière aveuglante. Comment avions-nous survécu ?

J'oubliai toutes ces interrogations à l'approche de la tente des Officiers. Le capitaine ordonna aux gardes de s'arrêter et se dirigea vers l'entrée de la tente.

La Caporalki tendit le bras pour l'arrêter.

– C'est une perte de temps. Nous devrions immédiatement procéder à…

– Ôtez votre main, aboya le capitaine en se dégageant.

Pendant un instant, la Caporalki le regarda d'un air menaçant, puis elle eut un sourire glacial et s'inclina.

– Da, kapitan.

Les poils de mes bras se dressèrent.

Le capitaine disparut dans la tente. Nous attendîmes. Je me tournai nerveusement vers la Grisha, qui avait, semblait-il, oublié sa brève dispute avec le capitaine et me fixait du regard.

Elle était jeune, peut-être même plus jeune que moi, mais cela ne l'avait pas empêchée de contredire un officier supérieur. Ce n'était pas étonnant ; elle aurait pu le tuer dans la seconde sans lever le petit doigt. Je me frottai les bras pour chasser le froid qui s'était emparé de moi.

Le rideau de la tente claqua. Horrifiée, je vis émerger le capitaine et le colonel Raevsky. Qu'avais-je donc pu faire pour mériter d'attirer l'attention d'un officier de ce rang ?

Le colonel au visage buriné par le temps me toisa d'un air sinistre.

– Qu'est-ce que vous êtes ?

– Assistante cartographe Alina Starkov. Corps royal des topogra…

– J'ai dit : *qu'est-ce* que vous êtes ?

Je clignai des yeux.

– Je… je dessine des cartes, monsieur.

Raevsky fronça les sourcils. Il fit signe à un soldat d'approcher et lui murmura quelque chose à l'oreille. L'homme s'en fut vers les docks en courant.

– Allez, lâcha-t-il sèchement.

Je sentis le canon d'un fusil dans mon dos et me remis en marche. J'avais un très mauvais pressentiment ; je pensais savoir où ils me conduisaient. *C'est impossible*, me lamentai-je. *C'est ridicule*. Cependant, tandis que l'énorme tente noire grossissait devant moi, il devint impossible de douter.

L'entrée de la tente des Grishas était gardée par des Caporalki fondeurs et des *oprichniki* vêtus d'uniformes anthracite, les soldats d'élite qui formaient la garde rapprochée du Darkling. Les *oprichniki* n'étaient pas des Grishas, mais ils étaient tout aussi effrayants.

La Caporalki du skiff s'entretint avec les gardes, devant la tente, puis avec le colonel Raevsky et ils disparurent à l'intérieur.

J'attendis, le cœur battant à tout rompre, conscients des murmures et des regards dans mon dos, de plus en plus inquiète.

Très haut au-dessus de moi, quatre drapeaux claquaient dans le vent : un bleu, un rouge, un violet et, plus haut encore, un noir. Dire que, la nuit précédente, Mal et ses amis plaisantaient en évoquant l'idée de s'introduire dans cette tente mystérieuse. J'allais bientôt découvrir quels secrets elle renfermait. *Où est Mal ?* J'étais torturée par cette interrogation, la seule que j'étais capable de formuler correctement.

Après ce qui me sembla une éternité, la Caporalki réapparut et fit un signe de tête au capitaine, qui me poussa à l'intérieur.

Dans un premier temps, toute peur m'abandonna, tant tout ce qui m'entourait était beau. Les parois intérieures de la tente étaient drapées de cascades de soie couleur de bronze, qui reflétaient la lueur des lustres scintillants suspendus loin au-dessus de nos têtes. Le sol était couvert de riches tapis et de fourrures. Le long des parois, des paravents en soie formaient des compartiments dans lesquels étaient regroupés des Grishas vêtus de *kefta* aux couleurs vives. Certains discutaient, d'autres se reposaient sur des coussins en sirotant du thé. Deux Grishas jouaient même aux échecs. Quelqu'un, quelque part, pinçait les cordes d'une balalaïka. La demeure du duc était belle, mais d'une beauté mélancolique, toute en pièces vides et poussiéreuses, en peinture écaillée ; l'écho d'une grandeur passée. Je n'avais jamais rien vu de comparable à la tente des Grisha ; l'endroit transpirait le pouvoir et la richesse.

Les soldats me conduisirent dans une aile au sol couvert de tapis, à l'extrémité de laquelle se dressait un genre de pavillon noir surplombant une estrade. Une vague de curiosité parcourut la tente, accompagnant notre arrivée. Les Grishas, hommes et femmes, interrompirent leurs conversations pour me regarder passer. Quelques-uns se levèrent pour mieux me voir.

Lorsque nous arrivâmes devant l'estrade, la salle était tout sauf silencieuse, et pourtant, j'étais persuadée que tout le monde entendait mon cœur battre dans ma poitrine. Devant le pavillon noir, quelques ministres richement vêtus arborant l'aigle à deux têtes du roi et un groupe de Caporalki étaient agglutinés autour d'une longue table sur laquelle étaient dépliées des cartes. Au bout de la table se dressait un fauteuil à haut dossier en ébène finement ouvragé dans lequel se tenait un personnage en *kefta* noir, le menton posé sur sa main pâle. Un seul Grisha portait du noir, ou plutôt, était autorisé à porter du noir. Le colonel Raevsky se tenait à côté de lui, mais parlait à voix trop basse pour que je puisse distinguer ses paroles.

Je regardai avec des yeux ronds, hésitant entre peur et fascination. *Il est trop jeune*, pensai-je. Le Darkling commandait les Grishas depuis bien avant ma naissance, mais l'homme assis au-dessus de moi, sur l'estrade, ne paraissait pas tellement plus vieux que moi. Il avait le visage fin et beau, une épaisse chevelure noire et des yeux gris clair qui scintillaient comme du quartz. Je savais que les plus puissants des Grishas étaient censés vivre très longtemps, et les Darklings étaient les plus puissants de tous les Grishas. Néanmoins, l'anormalité de son apparence me frappa, et je me rappelai les paroles d'Eva : « *Il n'est pas naturel. Les autres non plus, d'ailleurs.* »

Un rire haut perché éclata dans la foule qui s'était formée tout près de moi, au pied de l'estrade. Je reconnus la magnifique fille en bleu, celle qui n'avait pu s'empêcher de dévisager Mal par la fenêtre de sa voiture d'Etherealki. Elle murmura quelque chose à son amie aux cheveux châtains, et toutes les deux s'esclaffèrent. Je m'empourprai à pensant à quoi je devais ressembler dans mon manteau miteux et déchiré après un voyage dans la nappe et une bataille contre une volée de volcras affamés. Je relevai néanmoins la tête et regardai la fille magnifique droit dans les yeux. *Riez tant que vous voudrez*, me dis-je, amère. *Quoi que vous murmuriez, sachez que j'ai déjà entendu pire*. Elle soutint mon regard pendant quelques secondes, puis détourna les yeux. J'eus le temps de ressentir un bref moment de satisfaction avant que la voix du colonel Raevsky ne me ramène à la réalité de ma situation.

– Amenez-les, dit-il.

Par-dessus mon épaule, je vis des soldats faire entrer un groupe de personnes ahuries et en piteux état. Parmi elles, je reconnus le soldat qui se tenait à côté de moi lorsque les volcras avaient attaqué et le cartographe en chef ; son manteau, habituellement impeccable, était crasseux et déchiré, et son visage déformé par la peur. Ma détresse s'intensifia lorsque je me rendis compte qu'il s'agissait des survivants de mon skiff et qu'on les conduisait devant le Darkling pour témoigner contre moi. Que s'était-il passé dans le Fold ? De quoi allait-on m'accuser ?

À ma grande surprise, je reconnus également quelques traqueurs dans le groupe. Je vis d'abord Mikhael, sa tignasse rousse dépassant de la foule sur son cou épais, puis, appuyé contre lui, des bandages visibles sous sa chemise déchirée et ensanglantée, un Mal extrêmement pâle et fatigué. Mes jambes menacèrent de céder sous mon poids, et je portai une main à ma bouche pour étouffer un sanglot.

Mal était vivant. J'aurais voulu fendre la foule pour le serrer dans mes bras, mais j'avais le plus grand mal à tenir debout, tant mon soulagement était fort. Quoi qu'il arrive ici, nous nous en sortirions. Nous avions survécu au Fold et nous allions survivre à cette folie.

Je me retournai vers l'estrade, et mon optimisme s'évanouit. Les yeux rivés sur moi, le Darkling écoutait le colonel Raevsky. Il semblait aussi détendu qu'à mon arrivée, mais son regard était intense et concentré. Il cessa de me dévisager pour s'adresser au colonel, et je me rendis compte que j'avais retenu mon souffle.

Lorsque le groupe débraillé eut atteint la base de l'estrade, le colonel Raevsky ordonna :

– *Kapetan*, au rapport.

Le capitaine se mit au garde-à-vous et s'exécuta d'une voix totalement neutre.

– Approximativement trente minutes après notre départ, nous avons été attaqués par un important groupe de volcras qui nous a immobilisés et infligé de très lourdes pertes. J'étais à tribord en train de me battre quand j'ai vu… (Le soldat hésita. Lorsqu'il reprit la parole, son ton était incertain.) Je ne sais pas exactement ce que j'ai vu. Un éclair puissant. On se serait cru sous le soleil de midi. Oui, c'était comme regarder le soleil, mais un soleil encore plus lumineux que le nôtre.

Les murmures enflèrent dans toute la salle. Les survivants du skiff hochaient la tête, et je me surpris à hocher la tête avec eux. Moi aussi, j'avais vu cette lumière intense.

Le soldat reprit la parole, focalisant l'attention :

– Les volcras se sont dispersés, et la lumière a disparu. Alors j'ai immédiatement ordonné à mes hommes de faire faire demi-tour au skiff.

– Et la fille ? demanda le Darkling.

Je compris qu'il parlait de moi et j'eus l'impression de recevoir un coup de poignard glacé dans le ventre.

– Je n'ai pas vu la fille, *moi soverenyi*.

Le Darkling haussa un sourcil et se tourna vers les autres survivants.

– Qui a vraiment vu ce qui s'est passé ? demanda-t-il d'une voix distante, froide, presque désintéressée.

Les survivants se mirent à chuchoter entre eux. Lentement, timidement, le cartographe en chef fit un pas en avant. Je ressentis une pointe de pitié pour lui. Jamais je ne l'avais vu aussi débraillé.

Ses cheveux épars étaient dressés sur sa tête, pointant dans toutes les directions ; ses doigts tiraient nerveusement sur son manteau en lambeaux.

– Dites-nous ce que vous avez vu, lui ordonna le colonel Raevsky.

– Nous… commença le cartographe en s'humectant les lèvres. Nous subissions l'assaut des volcras, expliqua-t-il d'une voix chevrotante. On se battait aux quatre coins du pont. Le bruit, le sang… Un des garçons, Alexei, a été emporté par un monstre. C'était terrible, terrible…

Ses mains tremblaient comme deux oiseaux effrayés.

Je plissai le front. S'il avait vu le volcra s'en prendre à Alexei, pourquoi n'avait-il pas tenté de lui venir en aide ?

Le vieil homme s'éclaircit la voix.

– Ils étaient partout. J'en ai vu un fondre sur elle…

– Qui, *elle* ? demanda le Raevsky.

– Alina… Alina Starkov, une de mes assistantes.

La jolie fille en bleu eut un sourire satisfait et se pencha vers son amie pour lui chuchoter quelque chose. Je serrai les dents. Comment les Grishas pouvaient-ils garder leur attitude hautaine et snob en écoutant le récit d'une attaque de volcras ?

– Continuez, le pressa le colonel Raevsky.

– J'en ai vu un s'attaquer à elle et au traqueur, poursuivit le cartographe en désignant Mal d'un geste de la main.

– Et où étiez-vous pendant ce temps-là ? ne pus-je m'empêcher de demander, furieuse.

J'avais parlé sans réfléchir. Tout le monde me regardait, mais je m'en moquais.

– Vous avez vu le volcra nous attaquer, repris-je. Vous avez vu ce monstre prendre Alexei. Pourquoi n'avez-vous rien fait ?

– Il n'y avait rien à faire, se défendit-il en écartant les bras dans un geste d'impuissance. Il y en avait partout. C'était le chaos !

– Alexei serait peut-être toujours en vie si vous aviez bougé votre cul osseux pour venir nous aider !

Une exclamation de surprise, puis des éclats de rire dans la foule. Le cartographe devint rouge de colère, et je regrettai aussitôt ma sortie. J'aurais de très gros ennuis si je sortais vivante de cette épreuve.

– Il suffit ! tonna Raevsky. Dites-nous ce que vous avez vu, cartographe.

La foule se tut, et le cartographe s'humecta de nouveau les lèvres.

– Le traqueur a été projeté au sol. Elle était à côté de lui. Cette chose, le volcra, avançait sur eux. Je l'ai vu sur elle et alors… la fille s'est embrasée.

Les Grishas se répandirent en commentaires incrédules et moqueurs. Quelques-uns rirent. Si je n'avais été si effrayée et déconcertée, j'aurais été tentée de les imiter. *Je n'aurais peut-être pas dû me montrer si dure avec lui*, pensai-je en regardant le cartographe ébouriffé. *Le pauvre a manifestement pris un coup sur la tête durant l'attaque.*

– Je l'ai vu ! cria-t-il par-dessus le vacarme. De la lumière a jailli d'elle !

Certains Grishas se moquaient ouvertement de lui, désormais, mais d'autres criaient :

– Laissez-le parler !

Le cartographe lança un regard désespéré aux autres survivants, cherchant leur soutien. À ma grande surprise, je vis quelques-uns d'entre eux hocher la tête. Étaient-ils tous devenus fous ? Croyaient-ils vraiment que j'avais chassé les volcras à moi toute seule ?

– C'est absurde, lâcha une voix dans la foule (la fille en bleu). Que sous-entendez-vous, vieil homme ? Que vous avez trouvé une invocatrice de lumière ?

– Je ne sous-entends rien, protesta-t-il. Je ne fais que raconter ce que j'ai vu.

– Ce n'est pas impossible, dit un Grisha bien charpenté. (Il portait un *kefta* violet de Materialki de l'Ordre des fabrikators.) On raconte que…

– Ne soyez pas ridicule, se moqua la fille d'un ton dédaigneux. Les volcras ont fait perdre l'esprit à cet homme !

De vives disputes éclatèrent un peu partout.

Je me sentis soudain très lasse. J'avais mal à l'épaule, là où les serres du volcra s'étaient enfoncées dans ma chair. J'ignorais ce que le cartographe et les autres survivants du skiff pensaient avoir vu. Je savais juste que c'était une terrible méprise et qu'à la fin de cette farce, je passerais pour une parfaite idiote. Je grimaçai en pensant que je serais l'objet de toutes les moqueries lorsque cette discussion serait terminée. Avec un peu de chance, elle le serait bientôt.

– Silence.

Le Darkling avait à peine haussé le ton, mais son ordre transperça la foule, et le silence fut instantané.

Je réprimai un frisson. Apparemment, cette plaisanterie ne l'amusait pas beaucoup. Pourvu qu'il ne m'en tienne pas rigueur. Le Darkling n'avait pas la réputation d'être très magnanime. Les moqueries, finalement, ce ne serait pas si grave, alors que l'exil en Tsibeya… Et je préférais ne pas penser au reste. Eva m'avait dit un jour que le Darkling avait ordonné à un soigneur de sceller définitivement la bouche d'un traître. Les lèvres de l'homme avaient été cousues, et il était mort de faim. À l'époque, Mal et moi avions ri en nous moquant d'Eva et de ses folles histoires, mais à présent, je ne savais plus quoi en penser.

– Traqueur, poursuivit doucement le Darkling. Qu'avez-vous vu ?

Comme un seul homme, la foule se tourna vers Mal, qui me regarda, mal à l'aise, avant de répondre.

– Rien. Je n'ai rien vu.

– La fille était juste à côté de vous.

Mal hocha la tête.

– Vous avez forcément vu quelque chose.

Mal posa sur moi son regard las et inquiet. Jamais je ne l'avais vu si pâle ; je me demandai combien de sang il avait perdu. Une colère incontrôlable m'envahit. Il était gravement blessé. Il devrait être en train de se reposer au lieu de rester debout à répondre à des questions stupides.

– Racontez-nous ce dont vous vous souvenez, traqueur, lui ordonna le colonel Raevsky.

Mal haussa légèrement les épaules et grimaça en serrant les dents.

– J'étais allongé sur le dos, sur le pont. Alina était à mes côtés. J'ai vu le volcra plonger vers nous. Alors j'ai dit quelque chose et…

– Qu'avez-vous dit ? demanda le Darkling d'une voix douce qui transperça l'assistance.

– Je ne me rappelle pas.

Je remarquai son air têtu et ses mâchoires serrées et je compris qu'il mentait. Il se rappelait très bien.

– J'ai senti l'odeur du volcra, je l'ai vu fondre sur nous. Alina a crié, et alors, j'ai été aveuglé. Le monde tout entier… brillait.

– Vous n'avez pas vu ce qui émettait cette lumière ? demanda Raevsky.

– Alina n'est pas… Elle n'a pas pu… (Mal secoua la tête.) Nous venons du même… village.

Je notai cette brève pause. La pause de l'orphelin.

– Si elle était capable de choses pareilles, ajouta-t-il, je le saurais.

Le Darkling observa Mal pendant un long moment avant de se tourner vers moi.

– Nous avons tous nos secrets, dit-il.

Mal ouvrit la bouche pour dire quelque chose, mais le Darkling le fit taire en levant la main. Un voile de colère couvrit furtivement le visage de Mal, mais il ferma la bouche et pinça les lèvres, l'air grave.

Le Darkling se leva. Il fit un geste, et les soldats reculèrent, me laissant seule devant lui. Un silence étrange s'installa. Lentement, le personnage descendit de son estrade.

Je réprimai un mouvement de recul tandis qu'il s'arrêtait juste en face de moi.

– Et vous, Alina Starkov, qu'avez-vous à nous dire ? demanda-t-il d'un ton agréable.

Je déglutis. Malgré ma gorge sèche et le rythme irrégulier de mon cœur, je n'avais d'autre choix que de parler. Je devais lui faire comprendre que je n'étais pour rien dans ce qui s'était passé.

– C'est une grossière erreur, commençai-je, enrouée. Je n'ai rien fait du tout. J'ignore comment nous avons survécu.

Le Darkling sembla réfléchir. Puis il croisa les bras sur sa poitrine et pencha la tête sur le côté.

– Bien, dit-il d'un ton léger. J'aime à croire que je suis au courant de tout ce qui se passe dans notre royaume et que, s'il y avait une invocatrice de lumière à Ravka, je le saurais.

Des murmures approbateurs se propagèrent dans la foule, mais il n'y fit pas attention et continua de me regarder avec attention.

– Néanmoins, quelque chose de puissant a bel et bien chassé les volcras et sauvé les skiffs du roi, poursuivit-il.

Il s'interrompit et attendit comme s'il espérait que je résolve cette énigme pour lui.

– Je n'ai rien fait, affirmai-je, la tête haute. Rien du tout.

Un tic souleva le coin de la bouche du Darkling, comme s'il se retenait de sourire. Il m'examina de la tête aux pieds, puis des pieds à la tête. J'avais l'impression d'être un objet étrange et brillant, une curiosité rejetée sur la rive d'un lac et attendant d'être renvoyée dans l'eau d'un coup de botte.

– Votre mémoire est-elle aussi défaillante que celle de votre ami ? s'enquit-il en désignant Mal du menton.

– Je ne me…

Je me ravisai. De quoi me souvenais-je, au juste ? La peur. Les ténèbres. La douleur. Le sang de Mal. Sa vie s'écoulant sur le pont entre mes doigts. La colère qui grossissait en moi à la pensée de mon impuissance.

– Tendez le bras, dit le Darkling.

– Pardon ?

– Nous avons perdu suffisamment de temps. Tendez le bras.

Une froide vrille de terreur s'immisça en moi. Je jetai un coup d'œil paniqué autour de moi, mais je ne pouvais espérer recevoir l'aide de personne. Les soldats regardaient droit devant eux, le visage figé. Les survivants du skiff étaient terrifiés et épuisés. Les Grishas me dévisageaient avec curiosité. La fille en bleu arborait un sourire en coin. La peau pâle de Mal était devenue encore plus blanche, mais il n'y avait aucune réponse dans son regard inquiet.

Toute tremblante, je tendis le bras.

– Remontez votre manche.

– Je n'ai rien fait.

Alors que j'avais eu l'intention de l'affirmer bien fort, un filet de voix à peine audible sortit de ma bouche.

Le Darkling me fixa du regard et attendit. Je remontai ma manche.

Soudain, il écarta les bras, et une vague d'effroi déferla sur moi lorsque je vis ses paumes s'emplir de quelque chose de noir qui grossit et se répandit dans l'air comme de l'encre dans de l'eau.

– Maintenant... reprit-il de ce même ton léger, comme si nous étions tous les deux en train de prendre le thé, comme si je n'étais pas toute tremblante de peur devant lui. Maintenant, voyons de quoi vous êtes capable.

Il joignit ses mains, et un coup de tonnerre retentit sous le pavillon. Je restai bouche bée tandis que des ténèbres ondulantes jaillissaient de ses mains jointes et formaient des vagues noires au-dessus de moi et de la foule.

J'étais aveugle. La salle avait disparu. Tout avait disparu. Je criai de terreur en sentant les doigts du Darkling se refermer sur mon poignet nu. Soudain, ma peur recula. Elle était toujours là, tapie en moi comme un animal, mais elle avait été mise de côté par quelque chose de calme, de sûr et de puissant ; quelque chose de vaguement familier.

J'entendis un appel résonner en moi et, à ma grande surprise, je sentis quelque chose se lever pour y répondre. Toutefois, je l'en empêchai, je forçai cette chose à s'aplatir. Instinctivement, je savais qu'elle risquait de me détruire si je la libérais.

– Il n'y a rien là-dedans ? murmura le Darkling.

Je me rendis compte à quel point il était proche de moi dans ces ténèbres. Mon esprit paniqué se raccrocha à ses mots. *Il n'y a rien. Absolument rien. Rien du tout ! Laissez-moi tranquille !*

À mon grand soulagement, cette chose en moi parut se résigner et ne répondit pas à l'appel du Darkling.

– Pas si vite, murmura celui-ci.

Un objet froid entra en contact avec l'intérieur de mon avant-bras. Au moment même où je comprenais que c'était un couteau, la lame pénétra dans ma chair.

La panique et la douleur m'envahirent. Je criai. La chose tapie en moi remonta soudain à la surface pour répondre à l'appel du Darkling. Je ne pus m'en empêcher. Je répondis. Et le monde explosa dans un éclair de lumière.

Autour de nous, les ténèbres éclatèrent comme du verre. Pendant une fraction de seconde, je vis les visages et les bouches ouvertes de la foule stupéfaite, tandis qu'une lumière aussi puissante que celle du soleil et une chaleur intense emplissaient le pavillon. Le Darkling me lâcha, et, avec son contact, disparut le sentiment de certitude qui m'habitait jusque-là. La lumière céda la place à l'éclat faible des bougies, mais je sentais toujours sa chaleur inexplicable sur ma peau.

Mes jambes cédèrent sous mon poids, mais le Darkling me rattrapa d'un bras étonnamment fort, m'attirant contre lui.

– Vous ressemblez à une petite souris, me chuchota-t-il dans l'oreille avant de faire signe à un de ses gardes personnels. Emmenez-la, dit-il à l'*oprichnik*, qui tendit le bras pour me soutenir.

Je trouvai indigne de passer d'un bras à l'autre comme un vulgaire sac de pommes de terre et je m'empourprai, mais j'étais trop tremblante et désorientée pour protester. Du sang coulait de l'entaille que le Darkling m'avait faite au bras.

– Ivan ! cria-t-il.

Un grand fondeur descendit de l'estrade pour nous rejoindre.

– Emmenez-la dans ma voiture. Je veux qu'elle soit constamment surveillée par un garde armé. Conduisez-la au Little Palace et ne vous arrêtez en chemin sous aucun prétexte.

Ivan hocha la tête.

– Et faites venir un soigneur pour qu'il s'occupe de ses blessures, ajouta le Darkling.

– Attendez ! protestai-je, mais le Darkling s'éloignait déjà. (Je lui agrippai le bras et choisis de ne pas prêter attention à la réaction outrée des Grishas qui nous regardaient.) Il y a erreur. Je n'ai pas… Je ne suis pas…

Ma voix se tarit. Le Darkling se retourna lentement, et son regard perçant se posa sur son bras et ma main. Je le lâchai, mais je ne comptais pas abandonner si facilement.

– Je ne suis pas ce que vous pensez, murmurai-je, désespérée.

Il se rapprocha de moi et rétorqua d'une voix si basse que je fus la seule à l'entendre :

– Je doute que vous sachiez vous-même ce que vous êtes. (Puis il fit un signe de tête à Ivan.) Maintenant, partez !

Le Darkling me tourna le dos et remonta sur l'estrade, où il fut aussitôt entouré de ministres et de conseillers qui parlaient fort et vite.

Ivan m'attrapa fermement par le bras.

– Viens par là !

– Ivan ! s'écria le Darkling. Baissez d'un ton, je vous prie. Elle est Grisha, désormais.

Ivan rougit un peu et s'inclina, mais l'étau de sa main ne se desserra pas lorsqu'il me conduisit hors du pavillon.

– Vous devez m'écouter ! criai-je en m'efforçant de marcher à son allure. Je ne suis pas Grisha mais cartographe. Et pas très douée, qui plus est.

Ivan ne m'écouta pas.

Je regardai par-dessus mon épaule, scrutant la foule. Mal se disputait avec le capitaine du skiff. Comme s'il avait senti le poids de mon regard, il se retourna vers moi. Mon angoisse et ma confusion se reflétaient sur son visage blême. J'eus envie de l'appeler, de courir le rejoindre, mais, l'instant d'après, il avait disparu, avalé par la foule.

4

Des larmes de frustration m'emplirent les yeux tandis qu'Ivan me traînait hors de la tente dans le soleil de cette fin d'après-midi. Il me conduisit au pied d'une basse colline, jusqu'à la route où attendait déjà la voiture noire du Darkling entourée par un anneau de cavaliers Etherealki et flanquée de soldats armés. Deux des gardes vêtus de gris du Darkling étaient postés devant la portière de la voiture, où attendaient également une femme et un homme aux cheveux blonds. Ces deux derniers arboraient la couleur rouge des Caporalki.

– Montez, ordonna Ivan. (Puis, se rappelant ce que le Darkling lui avait dit, il ajouta :) S'il vous plaît.

– Non.

– Pardon ?

Ivan semblait vraiment surpris. Les autres Caporalki paraissaient choqués.

– Non, répétai-je. Je n'irai nulle part. C'est une méprise. Je…

Ivan m'interrompit en m'agrippant le bras encore plus fort.

– Le Darkling ne se trompe jamais, affirma-t-il en serrant les dents. Montez dans la voiture.

– Je ne veux pas.

Ivan baissa la tête, si bien que son nez se retrouva à seulement quelques centimètres du mien.

– Vous croyez que ce que vous voulez m'intéresse ! cracha-t-il. Dans quelques heures, tous les espions de Fjerda, tous les assassins de Shu Han sauront ce qui s'est passé dans le Fold, et ils partiront à votre recherche. Notre seule chance est de vous conduire à Os Alta et de vous enfermer derrière les murs du palais avant que quelqu'un d'autre découvre ce que vous êtes. Maintenant, *montez à bord de cette voiture*.

Il me poussa à l'intérieur, puis s'affala en face de moi d'un air excédé. Les autres Caporalki se joignirent à lui, bientôt suivis par deux *oprichniki*, qui prirent place de part et d'autre de moi.

– Je suis la prisonnière du Darkling ?

– Vous êtes sous sa protection.

– Il y a une différence entre les deux ?

– Oui, et j'espère pour vous que vous ne la découvrirez jamais, dit Ivan, la mine indéchiffrable.

Je fronçai les sourcils et me jetai sur ma banquette, réveillant la douleur de mon épaule.

Je grimaçai.

– Occupez-vous d'elle, demanda Ivan à la Caporalki.

Ses manches étaient brodées de gris ; c'était une soigneuse. Elle changea de place avec un des *oprichniki* et s'assit à côté de moi.

– Nous sommes prêts, annonça un soldat en passant sa tête dans la voiture.

– Bien, répondit Ivan. Soyez vigilants et ne vous arrêtez sous aucun prétexte.

– Nous ferons seulement halte pour changer de chevaux.

Le soldat ferma la portière et disparut. Le cocher ne perdit pas de temps. Après un cri et un claquement de fouet, la voiture s'ébranla. Un soudain accès de panique glacial s'empara de moi. Que m'arrivait-il ? Je fus tentée d'ouvrir la portière et de me jeter dehors. Sauf que nous étions dans une ville garnison pleine d'hommes en armes, et même si ce n'était pas le cas, où aurais-je pu aller ?

– Retirez votre manteau, je vous prie, me demanda la femme assise à côté de moi.

– Quoi ?

– J'ai besoin de voir vos blessures.

Je songeai à refuser, mais à quoi bon ? Je me débarrassai maladroitement de mon manteau et laissai la soigneuse tirer sur ma chemise pour me dénuder les épaules. Les Caporalki formaient l'Ordre des vivants et des morts. Des vivants, surtout, me dis-je pour me rassurer, mais je n'avais encore jamais été soignée par une Grisha. Le moindre muscle de mon corps était tendu.

Elle sortit quelque chose de sa trousse, et une forte odeur chimique emplit aussitôt l'habitacle. Je sursautai lorsqu'elle commença à nettoyer mes plaies et plantai mes doigts dans mes genoux. Quand elle eut terminé, je ressentis d'intenses chatouillis entre les omoplates. Je me mordis fort la lèvre. Les démangeaisons étaient quasi insupportables. La soigneuse remit enfin ma chemise en place. Je roulai les épaules avec circonspection. La douleur avait disparu.

– À présent, le bras, dit-elle.

J'avais presque oublié la coupure infligée par le Darkling, alors que mon avant-bras et ma main étaient collants de sang. Elle nettoya la plaie et souleva mon bras dans la lumière.

– Essayez de ne pas bouger, me conseilla-t-elle, ou bien vous aurez une cicatrice.

Je fis de mon mieux, mais les secousses de la voiture ne me facilitèrent pas la tâche. La soigneuse passa lentement sa main au-dessus de la blessure. Une chaleur intense se propagea sur ma peau. Mon bras se mit à me démanger furieusement et, tandis que je regardais, ma peau chatoya et la plaie se referma, les chairs se ressoudant parfaitement.

Les démangeaisons cessèrent, et la soigneuse se rassit. J'effleurai mon bras. La coupure avait cédé la place à une cicatrice à peine visible et tout juste enflée.

– Merci, dis-je, impressionnée et un peu effrayée.

La femme hocha la tête.

– Donnez-lui votre *kefta*, lui ordonna Ivan.

La soigneuse plissa le front, mais n'hésita qu'une seconde avant de retirer son *kefta* d'un mouvement d'épaules et de me le tendre.

– Je n'en ai pas besoin, protestai-je.

– Prenez-le, gronda Ivan.

Je m'exécutai. La soigneuse ne fit aucun commentaire, mais je vis à son visage qu'elle était mécontente.

Je me demandais encore si je devais lui proposer mon manteau taché de sang lorsque Ivan tapota le plafond de l'habitacle. Aussitôt, la voiture ralentit. La soigneuse n'attendit même pas que le véhicule se soit immobilisé pour ouvrir la portière et en sortir.

Ivan referma la portière. L'*oprichnik* regagna sa place à côté de moi, et les chevaux se remirent en route.

– Où va-t-elle ? demandai-je.

– Elle retourne à Kribirsk, répondit Ivan. Nous voyagerons plus vite maintenant que nous sommes plus légers.

– Vous m'avez l'air plus lourd qu'elle, marmonnai-je.

– Enfilez le *kefta*.

– Pourquoi ?

– Parce qu'il est fait de fibre materialki et qu'il résiste aux balles de fusil.

Je le regardai fixement. Était-ce seulement possible ? Il circulait en effet des histoires de Grishas survivant à des coups de feu à bout portant et guérissant de blessures en apparence fatales. Je ne les avais jamais prises au sérieux, mais le savoir-faire des fabrikators expliquait peut-être ces miracles et ces contes de paysans.

– Vous portez tous des trucs comme ça ? m'enquis-je en enfilant le *kefta*.

– Quand nous allons au combat, répondit un *oprichnik*.

Je faillis sursauter. C'était la première fois qu'un des gardes ouvrait la bouche.

– Évitez juste de vous prendre une balle dans la tête, ajouta Ivan avec un sourire condescendant.

Je ne fis pas attention à lui. Le *kefta* était beaucoup trop grand pour moi. Je le trouvais lourd, bizarre, mais la doublure en fourrure était douce sur ma peau. Je me mordis l'intérieur de la joue. Ce n'était pas juste ; les Grishas et les *oprichniki* allaient au combat avec un bouclier de fibre materialki, alors que les simples soldats ne bénéficiaient d'aucune protection. Nos officiers étaient-ils logés à la même enseigne que nous ?

La voiture prit de la vitesse. Le soleil avait commencé à se coucher. Kribirsk était déjà loin derrière nous. Je me penchai pour regarder par la fenêtre, mais le monde extérieur était déjà gris et indistinct.

Des larmes me montèrent aux yeux, mais je réussis à ne pas pleurer. Quelques heures auparavant, j'étais une jeune fille effrayée par l'inconnu, mais au moins je savais qui j'étais et ce *que* j'étais. Je repensai avec nostalgie à la tente des Atlas. Les autres topographes devaient être en train de travailler. Pleuraient-ils la perte d'Alexei ? Parlaient-ils de moi et de ce qui s'était passé dans la nappe ?

Je serrai fort le manteau militaire ordinaire roulé en boule sur mes genoux. Ce devait être un rêve, une folle hallucination provoquée par ces choses horribles vues dans le Shadow Fold. Je ne pouvais pas vraiment voyager dans la voiture du Darkling vêtue d'un *kefta* de Grisha. Cette même voiture qui avait failli m'écraser la veille.

Quelqu'un alluma une lampe et, dans la lumière tamisée et vacillante, je distinguai mieux la soie qui tapissait l'habitacle. Les banquettes couvertes de velours noir étaient moelleuses. Sur les vitres était taillé le symbole du Darkling : deux cercles entrecroisés, une éclipse de soleil.

Les deux Grishas assis en face de moi me dévisageaient avec une curiosité non dissimulée. Leurs *kefta* rouges étaient tissés dans la plus belle laine, richement brodés de noir et doublés avec de la fourrure noire. Le fondeur blond était dégingandé et avait le visage long et mélancolique. Ivan était plus grand, plus large, avait les cheveux châtains et ondulés et la peau hâlée. Force m'était d'ailleurs d'admettre qu'il était séduisant. *Et il le sait. Une grosse brute séduisante…*

Je m'agitai sur ma banquette ; leur curiosité me mettait mal à l'aise. Je regardai par la fenêtre, mais il n'y avait rien à voir à part les ténèbres de plus en plus impénétrables et mon propre reflet blême. Je me tournai de nouveau vers les Grishas et m'efforçai de dominer ma gêne. Ils ne me lâchaient pas des yeux. Je me rappelai que ces types étaient capables de faire exploser mon cœur dans ma poitrine, mais, à bout de patience, je n'y tins plus.

– Je ne suis pas magicienne, je ne fais pas des tours pour amuser les gens, lâchai-je.

Les Grishas échangèrent un regard.

– Vous nous avez pourtant donné un joli spectacle, tout à l'heure, sous la tente, rétorqua Ivan.

Je levai les yeux au ciel.

– Quand je déciderai de refaire quelque chose d'intéressant, je vous préviendrai, alors, s'il vous plaît, faites un somme ou je ne sais pas…

Ivan prit un air indigné. J'eus soudain très peur, mais le Caporalki aux cheveux blonds éclata d'un rire tonitruant.

– Je suis Fedyor, dit-il. Et lui, c'est Ivan.

– Je sais. (La mine désapprobatrice d'Ana Kuya m'apparut en esprit, et j'ajoutai aussitôt :) Heureuse de faire votre connaissance.

Ils échangèrent un regard amusé. Je n'y fis pas attention et me réinstallai au fond de ma banquette, me mettant à l'aise, ce qui n'était pas facile flanquée de deux soldats lourdement armés.

Nous roulâmes sur une bosse et fûmes secoués.

– Ce n'est pas dangereux ? demandai-je. Je veux dire, de voyager de nuit ?

– Si, répondit Fedyor, mais s'arrêter le serait plus encore.

– Parce que des gens sont à mes trousses ? poursuivis-je, sarcastique.

– Ou le seront très bientôt.

Je reniflai de mépris. Fedyor haussa les sourcils et reprit :

– Pendant des centaines d'années, le Shadow Fold a œuvré pour nos ennemis, fermant nos ports, nous étouffant, nous affaiblissant. Si vous êtes réellement une invocatrice de lumière, alors votre pouvoir nous aidera à tailler dans le Fold, voire à le détruire. Toutefois, Fjerda et Shu Han ne resteront pas les bras croisés.

Je le regardai avec des yeux ronds. Qu'attendaient-ils tous de moi ? Que me feraient-ils subir quand ils comprendraient que je ne peux rien pour eux ?

– C'est ridicule, murmurai-je.

Fedyor m'étudia de la tête aux pieds.

– Peut-être bien, acquiesça-t-il.

Je fronçai les sourcils. Il était d'accord avec moi, et pourtant, je me sentais insultée.

– Comment l'avez-vous caché ? demanda brusquement Ivan.

– Quoi ?

– Votre pouvoir ! s'impatienta-t-il. Comment l'avez-vous caché ?

– Je ne l'ai pas caché. Je ne savais même pas que j'en avais un.

– Impossible.

– Et pourtant…

– N'avez-vous jamais été testée ?

Un souvenir terni remonta à la surface de ma mémoire : trois personnages vêtus de capes assis dans le salon de Keramzin, le front hautain d'une femme.

– Bien sûr que j'ai été testée.

– Quand ?

– J'avais huit ans.

– C'est très tard, commenta Ivan. Pourquoi vos parents ne vous ont-ils pas fait tester plus tôt ?

Parce qu'ils étaient morts, pensai-je sans le dire. *Et personne ne se souciait des petits orphelins du duc Keramsov*. Je haussai les épaules.

– C'est insensé ! protesta Ivan.

– C'est ce que j'essaie de vous dire depuis tout à l'heure ! (Je me penchai en avant et, désespérée, regardai successivement Ivan et Fedyor.) Je ne suis pas ce que vous croyez. Je ne suis pas une Grisha. Ce qui s'est passé dans le Fold… J'ignore ce qui s'est passé, mais je n'y suis pour rien.

– Et ce qui s'est passé sous la tente des Grishas ? demanda calmement Fedyor.

– Je ne me l'explique pas. Je n'ai rien fait du tout. C'est le Darkling. Quand il m'a touchée…

Ivan rit.

– Le Darkling n'a rien fait du tout. Il n'est qu'un amplificateur.

– Un quoi ?

Fedyor et Ivan échangèrent un nouveau regard.

– Laissez tomber, ajoutai-je. Ça ne m'intéresse pas.

Ivan passa les mains sous son col et retira un pendentif accroché à une chaîne en argent. Il me le tendit pour que je le voie de plus près.

Ma curiosité étant plus forte que ma colère, je me penchai vers l'objet. On aurait dit un fagot de griffes noires.

– Qu'est-ce que c'est ?

– Mon amplificateur, répondit Ivan avec fierté. Ce sont les griffes des pattes avant d'un ours Sherborn. Je l'ai tué moi-même quand j'ai quitté l'école pour me mettre au service du Darkling.

Il s'adossa à sa banquette et remit son collier autour de son cou.

– Un amplificateur augmente le pouvoir d'un Grisha, expliqua Fedyor. Il ne le crée pas.

– Tous les Grishas en possèdent-ils un ? m'enquis-je.

– Non, dit Fedyor en se raidissant. Les amplificateurs sont rares et difficiles à obtenir.

– Seuls les Grishas préférés du Darkling en ont un, expliqua Ivan d'un air suffisant.

Je regrettai aussitôt d'avoir posé la question.

– Le Darkling est un amplificateur vivant, poursuivit Fedyor. C'est ce que vous avez ressenti.

– Comme les griffes ? C'est ça, son pouvoir ?

– Un de ses pouvoirs, me corrigea Ivan.

Soudain frissonnante, je serrai le *kefta* autour de moi. Je me rappelai l'assurance qui m'avait envahie lorsque le Darkling m'avait touchée et cette sensation étrangement familière, cet appel résonnant en moi et attendant une réponse. C'était effrayant et excitant à la fois. Pendant quelques instants, mes doutes et mes craintes avaient disparu, remplacés par un genre d'absolue certitude. Je n'étais personne, une réfugiée venue d'un village sans nom, une petite fille décharnée et maladroite qui errait, seule, dans les ténèbres grandissantes. Mais, quand le Darkling avait refermé ses doigts autour de mon poignet, je m'étais sentie différente, mieux. Je fermai les yeux et me concentrai, tentai de me souvenir de ce sentiment, de ramener ce pouvoir parfait dans la lumière aveuglante. Mais rien ne se produisit.

Je soupirai et rouvris les yeux. Ivan semblait pour le moins amusé. J'eus du mal à me retenir de lui donner un coup de pied.

– Je crois que vous allez tous être très déçus, les prévins-je.

– J'espère pour vous que ce ne sera pas le cas, rétorqua Ivan.

– Pour nous tous, intervint Fedyor.

Je perdis la notion du temps. Le jour succéda à la nuit par la fenêtre de la voiture. Je passais mon temps à observer le paysage à la recherche de détails familiers. Je m'attendais à emprunter des routes secondaires, au lieu de quoi nous restâmes sur la Vy. Fedyor m'expliqua que le Darkling avait préféré la vitesse à la discrétion. Il espérait me mettre à l'abri derrière la double muraille d'Os Alta avant que la nouvelle de ma découverte n'arrive aux oreilles des espions et des assassins qui opéraient sur notre territoire.

Nous roulions à vive allure. Régulièrement, nous nous arrêtions pour changer de chevaux, et j'étais autorisée à me dégourdir les jambes. Quand je réussissais à dormir un peu, mes rêves étaient peuplés de monstres.

Une fois, je me réveillai en sursaut, le cœur battant à tout rompre, pour découvrir que Fedyor me regardait fixement. Ivan, endormi à côté de lui, ronflait bruyamment.

– Qui est Mal ? me demanda-t-il.

Je compris que j'avais parlé dans mon sommeil. Je lançai des regards embarrassés aux *oprichniki* qui m'encadraient.

L'un regardait droit devant lui, impassible, l'autre somnolait. À l'extérieur, le soleil de l'après-midi brillait dans une forêt de bouleaux.

– Personne, répondis-je. Un ami.

– Le traqueur ?

Je hochai la tête.

– Nous étions ensemble dans la nappe. Il m'a sauvé la vie.

– Et vous avez sauvé la sienne.

J'ouvris la bouche pour protester, mais me ravisai. Lui avais-je vraiment sauvé la vie ? Cette pensée me prit de court.

– C'est un grand honneur, reprit-il. Sauver des vies, je veux dire. Et vous en avez sauvé beaucoup.

– Pas assez, murmurai-je en revoyant le visage d'Alexei lorsque le monstre l'emportait dans les airs.

Si j'avais vraiment ce pouvoir, pourquoi n'avais-je pas été capable de les empêcher de mourir, lui et les autres ? Je me tournai vers Fedyor.

– Si vous pensez vraiment que sauver des vies est un honneur, pourquoi n'êtes-vous pas devenu soigneur au lieu de fondeur ?

Fedyor regarda défiler le paysage.

– De tous les Grishas, les Caporalki sont ceux qui ont le parcours le plus difficile. Notre entraînement est le plus dur, nos études les plus longues. À la fin, je me suis dit que je sauverais plus de vies en devenant fondeur.

– En devenant un tueur ? m'étonnai-je.

– Non, soldat, me corrigea-t-il. Tuer ou soigner ? poursuivit-il avec un sourire triste en haussant les épaules. Nous avons tous un don pour quelque chose. (Brusquement, son expression changea. Il se redressa et donna un coup de coude à Ivan.) Réveillez-vous !

La voiture s'était arrêtée. Je regardai autour de moi, décontenancée.

– Est-ce qu'on… commençai-je.

Un des gardes me plaqua une main sur la bouche et posa un doigt sur ses lèvres. La portière s'ouvrit, et la tête d'un soldat apparut dans l'habitacle.

– Un arbre est couché en travers de la route. C'est peut-être une embuscade. Surtout ne…

Il n'eut pas le temps de terminer sa phrase. Un coup de feu retentit, et il s'affaissa en avant, une balle dans le dos. Soudain, il y eut un chœur de cris paniqués, et l'atmosphère résonna de coups de feu assourdissants. Une pluie de projectiles s'abattit sur la voiture.

– Baissez-vous ! hurla un garde en se couchant sur moi, tandis qu'Ivan poussait du pied le soldat mort hors de l'habitacle et refermait la portière. Les Fjerdans ! ajouta-t-il en risquant un coup d'œil à l'extérieur.

Ivan se tourna vers Fedyor, puis vers le garde, à côté de moi.

– Vous deux, dit-il à Fedyor, vous couvrirez ce côté. Nous nous chargerons de l'autre. Il faut défendre la voiture à tout prix.

Fedyor sortit un grand couteau de sa ceinture et me le tendit.

– Restez par terre et ne faites aucun bruit.

Les Grishas et les gardes s'accroupirent sous les fenêtres. Lorsque Ivan leur donna le signal, ils sautèrent hors du véhicule en claquant les portières dans leur dos. Je restai assise par terre, le dos contre la banquette, les genoux remontés contre la poitrine, le couteau au manche lourd à la main. À l'extérieur, on se battait. Fracas de métal, grognements, cris, hennissements. La voiture trembla quand un corps fut projeté contre la vitre. Je constatai avec horreur qu'il s'agissait d'un des gardes, qui laissa une traînée rouge sur la vitre en glissant au sol.

La portière s'ouvrit et apparut un homme à la barbe jaune et à l'expression sauvage. Je reculai vers le fond de l'habitacle en brandissant le couteau devant moi. Il aboya quelque chose à ses compatriotes dans leur langue étrange et essaya de saisir ma cheville. Comme je donnais des coups de pied dans tous les sens, l'autre portière s'ouvrit dans mon dos, et je faillis tomber sur un autre assaillant barbu. Celui-ci m'attrapa par les aisselles et me tira hors de la voiture tandis que je criais et décrivais des arcs avec mon couteau.

Je réussis apparemment à le toucher car je l'entendis jurer avant qu'il me relâche. Je me relevai tant bien que mal et me mis à courir. Nous nous trouvions dans une vallée boisée, où la Vy se rétrécissait pour passer entre deux collines. Tout autour de moi, soldats et Grishas se battaient contre des hommes barbus. Les arbres flambaient, victimes collatérales du feu des Grishas. Je vis Fedyor tendre le bras, et l'homme qu'il affrontait s'écrouler en agrippant sa poitrine, un filet de sang coulant du coin de la bouche.

Je courus au hasard, escaladant la colline la plus proche en respirant par saccades, mes pieds glissant sur les feuilles mortes qui tapissaient le bois. J'avais gravi la moitié de la pente lorsqu'on se jeta sur moi par derrière. Je tombai en avant et lâchai mon couteau pour me réceptionner.

Je me retournai et me tortillai tandis qu'un autre blond barbu m'attrapait les jambes. Je regardai au fond de la vallée, mais les soldats et les Grishas, qui se battaient contre un ennemi beaucoup plus nombreux, ne pouvaient pas venir à mon secours. Je luttai, me débattis, mais le Fjerdan était trop fort. Il me grimpa dessus, me cloua les bras au sol avec ses genoux et chercha son couteau.

– Je vais te saigner ici même, sale sorcière ! aboya-t-il avec un accent prononcé.

À ce moment-là, j'entendis des bruits de sabots, et mon assaillant se retourna. Les *kefta* bleus et rouges volant au vent, un groupe de cavaliers déferlèrent dans la vallée en lançant du feu et des éclairs avec les mains. L'homme de tête était vêtu de noir.

Le Darkling mit pied à terre, écarta les bras, puis frappa violemment dans ses mains. Des écheveaux de ténèbres jaillirent en tous sens, se propagèrent dans la vallée, trouvant les combattants ennemis, glissant sur leurs corps et recouvrant d'ombre leurs visages. Les Fjerdans hurlèrent. Certains lâchèrent leur épée, d'autres l'agitèrent sans rien voir.

À la fois horrifiée et impressionnée, je vis les combattants ravkans prendre le dessus et massacrer leurs adversaires aveuglés.

Au-dessus de moi, mon assaillant marmonna des paroles inintelligibles. Peut-être une prière. Sa terreur était palpable, comme il regardait le Darkling sans pouvoir bouger. Alors je tentai ma chance.

– Je suis là ! criai-je.

Le Darkling tourna la tête et leva les bras.

– *Nej !* aboya le Fjerdan en brandissant son couteau. Je n'ai pas besoin de voir pour lui enfoncer ma lame dans le cœur !

Je retins mon souffle. Le silence se fit, brisé uniquement par les gémissements des mourants. Le Darkling abaissa ses bras.

– Je vous ferais remarquer que vous êtes encerclé, dit-il d'une voix calme qui résonna néanmoins dans le bois tout entier.

L'assassin regarda frénétiquement à droite, à gauche, puis vers le sommet de la colline, où des soldats ravkans venaient d'apparaître, fusil à l'épaule. Le Darkling en profita pour commencer à gravir la colline.

– Arrêtez-vous ! hurla l'homme.

Le Darkling obtempéra.

– Rendez-moi la fille, et je vous laisserai retourner auprès de votre roi.

L'assassin éclata d'un rire dément.

– Non, non, non ! Je ne crois pas, rétorqua-t-il en secouant la tête, la lame cruelle du couteau suspendue au-dessus de mon cœur brillant dans le soleil d'automne. Le Darkling n'épargne jamais personne.

Il abaissa les yeux sur moi. Ses cils étaient si clairs que je les voyais à peine.

– Tu ne seras jamais à lui, ronronna-t-il. Il n'aura pas la sorcière. Son pouvoir ne sera pas à lui.

Il leva son couteau bien haut et hurla : *Skirden Fjerda !*

La lame plongea, décrivant un arc scintillant. Je tournai la tête et fermai fort les paupières ; cependant, j'eus le temps d'apercevoir le Darkling, qui semblait agiter les bras devant lui. J'entendis un bruit d'explosion, comme un coup de tonnerre, puis… rien.

Lentement, j'ouvris les yeux et avisai le spectacle horrible qui se présentait devant moi. Je voulus crier, mais aucun son ne sortit de ma bouche. L'homme, au-dessus de moi, avait été coupé en deux. Sa tête, son épaule droite et son bras gisaient par terre. Sa main blanche n'avait pas lâché son couteau. Le reste de sa personne vacilla quelques secondes au-dessus de moi, une fine volute de fumée noire terminant de se dissiper autour de son torse découpé. Ce qui restait de lui tomba bientôt en avant.

Je retrouvai la voix et hurlai. Toute tremblante, je rampai sur le dos, tentant de m'éloigner du corps mutilé, incapable de me lever, incapable de détourner les yeux de l'affreuse vision.

Le Darkling arriva en courant et s'agenouilla entre le cadavre et moi.

– Regardez-moi, m'ordonna-t-il.

J'essayai de me concentrer sur son visage, mais je ne voyais que le corps coupé en deux de l'assassin et son sang qui imbibait les feuilles mortes.

– Que… que lui avez-vous fait ? demandai-je d'une voix tremblotante.

– Ce que j'avais à faire. Pouvez-vous vous lever ?

Je hochai la tête. Il me prit par les mains et m'aida. Quand je tournai les yeux vers le cadavre, il me prit par le menton et me força à le regarder.

– Regardez-moi.

J'acquiesçai et m'efforçai de ne pas le lâcher des yeux comme il m'entraînait au pied de la colline en criant des ordres à ses hommes.

– Dégagez la route. J'ai besoin de vingt cavaliers.

– Et la fille ? demanda Ivan.

– Elle chevauchera avec moi, répondit le Darkling.

Il me laissa à côté de son cheval et s'en fut discuter avec Ivan et ses capitaines. Je fus soulagée de voir Fedyor parmi eux. Il se tenait le bras, mais cela ne semblait pas très grave. Je tapotai le flanc couvert de transpiration du cheval et inspirai le parfum de cuir propre de la selle afin de ralentir les battements de mon cœur et d'oublier ce qui gisait derrière moi sur la colline.

Quelques minutes plus tard, des soldats et des Grishas remontèrent à cheval. Plusieurs hommes avaient terminé d'écarter l'arbre abattu sur la route, tandis que d'autres s'éloignaient avec la voiture très endommagée.

– Un leurre, expliqua Darkling en me rejoignant. Nous allons emprunter les pistes du Sud. Ce que nous aurions dû faire depuis le début.

– Il vous arrive donc de commettre des erreurs, dis-je sans réfléchir.

Il était en train d'enfiler ses gants et interrompit son geste. Je me mordis nerveusement la lèvre.

– Je ne voulais pas…

– Bien sûr que je commets des erreurs, acquiesça-t-il avec un sourire en coin. Mais pas souvent.

Il releva sa capuche et me tendit la main pour m'aider à monter en selle. J'hésitai pendant quelques secondes. Il se tenait devant moi, sombre cavalier vêtu de noir, les traits dissimulés dans l'ombre. L'image de l'assassin coupé en deux me revint en mémoire et mon estomac se souleva.

Comme s'il pouvait lire dans mes pensées, il dit :

– J'ai fait ce que je devais faire, Alina.

Je le savais. Il m'avait sauvé la vie. De toute façon, je n'avais aucune alternative, alors je mis ma main dans la sienne et je le laissai m'aider à monter en selle. Il s'assit derrière moi et éperonna sa monture, qui partit au trot.

Comme nous quittions la vallée, la réalité de ce qui venait de m'arriver me frappa.

– Vous tremblez, me dit-il.

– Je ne suis pas habituée à voir des gens essayer de me tuer.

– Vraiment ? Moi, je n'y fais même plus attention.

Je regardai par-dessus mon épaule. Il arborait toujours un demi-sourire, mais plaisantait-il réellement ?

– Sans compter que je viens de voir un homme se faire couper en deux, ajoutai-je.

Mon ton s'était voulu léger, mais je tremblais toujours.

Le Darkling prit les rênes d'une main et retira un de ses gants. Je me raidis en le sentant glisser ses doigts sous mes cheveux et poser sa paume à la base de mon cou. La surprise céda vite la place à la sérénité, tandis que m'envahissait une sensation de puissance et de certitude. La main toujours posée en coupe derrière ma tête, il lança le cheval au petit galop. Je fermai les yeux et tentai de ne pas penser. Bientôt, malgré les secousses, malgré les expériences terrifiantes de la journée, je sombrai dans un sommeil troublé.

5

Les quelques jours suivants défilèrent dans un brouillard d'épuisement et d'inconfort. Nous restâmes à l'écart de la Vy, nous contentant de routes secondaires et de pistes de chasseurs étroites, chevauchant aussi vite que le terrain vallonné et parfois traître le permettait. Je n'avais aucune idée de l'endroit où nous nous trouvions ni de la distance parcourue.

Dès le deuxième jour, le Darkling et moi montâmes séparément, mais j'étais toujours consciente de sa position dans la colonne de cavaliers. Comme il ne m'adressa plus la parole, je me demandai si je ne l'avais pas offensé sans le vouloir. (Nous avions si peu parlé que c'était peu probable.) De temps en temps, je le surprenais à me regarder, l'air froid et insondable.

Je n'avais jamais été très bonne cavalière, et l'allure imposée par le Darkling commençait à me peser. J'avais beau changer constamment de position sur ma selle, certaines parties de mon corps me faisaient atrocement souffrir. Apathique, je fixais les oreilles animées de tics de mon cheval pour ne pas penser à l'incendie qui faisait rage dans mes jambes et dans le bas de mon dos devenu insensible. Le cinquième soir, quand nous nous arrêtâmes dans une ferme abandonnée pour passer la nuit, j'étais tellement soulagée que j'en aurais sauté à terre de joie. Toutefois, j'étais si raide que je préférai me laisser glisser doucement et maladroitement jusqu'au sol. Je remerciai le soldat qui vint s'occuper de ma monture et descendis avec circonspection au pied d'une butte où j'entendais les doux gargouillis d'un ruisseau.

Je m'agenouillai, les jambes tremblantes, et me lavai le visage et les mains dans l'eau froide. L'atmosphère avait changé ces deux derniers jours, et le ciel d'automne bleu et dégagé se chargeait progressivement d'un gris maussade. Les soldats semblaient penser que nous atteindrions Os Alta avant que le temps se détériore davantage. Et après ? Que m'arriverait-il quand je serais dans le Little Palace ? Que se passerait-il quand j'échouerais à satisfaire leurs demandes ? Décevoir un roi n'était jamais une bonne chose. Ou un Darkling. Ils ne se contenteraient sans doute pas de me renvoyer à mon régiment en me donnant une tape dans le dos. Je me demandai si Mal était toujours à Kribirsk. Si ses blessures avaient été soignées, il avait peut-être déjà été renvoyé dans le Fold ou ailleurs. Je repensai à son visage disparaissant dans la foule sous la tente des Grishas. Je n'avais même pas eu le temps de lui dire au revoir.

Dans le crépuscule, j'étirai mes bras et mon dos en m'efforçant de chasser mes mauvaises pensées. *C'est mieux comme ça*, me dis-je. Comment lui aurais-je dit au revoir, de toute façon ? *Merci d'être mon meilleur ami et de rendre ma vie supportable ? Oh ! et désolée d'être tombée amoureuse de toi en chemin. N'oublie pas de m'écrire !*

– Qu'est-ce qui vous fait sourire ?

Je pivotai sur mes talons et scrutai les ténèbres naissantes. La voix du Darkling semblait émaner de l'ombre. Il me rejoignit près du ruisseau et s'accroupit pour s'éclabousser le visage et se mouiller les cheveux.

– Alors ? insista-t-il en me regardant.

– Moi. C'est moi qui me fais sourire, admis-je.

– Êtes-vous si drôle ?

– Hilarante, même.

Le Darkling me considéra longuement dans la faible lumière. J'avais l'impression d'être étudiée de près, ce qui était déstabilisant. Lui ne semblait pas du tout avoir souffert du voyage ; tout juste notai-je la présence de quelques grains de poussière sur son *kefta*. Une soudaine bouffée de chaleur me fit monter le rouge aux joues. Mon *kefta* était déchiré et trop grand, mes cheveux étaient sales, et l'assassin de Fjerda m'avait laissé une vilaine meurtrissure au visage. Le Darkling regrettait-il de m'avoir traînée jusqu'ici ? Pensait-il avoir commis une de ses rares erreurs ?

– Je ne suis pas une Grisha, bredouillai-je.

– De nombreux indices semblent pourtant prouver le contraire, rétorqua-t-il avec une pointe d'intérêt. Qu'est-ce qui vous rend si sûre de vous ?

– Regardez-moi !

– C'est ce que je fais.

– Ai-je l'air d'une Grisha ?

Les Grishas étaient belles. Elles n'avaient ni boutons, ni cheveux châtains ternes, ni bras décharnés.

Il secoua la tête et se releva.

– Vous ne comprenez rien, regretta-t-il en retournant d'où il était venu.

– Vous allez m'expliquer ?

– Pas pour le moment, non.

Cela me mit hors de moi. Si je ne l'avais pas vu couper un homme en deux sans le toucher, je lui aurais peut-être donné un coup derrière la tête, mais je me contentai de fixer d'un œil noir un point situé entre ses omoplates avant de lui emboîter le pas.

Les soldats avaient allumé un feu sur la terre battue de la grange détruite. L'un d'entre eux avait attrapé et tué une oie, qu'il faisait rôtir au-dessus des flammes. Comme nous étions nombreux, les portions furent ridicules ; le Darkling n'avait pas autorisé ses hommes à chasser dans les bois.

Je m'installai près du feu et mangeai en silence. Quand j'eus terminé, je n'hésitai qu'une seconde avant d'essuyer mes doigts sur le *kefta* déjà crasseux. Je n'avais jamais porté et je ne porterais sans doute plus jamais quelque chose d'aussi beau, et voir l'étoffe tachée et déchirée me rendait malade.

À la lumière du feu, je regardai les *oprichniki* assis à côté des Grishas. Certains s'étaient déjà éloignés du feu pour se coucher. D'autres avaient pris le premier tour de garde. Les autres restèrent à discuter en partageant une bouteille tandis que les flammes faiblissaient. Le Darkling était parmi eux. J'avais remarqué qu'il avait mangé la même ration que ses hommes. Et à présent, il était assis à même le sol froid avec ses soldats. Un homme qui ne recevait ses ordres que du roi.

Il dut sentir que je l'observais car il se tourna vers moi, ses yeux gris scintillant dans la lumière ambrée. Je m'empourprai. À ma grande stupéfaction, il se leva, vint s'asseoir à côté de moi et me tendit la bouteille. J'hésitai un peu avant d'avaler une gorgée en grimaçant. Je n'avais jamais aimé le *kvas*, contrairement à nos professeurs, à Keramzin, qui le buvaient comme de l'eau. Une fois, Mal et moi en avions volé une bouteille. Cela nous avait valu une bonne raclée, mais surtout, nous avions tous les deux été malades comme des chiens.

Le breuvage me brûla l'œsophage, et j'accueillis avec bienveillance la chaleur qu'il diffusa en moi. J'en avalai une autre gorgée et lui rendis la bouteille.

– Merci, dis-je en toussant un peu.

Le Darkling but à son tour en regardant le feu.

– Allez-y, posez-moi vos questions.

Je clignai des yeux, prise de court. Je ne savais pas par où commencer. Mon esprit fatigué était saturé de questions ; j'étais à la fois paniquée, épuisée et incrédule depuis qu'on avait quitté Kribirsk. Je n'étais pas certaine d'avoir l'énergie nécessaire pour former ne serait-ce qu'une pensée. Lorsque je finis par ouvrir la bouche, je fus la première étonnée par ce qui en sortit.

– Quel âge avez-vous, exactement ?

Il me regarda d'un air amusé.

– Je ne sais pas.

– Comment est-ce possible ?

Le Darkling haussa les épaules.

– Et vous, quel âge avez-vous, exactement ?

Je lui lançai un regard amer. Je ne connaissais pas ma date de naissance. Tous les orphelins de Keramzin fêtaient leur anniversaire en même temps que le duc, en l'honneur de leur bienfaiteur.

– Alors, quel âge avez-vous… à peu près ? insistai-je.

– Pourquoi cela vous intéresse-t-il ?

– Parce qu'on me raconte des histoires sur vous depuis que je suis toute petite, et vous n'avez pas l'air tellement plus vieux que moi, avouai-je honnêtement.

– Quel genre d'histoires ?

– Les histoires habituelles, m'agaçai-je. Si vous ne voulez pas me répondre, dites-le franchement.

– Je ne veux pas vous répondre.

– Oh…

Puis il soupira et dit :

– Cent vingt ans. À peu près.

– Quoi ? m'écriai-je, attirant l'attention des soldats assis en face de moi… C'est impossible, ajoutai-je plus bas.

Le Darkling s'abîma dans la contemplation du feu.

– Pour brûler, le feu utilise du bois, il le consume, ne laissant que des cendres. Le pouvoir des Grishas ne fonctionne pas de cette façon.

– Comment, alors ?

– Plus nous l'utilisons, plus nous devenons forts. Cela nous nourrit au lieu de nous consumer. La plupart des Grishas vivent très longtemps.

– Mais pas cent vingt ans.

– Non. La durée de la vie d'un Grisha dépend de son pouvoir. Plus celui-ci est grand, plus la vie est longue. Alors, quand le pouvoir est amplifié…

Il haussa de nouveau les épaules.

– Et vous êtes un amplificateur vivant, comme l'ours d'Ivan.

Un semblant de sourire lui souleva les coins de la bouche.

– Comme l'ours d'Ivan.

Une pensée déplaisante se forma dans mon esprit.

– Mais ça veut dire…

– Que mes os ou quelques-unes de mes dents pourraient rendre un Grisha extrêmement puissant.

– C'est horrible. Cela ne vous inquiète pas ?

– Non, répondit-il simplement. Maintenant, à vous de répondre à mes questions. Quel genre d'histoires vous a-t-on racontées à mon sujet ?

Je m'agitai, mal à l'aise.

– Eh bien… nos professeurs nous ont dit que vous aviez renforcé la Seconde Armée en faisant venir des Grishas d'autres pays.

– Je n'ai pas eu besoin de les faire venir ; ils sont venus tout seuls. Certains pays ne traitent pas leurs Grishas avec autant d'égards que Ravka, expliqua-t-il, l'air grave. À Fjerda, on nous brûle comme des sorcières, tandis qu'en Kerch, on nous vend comme des esclaves. En Shu Han, on nous découpe en morceaux pour tenter de trouver la source de notre pouvoir. Quoi d'autre ?

– Ils nous disaient que vous étiez le plus puissant des Grishas apparus depuis plusieurs générations.

– Je ne vous ai pas demandé de me flatter.

J'attrapai un fil qui pendait de ma manche. Il me regarda fixement et attendit.

– Eh bien, il y avait ce vieux serf qui travaillait dans la propriété…

– Je vous écoute.

– Un jour, il nous a dit que… que les Darklings n'avaient pas d'âme et que seul quelque chose d'intrinsèquement mauvais pouvait avoir créé le Shadow Fold. (J'avisai son regard froid et ajoutai aussitôt :) Mais Ana Kuya lui a tout de suite ordonné de retourner travailler en l'accusant de n'être qu'un paysan superstitieux.

– Je doute que ce serf soit le seul à penser cela, regretta le Darkling dans un soupir.

Je ne dis rien. Tout le monde ne pensait pas comme Eva ou ce vieux serf, mais j'avais été dans la Première Armée suffisamment longtemps pour savoir que la plupart des soldats ordinaires n'avaient pas confiance dans les Grishas et ne respectaient aucunement le Darkling.

Après quelques secondes, il reprit :

– Mon arrière-arrière-arrière-grand-père était l'Hérétique noir, le Darkling qui a créé le Shadow Fold. Ce fut une erreur, une expérience née de sa cupidité ou peut-être du mal qui l'animait. Je ne sais pas. Depuis, cependant, tous les Darklings se sont évertués à réparer les dégâts qu'il avait causés à notre pays, et je ne fais pas exception à la règle. (Lorsqu'il se tourna vers moi, la mine sérieuse, les flammes projetaient des ombres étranges sur ses traits parfaits.) J'ai passé ma vie à chercher une manière de réparer son erreur. Et vous êtes la première lueur d'espoir que je vois depuis un bon moment.

– Moi ?

– Le monde change, Alina. Les mousquets et les fusils ne sont que les premiers signes de cette évolution. J'ai vu les armes développées par Kerch et Fjerda. L'âge des Grishas touche à son terme.

C'était une pensée terrifiante.

– Mais… la Première Armée a des fusils, des armes…

– D'où croyez-vous que viennent ces fusils, ces munitions ? Chaque fois que nous traversons la nappe, nous perdons des vies. Ravka séparé en deux entités ne survivra pas à l'avènement de ce nouvel âge. Nous avons besoin de nos ports, de nos havres, et vous seule pouvez nous les rendre.

– Comment ? demandai-je d'un ton suppliant. Comment suis-je supposée m'y prendre ?

– En m'aidant à détruire le Shadow Fold.

– Vous êtes fou, protestai-je en secouant la tête. Cette situation est complètement folle.

Je levai les yeux vers les poutres cassées du toit de la grange et, au-delà, le ciel nocturne. Il y avait beaucoup d'étoiles, mais mes yeux ne semblaient voir que les ténèbres insondables qui les entouraient. Je m'imaginai dans le silence absolu du Fold, aveugle, apeurée, avec pour seule protection mes supposés pouvoirs. Je pensai à l'Hérétique noir. Il avait créé le Shadow Fold. Un Darkling. Comme celui qui était en train de m'observer à la lumière des flammes.

– Parlez-moi de cette chose que vous avez faite, repris-je pendant que j'en avais le courage. Au Fjerdan, je veux dire.

– On appelle cette technique la Coupe, répondit-il en se tournant vers les flammes. Elle demande beaucoup d'énergie et de concentration. Seuls quelques Grishas la maîtrisent.

Je me frottai les bras pour chasser le froid qui s'était emparé de moi.

Il me regarda furtivement avant de se tourner vers le feu.

– Si je l'avais coupé en deux avec une épée, cela aurait-il fait une différence ?

Bonne question. J'avais vu un nombre incalculable d'horreurs au cours des derniers jours. J'avais vécu une expérience terrible dans la nappe, mais ce n'était rien comparé à cet homme coupé en deux, vacillant au-dessus de moi sous les arbres, puis me tombant dessus. Cette image-là ne me quittait jamais ; elle hantait mes rêves aussi bien que mes journées.

– Je ne sais pas, dis-je doucement.

Quelque chose lui traversa furtivement le visage. De la colère ou peut-être de la souffrance. Sans un mot de plus, il se leva et s'éloigna.

Je le regardai disparaître dans les ténèbres et je me sentis soudain coupable. *Ne sois pas idiote*, me raisonnai-je. *C'est le Darkling, le deuxième personnage le plus puissant de Ravka. Il a cent vingt ans ! Tu ne l'as pas blessé*. Mais je repensai à l'expression qui lui avait traversé le visage, à la honte dans sa voix lorsqu'il avait mentionné l'Hérétique noir, et je ne pus m'empêcher de penser que je n'avais pas réussi mon test.

Deux jours plus tard, juste avant l'aube, nous passâmes sous une porte massive et pénétrâmes la célèbre double enceinte d'Os Alta. Mal et moi avions fait nos classes pas très loin, dans la forteresse de Poliznaya, mais nous n'étions jamais entrés dans la ville elle-même. Os Alta était réservée aux très riches, aux militaires, aux officiels du gouvernement, à leurs familles, leurs maîtresses et à ceux qui les servaient.

Je ressentis une pointe de déception en passant devant les boutiques fermées et les rangées denses de petites maisons, en traversant une grande place où s'affairaient déjà quelques marchands. Os Alta était aussi appelée la cité des rêves ; c'était la capitale de Ravka, la demeure des Grishas, l'endroit où se dressait le palais du roi.

Sauf qu'en réalité, il s'agissait d'une version plus grande et plus sale de Keramzin.

Le décor changea lorsque nous atteignîmes un pont enjambant un large canal sur lequel flottaient de petits bateaux. De l'autre côté, émergeant de la brume, se dressait l'autre Os Alta, blanche et scintillante. En traversant le pont, je vis qu'il pouvait être soulevé pour transformer le canal en douve géante séparant la cité des rêves du chaos de la cité marchande.

Une fois de l'autre côté, j'eus l'impression d'entrer dans un autre monde. Partout où je regardais, je ne voyais que fontaines et places, parcs verdoyants et larges boulevards flanqués d'alignements d'arbres parfaits. De temps à autre, des lumières s'allumaient dans les étages inférieurs des vastes demeures ; on allumait du feu dans les cuisines et on commençait une journée de travail bien remplie.

Les rues se firent pentues, et comme nous prenions de l'altitude, les maisons devinrent plus grandes et imposantes, jusqu'à ce que nous arrivions devant une nouvelle enceinte et une nouvelle porte, cette fois ornée d'or et arborant l'aigle à deux têtes du roi. Le long de la muraille, j'avisai des hommes lourdement armés ; en effet, en dépit de sa magnificence, Os Alta était la capitale d'un pays en guerre depuis de longues années.

La porte s'ouvrit.

Nous nous engageâmes sur une allée tapissée de gravillons scintillants et bordée d'arbres élégants. Des deux côtés de la chaussée, s'étirant au loin, j'admirai des jardins parfaitement entretenus, verdoyants et légèrement flous dans la brume matinale. Et au-dessus, surplombant une série de terrasses en marbre et de fontaines dorées, se dressait le Grand Palace, le palais d'hiver du roi de Ravka.

Lorsque nous arrivâmes devant l'énorme fontaine représentant un aigle à deux têtes située au pied de la demeure, le Darkling vint à ma hauteur.

– Alors, qu'est-ce que vous en pensez ? me demanda-t-il.

Je le regardai furtivement avant de me tourner vers la façade élaborée. Jamais je n'avais vu bâtiment aussi grand ; ses terrasses accueillaient une multitude de statues, ses trois étages luisants étaient troués de nombreuses fenêtres scintillantes, apparemment ornées d'or véritable.

– C'est très… impressionnant, répondis-je avec circonspection.

– Pour ma part, reprit-il avec un sourire en coin, j'ai rarement vu quelque chose d'aussi laid.

Puis il éperonna son cheval et se remit en route.

Nous contournâmes le palais et nous enfonçâmes dans les jardins, passant devant un labyrinthe de haies, une grande étendue verte au centre de laquelle se dressait un temple avec des colonnes, et une grande serre aux vitres couvertes de condensation. Nous arrivâmes ensuite dans un coin boisé du jardin, une véritable petite forêt, où nous empruntâmes une large et sombre allée surplombée de branches denses et entremêlées.

Les poils de mes bras se dressèrent. J'eus la même sensation que lorsque nous avions traversé le canal : ce sentiment d'entrer dans un autre monde. Quand nous émergeâmes de ce tunnel végétal dans un soleil encore faible, je suivis du regard une petite dépression et découvris une bâtisse comme je n'en avais encore jamais vu.

– Bienvenue au Little Palace, annonça le Darkling.

C'était un nom étrange ; même s'il était en effet plus petit que le Grand Palace, le « Little » Palace était énorme. Il dominait les arbres qui l'entouraient et semblait avoir été taillé dans une forêt enchantée. Ses murs coiffés de dômes dorés étaient constitués de bois sombre. À mesure que nous en approchions, je remarquai que le moindre centimètre carré de sa façade était couvert de bas-reliefs représentant oiseaux et fleurs, vignes grimpantes et monstres magiques.

Un groupe de serviteurs vêtus de tenues anthracite attendaient sur les marches. Quand je mis pied à terre, l'un d'entre eux se précipita pour emmener mon cheval, tandis que d'autres poussaient la grande double porte. En pénétrant à l'intérieur, je ne pus m'empêcher de toucher le bois magnifiquement sculpté. Les portes étaient serties de nacre et scintillaient dans le jour naissant. Combien de mains, combien d'années avait-il fallu pour créer pareil endroit ?

Nous traversâmes le vestibule et entrâmes dans une grande salle hexagonale au centre de laquelle quatre longues tables rectangulaires formaient un carré. Nos pas résonnaient sur les dalles, et un énorme dôme doré semblait flotter au-dessus de nos têtes à une hauteur impossible.

Le Darkling prit à part une des servantes, une femme âgée en robe anthracite, et lui dit quelque chose à voix basse. Puis il me regarda, s'inclina et s'en fut à la tête de ses hommes.

C'était très agaçant. Le Darkling ne m'avait presque rien dit depuis la soirée dans la grange, et je ne savais pas du tout à quoi m'attendre en arrivant ici. Toutefois, comme je n'avais pas assez d'énergie ou de courage pour lui courir après, je me contentai de suivre docilement la femme en gris dans une tour plus petite.

En découvrant l'escalier interminable, je faillis m'effondrer en pleurant. Et si je demandais à rester en bas, au milieu de cette grande pièce ? Au lieu de quoi, je m'accrochai à la rampe sculptée et me hissai de marche en marche, mon corps raide protestant à chaque pas. Une fois au sommet, je fus tentée de fêter cela en m'allongeant par terre pour faire une petite sieste, mais la servante ne semblait pas disposée à m'accorder une pause. Nous traversâmes plusieurs salles avant d'arriver devant une autre servante en uniforme qui attendait devant une porte ouverte.

Du coin de l'œil, je remarquai la taille de la pièce, les lourds rideaux dorés, le feu brûlant dans la cheminée magnifiquement carrelée ; cependant, mon attention fut immédiatement attirée par l'énorme lit à baldaquin.

– Vous avez besoin de quelque chose ? D'un repas, peut-être ? me demanda la femme.

Je secouai la tête. Tout ce que je voulais, c'était dormir.

– Comme vous voudrez, dit-elle avant de faire un signe de la tête à la bonne, qui, avec une révérence, disparut dans le couloir. Dans ce cas, nous vous laissons vous reposer. N'oubliez pas de verrouiller votre porte.

Je clignai des yeux.

– Par précaution, ajouta-t-elle.

Puis elle tourna les talons et referma doucement la porte derrière elle.

Une précaution contre quoi ? me demandai-je. Mais j'étais trop fatiguée pour penser. Je verrouillai la porte, me débarrassai de mon *kefta* et de mes bottes et m'écroulai sur le lit.

6

Dans mon rêve, j'étais de retour à Keramzin. Les pieds chaussés de bas, je traversais des couloirs plongés dans les ténèbres à la recherche de Mal. Je l'entendais qui m'appelait, mais sa voix ne semblait jamais se rapprocher. Finalement, j'atteignais le dernier étage et la porte de la vieille chambre bleue où nous avions l'habitude de nous asseoir sur le rebord de la fenêtre pour admirer le pré en contrebas. Soudain, j'entendais Mal rire. J'ouvrais la porte... et je hurlais. Il y avait du sang partout. Le volcra était perché sur le rebord de la fenêtre. Comme il se tournait vers moi en ouvrant ses mâchoires pleines de dents, je me rendais compte que ses yeux étaient comme du quartz gris.

Je me réveillai en sursaut, le cœur battant à tout rompre. Terrifiée, je regardai autour de moi. Pendant quelques secondes, je ne parvins pas à me rappeler où j'étais. Puis je finis par lâcher un grognement et par me laisser retomber sur mes oreillers.

J'étais sur le point de me rendormir quand quelqu'un frappa à ma porte.

– Allez-vous-en, marmonnai-je sous mes couvertures.

Comme la personne insistait, je m'assis dans mon lit, malgré les protestations de mon corps. J'avais mal à la tête, et, lorsque j'essayai de me lever, mes jambes refusèrent de coopérer.

– D'accord ! criai-je. J'arrive !

La personne cessa de frapper. Je titubai jusqu'à la porte, posai la main sur le verrou, puis hésitai.

– Qui est-ce ?

– Je n'ai pas de temps à perdre ! aboya une femme. Ouvrez-moi tout de suite !

Je haussai les épaules. Ils pouvaient bien me tuer, m'enlever, me faire ce que bon leur semblait, cela m'était égal. Tant qu'on ne me demandait pas de monter en selle ou de gravir un escalier…

À peine avais-je déverrouillé la porte que celle-ci s'ouvrit. Une grande jeune femme entra, jetant un regard circulaire à la chambre avant de me détailler d'un air critique. Elle était de loin la plus belle femme que j'aie jamais vue. Ses cheveux auburn étaient magnifiquement ondulés, ses iris grands et dorés ; sa peau était si lisse et sans défaut que ses pommettes parfaites semblaient avoir été taillées dans du marbre. Elle portait un *kefta* couleur crème brodé d'or et doublé de fourrure de renard.

– Par tous les Saints, lâcha-t-elle en me regardant. Vous n'avez même pas pris de bain. Et qu'est-il arrivé à votre visage ?

Je m'empourprai aussitôt et portai la main à ma joue meurtrie. Cela faisait presque une semaine que j'avais quitté le camp et plus encore que je ne m'étais lavé ou brossé les cheveux. J'étais couverte de crasse et de sang, et je puais le cheval.

– Je…

Mais la fille criait déjà des ordres aux servantes qui l'avaient suivie dans la chambre.

– Préparez-lui un bain. Bien chaud. Je vais avoir besoin de mon matériel. Retirez-lui ces vêtements.

Les servantes fondirent sur moi et s'affairèrent sur mes boutons.

– Eh ! m'écriai-je en les repoussant.

La Grisha leva les yeux au ciel.

– S'il le faut, plaquez-la au sol.

Les servantes revinrent à la charge.

– Arrêtez ! criai-je en reculant.

Elles hésitèrent, se tournant tour à tour vers moi et la Grisha. En vérité, la perspective de prendre un bain chaud et d'enfiler des vêtements propres était très attrayante, mais il était hors de question que je laisse une rouquine tyrannique me brusquer.

– Que se passe-t-il ? Qui êtes-vous ?

– Je n'ai pas le t…

– Eh bien, prenez-le ! J'ai parcouru presque trois mille kilomètres à cheval, je n'ai pas eu une bonne nuit de sommeil depuis presque une semaine, et j'ai failli me faire tuer deux fois. Alors, avant que j'accepte de coopérer, vous allez me dire qui vous êtes et pourquoi vous tenez tant à ce que je me déshabille.

La rouquine prit une profonde inspiration.

– Je m'appelle Genya, commença-t-elle lentement, comme si elle parlait à une enfant. Dans moins d'une heure, vous allez être présentée au roi, et mon travail consiste à vous rendre présentable.

Ma colère se dissipa instantanément. J'allais rencontrer le roi.

– Oh ! fis-je, penaude.

– Je ne vous le fais pas dire. Alors, pouvons-nous continuer ?

Je hochai la tête sans rien dire, et Genya frappa dans ses mains. Les servantes se remirent en branle, tirant sur mes vêtements et me poussant vers la salle de bains. À mon arrivée, j'étais trop fatiguée pour observer la pièce, mais à présent, même tremblante de froid et terrifiée à l'idée de rencontrer un roi, j'admirai avec émerveillement les minuscules carreaux de bronze qui couvraient toutes les surfaces et la baignoire en cuivre martelé enfoncée dans le sol que les servantes étaient en train de remplir d'eau fumante. À côté de la baignoire, le mur était orné d'une mosaïque de coquillages et d'abalones miroitantes.

– Allez, allez ! me pressa une domestique en me poussant dans la baignoire.

L'eau était extrêmement chaude, mais je préférai y entrer d'un seul coup. Depuis mon arrivée dans l'armée, j'avais fait une croix sur ma pudeur, mais là, j'étais la seule à être nue. Et puis, tout le monde me détaillait avec curiosité.

Je couinai lorsqu'une servante m'attrapa la tête pour me laver vigoureusement les cheveux. Une autre se pencha sur la baignoire pour me frotter les ongles.

Une fois habituée à la chaleur de l'eau, je réussis à me détendre et à en profiter. Je n'avais pas pris de bain chaud depuis plus d'un an, et je n'avais jamais pensé qu'une pareille baignoire puisse exister. Être une Grisha avait de bons côtés. J'aurais pu passer une heure entière à barboter ainsi, mais lorsqu'on m'eut frottée et laissée tremper un peu, une servante me tira par le bras.

– Sortez, sortez !

J'obtempérai à contrecœur et laissai les femmes me sécher sans ménagement avec d'épaisses serviettes. L'une d'entre elles me présenta un peignoir en velours épais et me conduisit dans la chambre. Elle et les autres sortirent, me laissant seule avec Genya.

Je regardai la rouquine avec méfiance. Elle avait ouvert les rideaux et tiré une table en bois finement sculpté ainsi qu'une chaise devant la fenêtre.

– Asseyez-vous, m'ordonna-t-elle.

Son ton ne me plut pas beaucoup, mais je lui obéis.

J'avisai un petit coffre ouvert et son contenu éparpillé sur la table : des fioles emplies de ce qui ressemblait à des baies, des feuilles et des poudres colorées. Je n'eus pas le temps de les observer davantage car Genya m'attrapa par le menton, m'examina de près et tourna ma joue meurtrie vers la lumière de la fenêtre. Elle inspira et m'effleura la peau du bout des doigts. Je ressentis les mêmes picotements que lorsque la soigneuse s'était occupée de mes plaies.

Pendant de longues minutes, je serrai les poings et les dents pour ne pas me gratter le visage. Genya fit un pas en arrière, éloignant ses mains de mon visage, et les démangeaisons s'estompèrent. Elle me tendit un petit miroir doré. La meurtrissure s'était complètement estompée. Je me tâtai la peau avec circonspection, mais toute douleur semblait avoir disparu.

– Merci, dis-je en posant le miroir et en faisant mine de me lever.

Ce dont Genya m'empêcha aussitôt.

– Où comptez-vous aller comme ça ? Nous n'avons pas terminé.

– Mais…

– Si le Darkling voulait juste vous faire soigner, il aurait envoyé un soigneur, non ?

– Vous n'êtes pas…

– Est-ce que je suis habillée de rouge ? rétorqua Genya avec une pointe d'amertume dans la voix. (Elle désigna sa tenue d'un geste du bras.) Je suis façonneuse.

J'étais stupéfaite. Il est vrai que je n'avais encore jamais vu de Grisha vêtu de blanc.

– Qu'est-ce que vous allez me faire ?

Genya lâcha un soupir d'exaspération.

– Regardez-moi, dit-elle en agitant ses doigts longs et gracieux devant son visage. Vous croyez que j'ai toujours été comme ça ?

J'examinai la perfection marmoréenne du visage de Genya et je compris enfin.

– Vous voulez changer mon visage ? m'indignai-je.

– Non, pas le changer, juste le rafraîchir un peu.

Je fronçai les sourcils. Je savais de quoi j'avais l'air. J'étais on ne peut plus consciente de mes défauts, et je n'avais pas besoin qu'une magnifique Grisha les montre du doigt. Le pire, c'était qu'elle avait été envoyée par le Darkling.

– Laissez tomber, lançai-je. Si le Darkling n'aime pas ma tête, c'est son problème.

– Et vous, vous l'aimez votre tête ? me demanda-t-elle, intéressée.

– Pas particulièrement, mais ma vie est déjà assez compliquée, et je n'ai pas envie de voir une étrangère chaque fois que je me regarderai dans un miroir.

– Cela ne fonctionne pas de cette façon. Je ne peux pas apporter des changements radicaux. Mes modifications sont subtiles. Je peux vous rendre la peau plus lisse, arranger un peu vos cheveux ternes. Moi, je suis parfaite, mais j'ai eu toute la vie pour arriver à ce résultat.

Je voulus la contredire, mais elle était bel et bien parfaite.

– Sortez, s'il vous plaît.

Genya pencha la tête sur le côté et me dévisagea longuement.

– Pourquoi est-ce que vous le prenez si mal ?

– À ma place, vous le prendriez bien, peut-être ?

– Je ne sais pas, j'ai toujours été très belle.

– Humble aussi ?

– Je suis belle, et alors ? poursuivit-elle dans un haussement d'épaules. Chez les Grishas, ça ne change pas grand-chose. Et le Darkling se moque bien de votre apparence ; ce qui l'intéresse, ce sont vos capacités.

– Dans ce cas, pourquoi vous avoir envoyée ?

– Parce que le roi aime ce qui est beau et que le Darkling le sait. À la Cour, les apparences sont tout. Si vous devez nous apporter la victoire et le salut, autant que vous soyez jolie.

Je croisai les bras et regardai par la fenêtre. Le soleil se reflétait dans un petit lac et sur son îlot central. Je ne savais ni quelle heure il était ni combien de temps j'avais dormi.

Genya apparut à côté de moi.

– Vous n'êtes pas laide du tout.

– Merci, répondis-je sèchement sans lâcher du regard le jardin boisé.

– Vous êtes juste un peu…

– Fatiguée ? Blafarde ? Maigrichonne ?

– Vous l'avez dit vous-même, répondit-elle d'un ton raisonnable. Vous avez voyagé dans des conditions difficiles et…

Je soupirai.

– Non, j'ai toujours cette tête-là.

J'appuyai mon front contre la vitre froide et je sentis toute colère, toute gêne m'abandonner. À quoi bon me défendre ? Pour être honnête, ce que Genya avait à m'offrir me tentait énormément.

– D'accord, dis-je. Faites.

– Merci ! s'enthousiasma-t-elle en frappant dans ses mains.

Je la regardai durement, mais il n'y avait sarcasme ni dans ses yeux ni dans sa voix. *Elle est soulagée de pouvoir accomplir la mission que le Darkling lui a confiée*, compris-je. Que lui serait-il arrivé si j'avais refusé ? Je la laissai me conduire à la chaise.

– N'ayez pas la main trop lourde, la priai-je.

– Ne vous en faites pas. Vous vous ressemblerez toujours. Vous aurez juste l'air d'avoir dormi quelques heures de plus. Je suis très douée.

– Je l'avais compris.

Je fermai les yeux.

– Vous pouvez regarder si vous voulez, me dit-elle en me tendant le petit miroir doré. Je vous demanderai juste de ne pas parler et de rester immobile.

Je levai le miroir et suivis les mouvements de ses doigts frais sur mon front. Comme ses mains survolaient mon visage, ma peau se mit à me picoter. Sous ses doigts, le moindre défaut, la plus petite éraflure disparut. Enfin, elle plaça ses pouces sous mes yeux.

– Oh ! m'exclamai-je tandis que les cernes noirs qui ne m'avaient jamais quittée depuis l'enfance s'estompaient.

– Ne vous emballez pas, me prévint-elle. C'est temporaire.

Elle prit une rose sur la table et en arracha un pétale pâle qu'elle posa sur ma joue. La couleur du pétale parut alors se répandre sur ma peau, la rosissant joliment. Elle posa un autre pétale sur mes lèvres et répéta le processus.

– Ça tiendra quelques jours seulement, m'expliqua-t-elle. Maintenant, les cheveux…

Elle sortit de son coffre un long peigne en os ainsi qu'un flacon plein d'une matière brillante.

– C'est de l'or ? demandai-je, stupéfaite.

– Bien sûr, répondit-elle en saisissant une mèche de mes cheveux ternes.

Elle saupoudra le sommet de ma tête de fragments de feuille d'or, qu'elle mêla à mes cheveux à l'aide du peigne. Le métal sembla se dissoudre, enrichissant chaque mèche de reflets dorés. Quand elle en avait terminé avec une mèche, Genya l'enroulait autour de ses doigts, lui imprimant de belles ondulations.

Elle fit un pas en arrière et eut un sourire satisfait.

– C'est mieux, non ?

Je m'examinai dans le miroir. Mes cheveux brillaient. Mes joues étaient roses et fraîches. Je n'étais pas vraiment jolie, mais force m'était de constater que j'étais moins laide. Je me demandai ce que Mal dirait s'il me voyait, mais je repoussai aussitôt cette pensée.

– Oui, admis-je à contrecœur.

Genya lâcha un soupir plaintif.

– Je ne peux pas faire mieux pour le moment.

– Merci, dis-je d'un ton acide.

Genya m'adressa un clin d'œil et sourit.

– De toute façon, reprit-elle, il vaut mieux ne pas trop attirer l'attention du roi.

Malgré son ton léger, elle avait la mine sombre en traversant la pièce pour ouvrir la porte aux servantes.

Celles-ci me poussèrent derrière un paravent couleur ébène serti de nacre pour ressembler à un ciel étoilé. Quelques instants plus tard, j'étais vêtue d'une tunique propre, d'un pantalon, de bottes en cuir souple et d'un manteau gris. Avec une certaine déception, je me rendis compte que ce n'était qu'une version propre de mon uniforme de l'armée. J'avisai même la rose des vents des cartographes sur la manche droite. Mon visage trahit mes sentiments.

– Ce n'est pas ce que vous espériez ? s'amusa Genya.

– Je me disais juste…

Qu'est-ce que je me disais ? Que je méritais de porter une robe de Grisha ?

– Le roi s'attend à recevoir une fille humble sortie des rangs de l'armée, un trésor caché. Si vous apparaissez en *kefta*, il pensera que le Darkling vous avait volontairement dissimulée.

– Pourquoi le Darkling agirait ainsi ?

– Pour le pouvoir, répondit-elle dans un haussement d'épaules. Pour le profit. Qui sait ? Mais le roi est… Enfin, vous verrez vous-même.

Mon estomac se retourna. J'étais sur le point d'être présentée au roi. J'essayai de me contrôler, mais, comme elle me poussait hors de ma chambre, mes jambes étaient de plomb et toutes tremblantes.

Au pied de l'escalier, elle me chuchota :

– Si on vous pose la question, je vous ai juste aidée à vous habiller. Je ne suis pas censée travailler sur les Grishas.

– Pourquoi ?

– Parce que la reine ridicule de ce royaume et sa Cour non moins ridicule estiment que ce ne serait pas juste.

Je la regardai avec des yeux ronds. Insulter la reine était considéré comme une trahison, mais Genya semblait s'en moquer.

Lorsque nous entrâmes dans la grande salle coiffée d'un dôme, celle-ci était pleine de Grishas en robes rouges, violettes et bleu foncé. La plupart semblaient avoir approximativement mon âge, mais quelques Grishas plus âgés étaient regroupés dans un coin. Malgré leurs cheveux grisonnants et leurs visages marqués, ils étaient tous très beaux. En fait, dans cette salle, tout le monde était incroyablement séduisant.

– La reine n'a peut-être pas tout à fait tort, lui murmurai-je.

– Je vous assure que je n'y suis pour rien.

Je fronçai les sourcils. Si Genya disait la vérité, alors ma place n'était pas ici.

Quelqu'un nous avait vues arriver et, très vite, le silence se fit comme tous les regards se rivaient sur moi.

Un grand Grisha au torse large et en tenue rouge vint à ma rencontre. Il avait la peau hâlée et respirait la santé. Il s'inclina bien bas et commença :

– Je suis Sergei Beznikov.

– Et moi je…

– Je sais qui vous êtes, évidemment, m'interrompit Sergei en souriant de toutes ses dents. Venez, laissez-moi faire les présentations.

Il me prit par le coude et m'entraîna vers un groupe de Caporalki.

– Elle est invocatrice, protesta une fille aux boucles brunes, portant un *kefta* bleu. Elle doit marcher avec nous.

Des murmures approbateurs s'élevèrent d'un groupe d'Ethe-realki, derrière elle.

– Marie, reprit Sergei avec un sourire sincère, vous ne suggérez tout de même pas qu'elle pénètre dans la salle avec des Grishas de rang inférieur !

La peau d'albâtre de Marie se couvrit soudain de plaques rouges, et plusieurs invocateurs se levèrent.

– Dois-je vous rappeler que le Darkling lui-même est un invocateur ?

– Parce que vous vous mettez au niveau du Darkling, maintenant ?

Marie fulmina.

– Pourquoi n'entrerais-je pas avec Genya ? proposai-je dans une volonté d'apaisement.

Quelques-uns se retinrent à grand-peine de ricaner.

– Avec la façonneuse ? demanda Sergei, stupéfait.

Je me tournai vers Genya, qui me sourit en secouant la tête.

– Sa place est avec nous, intervint Marie.

Une dispute éclata tout autour de nous.

– Elle entrera avec moi, dit une voix grave.

Et le silence se fit instantanément.

7

Je pivotai sur mes talons et je vis le Darkling, sous une arche, flanqué d'Ivan et de plusieurs Grishas que j'avais côtoyés pendant notre voyage. Marie et Sergei reculèrent précipitamment. Le Darkling embrassa la foule du regard et lança :

– Nous sommes attendus.

Aussitôt, tout le monde se leva et se dirigea vers la sortie. Les Grishas se rangèrent deux par deux et formèrent une longue colonne. D'abord les Materialki, puis les Etherealki et enfin les Caporalki, afin que les Grishas de haut rang entrent dans la salle du trône en dernier.

Comme je ne savais pas quoi faire, je restai à ma place et observai la foule de loin. Je cherchai Genya du regard, mais elle avait disparu. Un instant plus tard, le Darkling était à mes côtés. Je levai les yeux vers son profil pâle, sa mâchoire carrée et ses yeux de quartz.

– Vous paraissez reposée, me dit-il.

Je m'agitai. Par principe, je n'approuvais pas vraiment ce que m'avait fait Genya, mais en voyant tous ces magnifiques Grishas, je ne pouvais m'empêcher de lui être reconnaissante. Je n'avais toujours pas ma place parmi eux, mais, sans son intervention, j'aurais vraiment fait tache.

– Où sont les façonneurs ? m'enquis-je.

– Genya est unique, me répondit-il en me regardant. Tout comme nous.

Il avait dit « nous » ; je trouvais cela très excitant, mais contins mon enthousiasme.

– Pourquoi ne marche-t-elle pas avec les autres Grishas ?

– Genya doit s'occuper de la reine.

– Pourquoi ?

– Quand les aptitudes de Genya sont devenues manifestes, j'aurais pu lui donner le choix entre devenir fabrikator ou soigneuse, au lieu de quoi j'ai cultivé son talent particulier et je l'ai offerte à la reine.

– Vous l'avez offerte ! Un Grisha ne vaut donc pas mieux qu'un serf ?

– Nous servons tous quelqu'un, rétorqua-t-il d'une voix dure qui me surprit un peu… Le roi va vouloir une démonstration, ajouta-t-il.

J'eus l'impression d'être plongée dans de l'eau glacée.

– Mais je ne sais pas comment…

– Je m'en doute, me dit-il calmement en se mettant en marche, tandis que les derniers Caporalki disparaissaient par la porte.

Nous émergeâmes sur une allée gravillonnée, dans le soleil de fin d'après-midi. J'avais du mal à respirer, comme si je montais à l'échafaud. *C'est peut-être le cas*, pensai-je, terrifiée.

– C'est injuste, murmurai-je avec colère. Je ne sais pas ce que le roi attend de moi, et vous me jetez en pâture à la Cour en espérant que… les choses arrivent d'elles-mêmes.

– J'espère que vous ne me prenez pas pour un modèle de justice, Alina, parce que ce n'est vraiment pas ma spécialité.

Je le regardai fixement. Comment étais-je supposée interpréter sa dernière phrase ?

Le Darkling posa ses yeux sur moi.

– Croyez-vous vraiment que je vous aie fait venir de si loin dans le simple but de vous ridiculiser ? De *nous* ridiculiser ?

– Non.

– De toute façon, vous n'avez pas le choix, n'est-ce pas ? ajouta-t-il alors que nous traversions le tunnel végétal du bois.

C'était certes vrai, quoique pas très rassurant. Je n'avais d'autre choix que d'avoir confiance en lui et de me dire qu'il savait ce qu'il faisait. Soudain, une pensée désagréable m'assaillit.

– Vous allez me couper comme la dernière fois ?

– Je ne crois pas, mais cela dépendra de vous.

Ce qui ne me réconforta guère.

***

Je m'efforçai de me calmer et de ralentir les battements de mon cœur, mais très vite, nous nous retrouvâmes devant le Grand Palace, dont nous gravîmes les marches de marbre blanc. Comme nous traversions l'entrée spacieuse et nous engagions dans un long couloir orné de dorures et de miroirs, je remarquai à quel point cette demeure-ci était différente du Little Palace. Partout où je regardais, je ne voyais que marbre et or, hauts murs blancs ou bleu très clair, lustres scintillants, valets en livrée, parquets polis à la structure géométrique complexe. On ne pouvait pas dire que ce n'était pas beau, mais il y avait quelque chose d'épuisant dans cette débauche extravagante. J'avais toujours pensé que la pauvreté des paysans de Ravka et le sous-équipement de ses soldats étaient les conséquences de la présence du Shadow Fold, mais je n'en étais plus aussi certaine.

La salle du trône occupait le volume de trois étages, et la moindre de ses nombreuses fenêtres était ornée de l'aigle à deux têtes, symbole du roi. Un long tapis bleu ciel s'étirait sur toute la longueur de la salle jusqu'à l'endroit où grouillait la Cour, au pied du trône surélevé. Nombre d'hommes portaient l'uniforme, un pantalon noir et une veste blanche chargée de médailles et de rubans. Les femmes étaient vêtues de robes de soie ondoyantes très décolletées, aux manches bouffantes. Les Grishas étaient alignés en bon ordre de part et d'autre du tapis.

Soudain, tout le monde se tut et se tourna vers nous. Nous avançâmes doucement vers le trône doré. Tandis que nous nous rapprochions, le roi se redressa, intéressé et nerveux. Il avait l'air d'avoir un peu plus de quarante ans, il était mince, avait les épaules rondes, les yeux bleus délavés et la moustache claire. Il portait l'uniforme et l'épée, et sa poitrine étroite était couverte de médailles. À côté de lui, sur l'estrade, se tenait un homme grand à la barbe noire. Il était vêtu d'une robe de prêtre, mais un grand aigle à deux têtes était brodé en fil d'or sur son torse.

Le Darkling me serra doucement le bras pour me signifier que nous devions nous arrêter.

– Votre Altesse, *moi tsar*… commença-t-il d'une voix forte et claire. Alina Starkov, l'Invocatrice de lumière.

Des murmures enflèrent dans la foule. Je me demandai si je devais m'incliner ou faire une révérence. Ana Kuya avait enseigné à tous ses orphelins à saluer comme il se devait ses nobles invités, mais faire une révérence dans mes vêtements militaires ne me semblait pas être une bonne idée. Le roi m'évita de commettre une bourde en nous faisant signe d'approcher avec impatience.

– Venez, venez ! Amenez-la-moi !

Le Darkling et moi nous avançâmes jusqu'au pied de l'estrade.

Le roi me scruta longuement. Il fronça les sourcils et fit un peu la moue.

– Elle est très… ordinaire.

Je m'empourprai et me mordis la langue. Le roi non plus n'était pas très beau. Il n'avait presque pas de menton et, de près, son nez était couperosé.

– Montrez-moi, ordonna-t-il.

Mon estomac se serra de panique. Je me tournai vers le Darkling. C'était le moment. Il hocha la tête et écarta les bras. Un silence tendu s'installa tandis que ses mains s'emplissaient de rubans tourbillonnants de ténèbres, qui se déroulèrent bientôt dans les airs. Ses mains se joignirent dans un bruit de tonnerre. Des cris nerveux s'élevèrent dans la foule à mesure que les ténèbres se répandaient dans la salle.

Cette fois, j'étais davantage préparée, mais cela restait effrayant. La nuit m'enveloppa et, instinctivement, je tendis les mains à la recherche de quelque chose à agripper. Le Darkling m'attrapa par le bras, et je sentis sa main nue glisser dans la mienne. Un sentiment puissant de certitude m'envahit, et l'appel du Darkling, pur et entêtant, résonna en moi, exigeant une réponse. À la fois paniquée et soulagée, je sentis quelque chose enfler en moi. Cette fois, au lieu de résister, je le laissai grossir.

Ma lumière inonda la salle du trône, l'emplit de chaleur et brisa les ténèbres, les faisant éclater en morceaux pareils à du verre noir. La Cour se mit à applaudir. Les gens pleuraient, se prenaient dans les bras. Une femme s'évanouit. Le roi était celui qui frappait dans ses mains avec le plus d'enthousiasme. Il exultait.

Le Darkling me lâcha la main, et la lumière se dissipa.

– Excellent ! cria le roi. C'est un miracle ! (Il descendit de son estrade, suivi du prêtre barbu et silencieux, prit ma main et la porta à ses lèvres humides.) Ma chère petite ! Ma chère petite !

Je repensai à ce que Genya m'avait dit à son sujet et j'eus la chair de poule. Toutefois, je n'osai pas retirer ma main.

Heureusement, il se désintéressa vite de moi pour taper dans le dos du Darkling.

– C'est miraculeux ! Tout simplement miraculeux ! Venez, nous devons élaborer un plan sans attendre.

Comme le roi et le Darkling s'éloignaient pour discuter, le prêtre se rapprocha de moi.

– Un miracle, en effet, dit-il en me fixant d'un regard déstabilisant.

Ses yeux étaient très foncés, presque noirs. Il sentait un peu le moisi et l'encens. *Comme un tombeau*, pensai-je en frissonnant. Avec soulagement, je le vis s'éloigner pour rejoindre le roi.

Je fus bientôt entourée d'hommes et de femmes magnifiquement vêtus. Tous voulaient faire ma connaissance et toucher ma main ou ma manche. Ils arrivaient de tous côtés, poussant et se bousculant pour se rapprocher davantage. Alors que j'étais sur le point de succomber à un nouvel accès de panique, Genya apparut à côté de moi. Ma joie fut malheureusement de courte durée.

– La reine veut vous rencontrer, me murmura-t-elle.

Genya me prit par la main et m'entraîna vers une étroite porte qui s'ouvrit sur un petit salon pareil à un bijou. La reine y était étendue sur un divan, un chien au museau écrasé allongé sur les genoux.

La reine était très belle, avec des cheveux blonds et raides parfaitement coiffés et des traits fins, délicats et froids. Toutefois, son visage avait également quelque chose d'étrange. Ses iris semblaient un peu trop bleus, ses cheveux trop jaunes et sa peau trop lisse.

Je me demandai combien de temps Genya avait travaillé sur elle.

Elle était entourée de belles dames vêtues de robes bleu ciel et rose pâle à l'encolure brodée de fil d'argent et ornée de minuscules perles d'eau douce. Et pourtant, aucune n'arrivait à la cheville de Genya, avec son simple *kefta* en laine crème et sa chevelure rousse pareille à un incendie.

– *Moya tsaritsa*, commença celle-ci en faisant une gracieuse révérence. L'Invocatrice de lumière.

Cette fois-ci, je dus faire un choix. Je m'inclinai légèrement et entendis les dames ricaner.

– Charmant, dit la reine. Je déteste la prétention.

Au prix d'un effort de volonté considérable, je parvins à contenir un reniflement de mépris.

– Vous venez d'une famille de Grishas ? me demanda-t-elle.

Je regardai nerveusement Genya, qui hocha la tête pour m'encourager.

– Non… *moya tsaritsa*, répondis-je.

– Une paysanne, alors ?

J'acquiesçai.

– Nous sommes tellement chanceux d'avoir ce peuple, poursuivit la reine tandis que des murmures approbateurs s'élevaient autour d'elle. Votre famille doit être immédiatement informée de votre nouveau statut. Genya leur enverra un messager.

La façonneuse hocha la tête et fit une nouvelle révérence. J'hésitai à opiner moi aussi, mais je décidai qu'il valait mieux ne pas commencer à mentir à la famille royale.

– Votre Altesse, j'ai été élevée dans la demeure du duc Keramsov.

Les dames exprimèrent leur étonnement, et même Genya me regarda avec curiosité.

– Une orpheline ! s'exclama la reine, ravie. Mais c'est merveilleux !

Je n'étais pas certaine de trouver merveilleux le fait que mes parents soient morts, mais comme je ne savais pas comment réagir, je dis :

– Merci, *moya tsaritsa*.

– Tout ceci doit vous paraître si étrange. Prenez garde à ne pas laisser la vie de la Cour vous corrompre comme d'autres avant vous, poursuivit la reine en tournant les billes bleues de ses yeux vers Genya.

La remarque s'était clairement voulue insultante, mais Genya ne réagit pas, ce qui sembla déplaire à la reine, qui nous congédia en agitant une main ornée de multiples bagues.

– Partez, maintenant.

Comme Genya me conduisait dans le couloir, je crus l'entendre grommeler « Vieille vache » dans sa barbe. Tandis que je m'apprêtais à l'interroger sur ce que la reine avait dit, le Darkling apparut et nous entraîna dans un couloir désert.

– Comment vous êtes-vous débrouillée avec la reine ? demanda-t-il.

– Je n'en ai pas la moindre idée, répondis-je honnêtement. Elle n'a dit que des choses gentilles, mais en me regardant comme si son chien venait de me régurgiter.

Genya rit, et les lèvres du Darkling se soulevèrent légèrement.

– Bienvenue à la Cour.

– Je ne suis pas certaine d'aimer.

– Personne n'aime, mais nous essayons tous de faire bonne figure.

– Le roi a paru satisfait.

– Le roi est un enfant.

Choquée, je restai bouche bée et regardai aussitôt autour de nous de peur que quelqu'un nous ait entendus. Ces gens parlaient trahison aussi facilement qu'ils respiraient. Genya, elle, ne semblait pas du tout choquée par les mots du Darkling.

Celui-ci remarqua mon malaise car il poursuivit :

– Aujourd'hui, vous avez fait de lui un enfant très heureux.

– Qui était cet homme barbu qui se tenait à côté de lui ? m'enquis-je, pressée de changer de sujet.

– L'Apparat ?

– C'est un prêtre ?

– En quelque sorte. D'aucuns disent que c'est un fanatique, d'autres que c'est un imposteur.

– Et vous, que dites-vous ?

– Je dis qu'il a son utilité, répondit-il avant de se tourner vers Genya. Je crois que nous en avons assez demandé à Alina pour aujourd'hui. Raccompagnez-la à ses appartements et préparez-la à porter le *kefta*. Sa formation commence demain.

Genya s'inclina, me prit par le bras et me conduisit loin de la salle du trône. J'étais submergée par l'excitation et le soulagement. Mon pouvoir (*mon* pouvoir – j'avais toujours du mal à y croire) s'était manifesté une nouvelle fois, m'évitant de passer pour une imbécile. J'avais survécu à ma rencontre avec le roi et le reine. Et on allait me donner un *kefta* de Grisha.

– Genya, appela le Darkling. Le *kefta* sera noir.

La façonneuse sursauta. Je regardai successivement sa mine stupéfaite et le Darkling, qui avait déjà tourné les talons.

– Attendez ! m'écriai-je sans pouvoir me retenir.

Le Darkling s'arrêta.

– Euh… Si cela ne vous dérange pas, je préférerais une tenue bleue d'invocatrice.

– Alina ! s'exclama Genya, horrifiée.

Le Darkling leva la main pour la faire taire.

– Pourquoi ? me demanda-t-il d'un ton indéchiffrable.

– J'ai déjà l'impression de ne pas avoir ma place ici. Ce serait plus facile pour moi si… si je n'étais pas isolée.

– Êtes-vous si pressée d'être comme tout le monde ?

Je levai le menton. Il n'approuvait clairement pas ma demande, mais je n'avais pas l'intention de reculer.

– Je ne tiens pas à attirer davantage l'attention.

Le Darkling me considéra longuement. Réfléchissait-il à ma demande ou tentait-il de m'intimider ? Je serrai les dents et soutins son regard.

Soudain, il hocha la tête.

– Très bien, comme vous voudrez. Votre *kefta* sera bleu.

Sur ce, il nous tourna le dos et disparut dans le couloir.

Genya me fixait d'un regard incrédule.

– Quoi ? lâchai-je, sur la défensive.

– Alina, commença-t-elle doucement. Aucun autre Grisha n'avait jamais été autorisé à porter la couleur du Darkling.

– Vous croyez qu'il est en colère ?

– Ce n'est pas le problème ! Ç'aurait été un symbole de votre statut, de l'estime que le Darkling a pour vous ! Cela vous aurait placée au-dessus de tous les autres.

– Eh bien, je n'ai pas envie d'être placée au-dessus des autres.

Genya leva les mains d'exaspération, me prit par le coude et m'entraîna dans les couloirs du palais jusqu'à la sortie. Deux serviteurs en livrée nous ouvrirent la double porte dorée. Je me rendis compte que leurs vêtements étaient blanc et or, comme ceux de Genya. Les couleurs des serviteurs. Pas étonnant qu'elle ne comprenne pas que je refuse l'offre du Darkling. Peut-être avait-elle raison, d'ailleurs.

Je ruminai cette pensée en traversant les jardins pour retourner au Little Palace. La nuit allait bientôt tomber, et des serviteurs allumaient les lampes qui bordaient l'allée gravillonnée. Le temps d'atteindre l'escalier qui conduisait à ma chambre, j'avais l'estomac noué.

Je m'assis près de la fenêtre et me perdis dans la contemplation du jardin. Pendant que je boudais, Genya sonna une servante à laquelle elle ordonna d'appeler une couturière et de monter un repas. Avant de congédier la servante, elle se tourna vers moi.

– À moins que vous ne préfériez attendre de dîner avec les Grishas plus tard dans la soirée ?

Je secouai la tête. J'étais bien trop fatiguée et dépassée par ce qui m'arrivait pour avoir envie de me retrouver au milieu de tous ces gens.

– Vous pouvez rester si vous voulez, lui dis-je.

Elle hésita.

– Vous n'êtes pas obligée, poursuivis-je. Je suis sûre que vous préférez manger avec quelqu'un d'autre.

– Pas du tout. Un dîner pour deux, alors, ordonna-t-elle à la servante d'un ton impérieux.

Celle-ci disparut aussitôt. Genya ferma la porte et se dirigea vers la petite coiffeuse, où elle entreprit de ranger quelques objets : un peigne, une brosse, un stylo et un encrier. Je les voyais pour la première fois. Quelqu'un devait les avoir posés ici pendant mon absence.

– Alina, reprit-elle, me tournant toujours le dos. Vous devez comprendre que lorsque vous débuterez votre formation… Comment dire… Les Caporalki ne dînent pas avec les Etherealki. Les Etherealki ne dînent pas avec les Materialki, et…

– Écoutez, l'interrompis-je, sur la défensive, si vous ne voulez pas dîner avec moi, je m'en remettrai. Je ne pleurerai pas dans ma soupe.

– Non ! Vous n'y êtes pas du tout ! J'essaie juste de vous expliquer comment les choses fonctionnent ici.

– Cela ne m'intéresse pas.

Genya lâcha un soupir de frustration.

– Vous ne comprenez pas. C'est un grand honneur pour moi de dîner avec vous, mais les autres Grishas risquent de ne pas apprécier.

– Pourquoi ?

Elle s'assit sur une des chaises sculptées.

– Parce que je suis la chose de la reine. Parce qu'ils n'ont aucune considération pour mon travail. Entre autres…

Je tentai d'imaginer ces autres raisons, me demandant si elles avaient quelque chose à voir avec le roi. Je pensai aux serviteurs en livrée postés devant chaque porte du Grand Palace; tous étaient vêtus de blanc et d'or. Comment Genya vivait-elle cette situation, le fait d'être isolée des siens, de ne pas faire vraiment partie de la Cour ?

– C'est amusant, finis-je par remarquer. J'ai toujours cru que le fait d'être belle devait rendre la vie plus facile.

– C'est le cas, confirma-t-elle en riant.

Je ne pus m'empêcher de rire aussi.

Quelqu'un frappa à la porte, nous interrompant. C'était la couturière; c'était l'heure des essayages et des mesures. Une fois la séance terminée, alors que la couturière ramassait sa mousseline et ses épingles, Genya chuchota :

– Il n'est pas trop tard. Vous pouvez encore…

Mais je la fis taire.

– Bleu, affirmai-je de nouveau, même si mon estomac se serrait.

La couturière nous laissa, et nous reportâmes notre attention sur notre dîner. La nourriture était moins bizarre que je ne l'avais craint et se rapprochait de ce que nous mangions pour les fêtes à Keramzin : du porridge aux pois de senteur, de la caille rôtie au miel et des figues fraîches. Jamais je n'avais eu aussi faim, semblait-il, et je résistai difficilement à la tentation de lécher mon assiette.

Durant tout le repas, Genya ne cessa de parler, partageant surtout les potins du monde des Grishas. Je ne connaissais aucune des personnes dont elle parlait, mais je lui étais reconnaissante de parler pour deux, aussi me contentai-je de hocher la tête et de sourire quand c'était nécessaire. Comme les servantes s'en allaient en emportant la vaisselle sale, je bâillai à m'en décrocher la mâchoire. Genya se leva.

– Je viendrai vous chercher pour le petit déjeuner. Il vous faudra un peu de temps pour vous repérer toute seule. Le Little Palace est un véritable labyrinthe. (Elle eut un sourire espiègle.) Vous devriez vous reposer. Demain, vous allez faire la connaissance de Baghra.

– Baghra ?

Son sourire se fit diabolique.

– Oh oui ! Elle est absolument délicieuse.

Sans me laisser le temps de lui demander ce qu'elle voulait dire par là, elle me fit un signe de la main et s'éclipsa. Je me mordis la lèvre. Que me réservait-on pour demain ?

Tandis que Genya refermait la porte derrière elle, je me sentis submergée par le sommeil. La tangibilité de mon pouvoir, ma rencontre avec le roi et la reine, les merveilles étranges du Grand et du Little Palace… Tout cela m'avait fait oublier mon état d'épuisement ; toutefois la fatigue était de retour, et avec elle, un intense sentiment de solitude.

Je me déshabillai, accrochai soigneusement mon uniforme derrière le paravent étoilé et, en dessous, posai mes bottes parfaitement lustrées. Je frottai entre mes doigts la laine brossée du manteau dans l'espoir d'y trouver quelque chose de familier, mais le tissu ne me procura pas la sensation escomptée ; il était trop raide, trop neuf. Je me surpris à regretter mon vieux manteau crasseux.

Je passai une robe de chambre en coton doux et me lavai le visage. Alors que je me séchais avec une serviette, j'aperçus mon reflet dans un miroir accroché au-dessus de la bassine. Peut-être était-ce à cause des lampes, mais je me trouvai encore plus jolie que lorsque Genya avait terminé son travail, cet après-midi. Me rendant compte que j'étais en train de m'admirer, je ne pus que sourire. Pour une fille qui détestait se regarder, je risquais fort de devenir vaniteuse.

Je grimpai dans le haut lit, me glissai sous les draps de soie et la lourde fourrure et soufflai la lampe. Au loin, j'entendais des portes se fermer et des gens se souhaiter bonne nuit. Le Little Palace se préparait à dormir. Je scrutai les ténèbres. Je n'avais encore jamais eu de chambre à moi. À Keramzin, je partageais une ancienne salle des portraits convertie en dortoir avec de nombreuses autres filles. À l'armée, j'avais dormi dans des baraquements ou sous des tentes avec les autres topographes. Ma nouvelle chambre me paraissait immense et vide. Dans le silence, tous les événements de la journée se succédèrent devant moi, et mes yeux s'emplirent de larmes.

Peut-être me réveillerais-je le lendemain pour découvrir que tout n'avait été qu'un rêve, qu'Alexei était toujours en vie, que Mal n'avait pas été blessé, que personne n'avait tenté de me tuer, que je n'avais jamais rencontré le roi et la reine, ni vu l'Apparat, ni senti la main du Darkling sur mon cou. Peut-être sentirais-je l'odeur du feu de camp, celle de mes vêtements et de mon duvet, et pourrais-je raconter à Mal mon rêve si étrange, terrifiant et beau à la fois.

Je frottai la cicatrice de ma paume avec mon pouce et entendis Mal me dire : « On va s'en sortir, Alina. On s'en sort toujours. »

– Je l'espère, Mal, murmurai-je dans mon oreiller avant de laisser mes larmes m'emporter vers le sommeil.

8

Au terme d'une nuit agitée, je me réveillai très tôt et ne réussis pas à me rendormir. J'avais oublié de fermer les rideaux avant d'aller me coucher, et la lumière du soleil se déversait par la fenêtre. J'eus envie d'aller les tirer et de retourner me coucher, mais je n'avais pas la force de me lever. J'avais passé la nuit à changer de position et à me retourner, mais j'ignorais si c'était à cause de la peur et de l'inquiétude, ou bien de mon lit si luxueux et confortable, alors que j'avais l'habitude des lits de camp en toile instables et des duvets déroulés à même le sol.

Je m'étirai et effleurai du bout des doigts les fleurs et les oiseaux finement sculptés des colonnes en bois. Au-dessus de moi, très haut, le ciel de lit s'ouvrait pour révéler un plafond peint de couleurs vives et représentant un savant fouillis de feuilles, de fleurs et d'oiseaux en plein vol. Tandis que j'observais les détails de ce décor et que je comptais les feuilles d'une couronne de genévrier, menaçant de me rendormir, quelqu'un frappa doucement à ma porte. Je rejetai sur le côté les lourdes fourrures et glissai mes pieds dans les chaussons fourrés posés à côté de mon lit.

J'ouvris la porte et découvris une servante portant une pile de vêtements, une paire de bottes, et un *kefta* bleu foncé plié sur le bras. J'eus à peine le temps de la remercier qu'elle faisait une révérence et disparaissait furtivement.

Je refermai la porte et posai les vêtements ainsi que les bottes sur le lit. Quant au *kefta* tout neuf, je préférai le mettre sur le paravent.

Pendant de longues secondes, je me contentai de les regarder. J'avais grandi dans des habits déjà portés par plusieurs générations d'orphelins ; et puis j'étais entrée dans la Première Armée, où on m'avait équipée d'un uniforme standard. On n'avait jamais rien cousu spécialement pour moi. Et je n'avais jamais rêvé de porter un *kefta* de Grisha.

Je me lavai le visage et me brossai les cheveux. Comme je ne savais pas quand Genya allait venir, je n'étais pas sûre d'avoir le temps de prendre un bain. J'avais terriblement envie d'un verre de thé, mais je n'osais pas sonner une servante. Il ne me resta donc rien d'autre à faire.

Je commençai par la pile posée sur le lit : une culotte moulante cousue dans une matière que je ne connaissais pas et qui semblait m'envelopper comme une seconde peau, une longue blouse en coton fin serrée à la taille par une ceinture bleu marine et des bottes. Quoique « bottes » n'étaient pas le terme approprié. J'avais eu des bottes. Celles-ci étaient très différentes, cousues dans un cuir extrêmement souple et parfaitement ajustées à mes mollets. C'étaient des habits étranges, semblables à ceux que portaient les paysans et les fermiers, mais les tissus et les matériaux étaient infiniment plus raffinés et chers. Beaucoup trop chers pour un homme du peuple.

Lorsque j'eus terminé, je me tournai vers le *kefta*. Allais-je vraiment le revêtir ? Allais-je vraiment devenir une Grisha ? Cela me paraissait impossible.

C'est juste un manteau, me grondai-je.

Je pris une profonde inspiration, décrochai le *kefta* du paravent et l'enfilai. Il était plus léger qu'il n'en avait l'air et, comme les autres vêtements, il m'allait parfaitement. Je fermai les petits boutons cachés sur le devant et fis quelques pas en arrière pour me regarder dans le miroir suspendu au-dessus de la bassine. Le *kefta* était d'un bleu nuit très foncé et m'arrivait juste au-dessus des pieds. Les manches étaient larges, et même s'il ressemblait beaucoup à un manteau ordinaire, il était si élégant que j'avais presque l'impression de porter une robe. Je remarquai alors les broderies, sur les manches. Comme les autres Grishas, les Etherealki se distinguaient par la couleur de ces broderies : bleu ciel pour les faiseurs de marée, rouge pour les inferni, argent pour les hurleurs. Mes manches étaient brodées d'or. J'effleurai les fils brillants avec une anxiété certaine et je sursautai presque quand quelqu'un frappa à la porte. J'allai ouvrir.

– Très jolie, me dit Genya. Mais vous auriez été encore mieux en noir.

En guise de réponse je lui tirai la langue, avant de lui emboîter le pas, car elle avait déjà traversé le couloir et descendait l'escalier. Genya me conduisit dans la salle coiffée d'un dôme où, la veille, les Grishas s'étaient rassemblés avant d'aller voir le roi. Il y avait beaucoup moins de monde, cette fois, mais les conversations allaient bon train. Dans les coins, les Grishas étaient regroupés autour de samovars ou bien se reposaient sur des divans disposés à proximité de magnifiques poêles en céramique. D'autres petit-déjeunaient au centre de la salle, où quatre tables rectangulaires formaient un carré. Comme la veille, tout le monde baissa la voix à notre arrivée, mais cette fois, on fit semblant de discuter comme si de rien n'était.

Deux filles en tenue d'invocatrice se précipitèrent vers nous. Je reconnus Marie, la Grisha qui s'était disputée avec Sergei la veille.

– Alina ! Nous n'avons pas été présentées hier. Je m'appelle Marie, et elle, c'est Nadia, ajouta-t-elle en désignant une fille aux joues rondes qui me souriait de toutes ses dents. (Marie me prit par le bras, tournant délibérément le dos à Genya.) Venez vous asseoir avec nous !

Je fronçai les sourcils et ouvris la bouche pour protester, mais Genya secoua la tête et dit :

– Allez-y. Votre place est parmi les Etherealki. Je passe vous chercher après le petit déjeuner pour vous faire visiter.

– Nous pouvons très bien nous occuper de… protesta Marie.

– Pour vous faire visiter, comme me l'a demandé le Darkling… ajouta Genya.

Marie s'empourpra.

– Qu'êtes-vous donc ? Sa servante ?

– Quelque chose comme ça, acquiesça Genya avant d'aller se servir un verre de thé.

– Pour qui se prend-elle ? lâcha Nadia avec un reniflement de mépris.

– Et elle ne s'arrange pas, acquiesça Marie. (Elle se tourna vers moi, rayonnante.) Vous devez être affamée !

Elle me conduisit à une des longues tables. En nous voyant approcher, deux servantes apparurent pour tirer nos chaises.

– Nous nous asseyons ici, à droite du Darkling, expliqua Marie avec une fierté manifeste en désignant d'un geste du bras la table où étaient déjà installés d'autres Grishas en *kefta* bleu. Les Caporalki sont assis là, ajouta-t-elle en regardant avec dédain la table opposée à la nôtre, où un Sergei furieux et d'autres personnages en tenue rouge mangeaient déjà.

Si nous étions assis à la droite du Darkling, les Caporalki assis à sa gauche étaient tout aussi proches de lui, me dis-je, mais je préférai garder cette remarque pour moi.

La table du Darkling était inoccupée, le seul indice de sa présence future étant une grande chaise en ébène. Quand je demandai s'il allait manger avec nous, Nadia secoua vigoureusement la tête.

– Non ! Il ne prend presque jamais ses repas avec nous.

Je haussai les sourcils. On se dispute pour savoir qui est assis à côté d'un Darkling qui ne daigne même pas se montrer…

On posa devant nous des assiettes de pain de seigle et de hareng en conserve, et j'eus presque un haut-le-cœur. Je détestais le hareng. Heureusement, il y avait beaucoup de pain, et je vis même des prunes coupées en quartiers ; elles devaient avoir été cueillies sous une serre. Un serviteur nous servit du thé d'un grand samovar.

– Du sucre ! m'exclamai-je comme il posait un petit bol devant moi.

Marie et Nadia échangèrent un regard, et je m'empourprai. Cela faisait un siècle que le sucre était rationné à Ravka, mais le Little Palace ne semblait pas connaître de pénurie.

Un autre groupe d'invocateurs se joignit à nous et, après les présentations d'usage, m'assaillit de questions.

D'où étais-je originaire ? Le Nord. (Mal et moi ne mentions jamais sur l'endroit d'où nous venions ; nous évitions simplement de dire toute la vérité.)

Étais-je réellement cartographe ? Oui.

Avais-je vraiment été attaquée par les Fjerdans ? Oui.

Combien de volcras avais-je tués ? Aucun.

Ils parurent très déçus par cette dernière réponse. Surtout les hommes.

– J'ai entendu dire que vous en aviez tué des centaines quand votre skiff a été attaqué ? protesta un certain Ivo, dont les traits m'évoquaient un vison.

– Eh bien, non. (Puis je réfléchis.) Du moins je ne crois pas. Je… euh… je me suis évanouie.

– Vous vous êtes *évanouie* ? répéta Ivo, consterné.

Avec un énorme soulagement, je sentis une tape dans mon dos et vis que Genya était venue à mon secours.

– Vous avez terminé ? me demanda-t-elle en ignorant les autres.

Je marmonnai un au revoir et m'enfuis rapidement, consciente d'être suivie par tous les regards.

– Alors, ce petit déjeuner ? s'enquit Genya.

– Terrible.

– Hareng et pain de seigle ? demanda-t-elle, l'air écœuré.

Je pensais surtout à l'interrogatoire que j'avais subi, mais je hochai la tête.

– C'est infâme, acquiesça-t-elle en plissant le nez.

– Et vous, qu'avez-vous mangé ? lançai-je en la regardant avec intérêt.

Genya regarda par-dessus son épaule pour s'assurer que personne ne nous écoutait et chuchota :

– La fille d'une des cuisinières avait de terribles boutons. Je m'en suis occupée, et depuis, elle m'envoie chaque matin les gâteaux qu'elle prépare pour le Grand Palace. Ils sont divins.

Je souris et secouai la tête. Les autres Grishas méprisaient Genya, mais elle aussi avait de l'influence et du pouvoir.

– Mais n'en parlez à personne ! Le Darkling insiste pour que nous mangions de la nourriture consistante de paysans. Les Saints font tout pour que nous n'oubliions pas que nous sommes Ravkans !

Je contins un petit rire de mépris. La vie au Little Palace était un conte de fées à côté de celle des serfs du royaume. Elle n'était pas plus proche de la réalité de Ravka que les ors de la Cour. Les Grishas avaient une obsession pour les us des serfs, ce qui se traduisait également dans les vêtements qu'ils portaient sous leur *kefta*. Toutefois, il y avait quelque chose d'absurde dans le fait de manger « de la nourriture consistante de paysans » dans des assiettes en porcelaine sous un dôme orné d'or véritable. Quel paysan ne préférerait pas des gâteaux à du hareng en conserve ?

– Je ne dirai rien, promis-je.

– Parfait ! Si vous êtes gentille avec moi, il se pourrait même que je vous en fasse profiter, ajouta-t-elle avec un clin d'œil. Cette porte-ci, poursuivit-elle en désignant une double porte massive située en face de nous, conduit à la bibliothèque et aux salles de travail. Pour retourner dans votre chambre, il faut prendre à droite. Pour vous rendre au Grand Palace, vous sortez par la gauche, indiqua-t-elle en montrant une autre porte.

Genya m'entraîna vers la bibliothèque.

– Et par là-bas ? demandai-je en désignant une double-porte fermée, derrière la table du Darkling.

– Si cette porte s'ouvre, ouvrez bien l'œil. Elle mène à la salle de réunion du Darkling et à ses quartiers.

Effectivement, en regardant plus attentivement le bois sculpté de la porte je distinguai le symbole du Darkling où se mélangeaient des vignes et des animaux en pleine course. Après un long moment, je détachai mon regard de la porte et courus rejoindre Genya, qui était déjà sortie de la grande salle.

Nous empruntâmes un autre couloir et arrivâmes devant une double porte énorme gravée pour ressembler à la couverture d'un vieux livre. Genya l'ouvrit, et je restai bouche bée.

La bibliothèque était construite sur deux niveaux, et ses murs étaient tapissés de livres du sol au plafond. Le second niveau était une galerie dont le dôme entièrement constitué de verre permettait au soleil matinal d'embraser la salle tout entière. Quelques tablettes et chaises de lecture étaient disposées le long des murs. Au centre de la salle, sous la coupole de verre étincelant, une grande table ronde était ceinte d'un banc circulaire.

– C'est ici que vous allez étudier l'histoire et la théorie, expliqua Genya comme nous contournions la table. J'en ai terminé avec tout cela il y a des années, heureusement. C'est tellement ennuyeux. (Elle éclata de rire.) Fermez donc la bouche ! Vous avez l'air d'une truite.

Je fermai vivement la bouche, ce qui ne m'empêcha pas de regarder autour de moi, à la fois impressionnée et effrayée. La bibliothèque du duc me semblait grandiose quand j'étais petite, mais à côté de celle-ci, c'était un taudis. Tout Keramzin était miteux et vieillot, comparé au Little Palace ; toutefois, me l'avouer me rendait triste. Je me demandai ce que Mal verrait à ma place.

Je ralentis sans le vouloir. Les Grishas avaient-ils le droit de recevoir des visites ? Mal pourrait-il venir à Os Alta ? Il avait ses propres responsabilités dans son régiment, mais s'il obtenait une permission ?... Cette pensée m'emplit d'enthousiasme. Les couloirs du Little Palace seraient beaucoup moins intimidants parcourus en compagnie de mon meilleur ami.

Nous sortîmes de la bibliothèque par une autre double porte et débouchâmes dans un couloir sombre. Genya tourna à gauche. Je regardai vers la droite et je vis deux Caporalki émerger d'une grande porte rouge laquée. Ils nous lancèrent un regard peu amical avant de disparaître dans l'ombre.

– Venez, me dit Genya en me prenant par le bras et en m'entraînant dans la direction opposée.

– Que dissimule cette porte rouge ?

– La salle d'anatomie.

Un frisson me parcourut de la tête aux pieds. Les Caporalki. Les soigneurs... et les hurleurs. Ils devaient bien s'entraîner quelque part ; cependant, je n'avais pas envie de savoir en quoi consistait cet entraînement. Je pressai le pas pour rattraper Genya. Pas question de me retrouver seule à proximité de cette porte rouge.

Au bout du couloir, nous nous retrouvâmes devant une porte de bois clair finement ornementé. On y voyait des fleurs au cœur serti de diamants jaunes et des oiseaux dont les yeux étaient, semblait-il, des fragments d'améthyste. Les poignées de la double porte étaient en fer forgé et figuraient des mains parfaitement réalisées. Genya en attrapa une et poussa la porte.

L'atelier des Materialki avait été installé de ce côté de la bâtisse pour profiter au maximum de la luminosité de l'est, et ses parois étaient presque entièrement constituées de verre. La salle lumineuse me rappela un peu la tente des Atlas, mais en lieu et place des documents, piles de feuilles de papier et encriers, les grandes tables de travail accueillaient des rouleaux de tissu, de gros morceaux de verre, des écheveaux de fil d'or et d'acier, et des roches aux formes bizarres. Dans un coin, j'avisai des terrariums contenant des plantes, des insectes et même un serpent. J'en frissonnai.

Les Materialki en *kefta* violet foncé étaient penchés sur leurs travaux mais ne manquèrent pas de nous suivre du regard lorsque nous passâmes devant eux. À une table, deux femmes travaillaient un morceau rougeoyant et élastique de ce qui deviendrait peut-être de l'acier grisha. Autour d'elles étaient éparpillés des morceaux de diamant et des pots pleins de vers à soie. À une autre table, un fabrikator, un morceau de tissu noué autour du nez et de la bouche, mesurait un liquide noir et épais qui sentait le goudron. Genya me conduisit jusqu'à un autre Grisha penché sur des genres de minuscules disques de verre. Il était pâle, maigre comme un roseau et aurait eu besoin de passer chez le coiffeur.

– Salut, David, commença Genya.

David leva la tête, cligna des yeux, s'inclina furtivement et se remit au travail.

Genya soupira.

– David, je te présente Alina.

David lâcha un grognement.

– L'Invocatrice de lumière, ajouta-t-elle.

– C'est pour vous, dit-il soudain sans nous regarder.

J'examinai les disques.

– Oh… euh… merci.

Comme je ne savais pas quoi dire d'autre, je me tournai vers Genya, qui haussa les épaules et leva les yeux au ciel.

– Au revoir, David, dit-elle bien fort.

David grogna. Genya me prit par le bras et me conduisit dehors sous une arcade en bois donnant sur une pelouse vallonnée.

– Ne le prenez pas pour vous, reprit-elle. David travaille le métal comme personne. Ses lames sont si affûtées qu'elles entrent dans la chair comme dans de l'eau. Seuls le métal et le verre l'intéressent. Les gens…

La façonneuse avait parlé d'un ton léger, mais je notai quelque chose d'étrange dans sa voix, comme une tension. Lorsque je me tournai vers elle, je remarquai que ses pommettes si parfaites s'étaient couvertes de taches colorées. Dans l'atelier, les épaules osseuses et voûtées, la tignasse ébouriffée, David avait repris son travail. Je souris. Si une créature aussi belle pouvait tomber amoureuse d'un fabrikator maigrichon et obsédé par son travail, il était encore permis d'espérer.

– Qu'y a-t-il ? me demanda-t-elle en voyant mon sourire.

– Rien, rien.

Genya plissa les yeux et me considéra longuement, mais je restai silencieuse. Nous longeâmes l'arcade de la façade est du Little Palace, passant d'autres fenêtres ouvertes sur l'atelier des Materialki. Puis nous tournâmes un coin et il n'y eut plus de fenêtres. Genya pressa le pas.

– Pourquoi n'y a-t-il plus de fenêtres ? m'enquis-je.

Genya jeta un coup d'œil nerveux à la façade. Apparemment, celle-ci était la seule du Little Palace à ne pas être couverte de bas-reliefs.

– Nous sommes derrière la salle d'anatomie des Caporalki.
– N'ont-ils pas besoin de lumière pour… faire leur travail ?
– La salle est surplombée d'une coupole, comme la bibliothèque. Ils préfèrent. Ainsi, leurs activités peuvent rester secrètes.
– Que font-ils là-dedans ? m'enquis-je, pas tout à fait certaine de vouloir le savoir.
– Seuls les Caporalki le savent. Selon certaines rumeurs, ils travailleraient avec les fabrikators sur de nouvelles… expériences.
Je frissonnai et fus soulagée lorsque nous tournâmes et que les fenêtres réapparurent. À travers les vitres, je vis des chambres semblables à la mienne ; il s'agissait des dortoirs du rez-de-chaussée, compris-je. J'étais reconnaissante d'avoir été installée au troisième étage. Je me serais bien passée d'avoir toutes ces marches à monter, mais j'étais contente que personne ne puisse se promener devant ma fenêtre.
Genya désigna le lac que j'avais vu depuis ma chambre.
– Nous allons là-bas, me dit-elle en montrant de petites structures blanches construites sur la rive. Ce sont les pavillons des invocateurs.
– Si loin ?
– C'est plus sûr à cause de vos entraînements. Il ne manquerait plus qu'un inferni un peu trop enthousiaste fasse brûler le Palace.
– Ah ! je n'avais pas pensé à ça.
– Et encore, ce n'est rien. Les fabrikators ont une autre installation, en dehors de la ville, où ils conçoivent des poudres explosives. Si vous voulez, je peux vous organiser une petite visite là-bas, ajouta-t-elle avec un sourire diabolique.
– Je passe mon tour, merci.
Nous descendîmes quelques marches et nous retrouvâmes sur une allée gravillonnée qui se déroulait vers le lac. Bientôt,

je distinguai un autre bâtiment, situé sur la rive opposée. À mon grand étonnement, je vis des groupes d'enfants jouer et courir autour de lui. Des enfants vêtus de rouge, de bleu et de violet. Une cloche sonna, et ils interrompirent leurs jeux pour se précipiter dans la bâtisse.

– Une école ?

Genya hocha la tête.

– Quand on découvre un talent de Grisha chez un enfant, on le fait venir ici pour le former. Nous avons presque tous appris la Petite Science dans ces locaux.

Je repensai une fois de plus aux trois personnages qui m'avaient examinée dans le salon de Keramzin. Pourquoi n'avaient-ils pas décelé mon talent, à ce moment-là ? J'avais peine à imaginer ce qu'aurait été ma vie s'ils avaient émis un autre jugement. J'aurais été choyée par des serviteurs au lieu d'accomplir des corvées avec eux. Je ne serais jamais devenue cartographe, je n'aurais jamais appris à dessiner une carte. Qu'est-ce que cela aurait signifié pour Ravka ? Si j'avais appris à me servir de mon pouvoir, le Shadow Fold serait peut-être déjà une chose du passé. Mal et moi n'aurions jamais eu à combattre les volcras. Mal et moi ne serions plus amis depuis longtemps.

Je regardai de nouveau de l'autre côté du lac.

– Que se passe-t-il quand ils ont terminé leur formation ?

– Ils entrent dans la Seconde Armée. Beaucoup servent la noblesse du royaume ou intègrent la Première Armée et sont envoyés sur les fronts nord et sud, ou près du Fold. Les meilleurs restent au Little Palace, où ils complètent leur formation avant de se mettre au service du Darkling.

– Et leurs familles ?

– Elles reçoivent une importante compensation. La famille d'un Grisha ne risque pas de se retrouver dans le besoin.

– Je ne pensais pas à ça. Vous arrive-t-il de rendre visite à vos parents ?

Genya haussa les épaules.

– J'avais cinq ans la dernière fois que j'ai vu mes parents. Ce Palace est ma maison.

Je considérai Genya et sa tenue blanche et dorée. Non, je n'étais pas convaincue. J'avais vécu à Keramzin la majeure partie de mon existence sans m'y être jamais sentie chez moi. Dix ans plus tard, je pouvais en dire autant de l'Armée du roi. Je ne m'étais sentie à ma place qu'en compagnie de Mal, et encore, cela n'avait pas duré. En dépit de sa beauté hors du commun, Genya et moi n'étions peut-être pas si différentes.

Arrivées devant le lac, nous passâmes devant plusieurs pavillons de pierre, mais la façonneuse ne s'arrêta que lorsque nous eûmes atteint un chemin qui décrivait une courbe et s'enfonçait dans les bois.

– On y est, annonça-t-elle.

Je suivis le chemin du regard et distinguai, cachée dans l'ombre, une espèce de masure de pierre à peine visible derrière les arbres.

– Là-bas ?

– Je ne peux pas vous accompagner plus loin. Je n'en ai d'ailleurs aucune envie.

Un frisson me parcourut l'échine.

– Baghra n'est pas si méchante une fois qu'on est habitué à elle, me dit-elle d'un air compatissant. Mais à votre place, je n'arriverais pas en retard.

– D'accord, acquiesçai-je avant de m'éloigner en trottant.

– Bonne chance !

La maison était ronde et apparemment dépourvue de fenêtres, ce qui n'était guère engageant. Je gravis les quelques marches qui menaient à la porte et frappai. Personne ne répondit, alors je frappai de nouveau et attendis. Je ne savais pas trop quoi faire. Je regardai derrière moi, vers le lac, mais Genya était déjà repartie. Je frappai une troisième fois, puis pris mon courage à deux mains et ouvris la porte.

Une chaleur intense m'assaillit, et je me mis aussitôt à transpirer dans mes vêtements neufs. Comme mes yeux s'habituaient à l'obscurité, je distinguai un lit étroit, une bassine et un poêle surplombé d'une théière. Au centre de la pièce, trônaient deux chaises et un grand four en céramique dans lequel brûlait un feu.

– Vous êtes en retard, lança une voix sévère.

Je pivotai sur mes talons, mais ne vis personne dans la minuscule pièce. Soudain, une ombre se déplaça, me fichant une peur bleue.

– Refermez la porte, petite. La chaleur s'échappe à l'extérieur.

Je m'exécutai.

– Bien. Voyons à quoi vous ressemblez.

Je fus tentée de tourner les talons et de déguerpir, mais je me raisonnai. À contrecœur, je me rapprochai du feu. L'ombre émergea de derrière le four pour m'examiner de plus près.

Tout d'abord, je crus qu'il s'agissait d'une femme incroyablement âgée, mais à y regarder de plus près, je n'en étais plus si certaine. La peau de Baghra était lisse et tendue sur les os saillants de son visage. Son dos était droit, son corps nerveux comme celui d'une acrobate Suli, et ses cheveux étaient uniformément noir de jais. Et pourtant, la lumière vacillante du feu donnait à sa tête une apparence de crâne nu, tout en bosses osseuses et en creux profonds. Elle portait un vieux *kefta* de couleur indéterminée et, d'une main squelettique, tenait une canne au pommeau plat qui semblait avoir été taillée dans un bois pétrifié et argenté.

– Alors comme ça, commença-t-elle d'une voix grave et gutturale, vous êtes l'Invocatrice de lumière. Vous êtes venue pour tous nous sauver, c'est ça ? Et où sont les autres ?

Je m'agitai nerveusement.

– Eh bien, jeune fille, êtes-vous muette ?

– Non, parvins-je à articuler.

– Bien, c'est déjà ça. Pourquoi n'avez-vous pas été testée quand vous étiez enfant ?

– Je l'ai été.

– Mmm…

Son expression changea. Elle riva sur moi un regard tellement lugubre qu'un frisson me parcourut en dépit de la chaleur qui régnait dans la cabane.

– J'espère que vous êtes plus forte que vous n'en avez l'air, petite, reprit-elle, sinistre.

Une main osseuse jaillit tel un serpent de sa manche large et se referma sur mon poignet.

– Voyons de quoi vous êtes capable…

9

Ce fut un désastre complet. Lorsque Baghra agrippa mon poignet, je compris immédiatement qu'elle était un amplificateur, comme le Darkling. La même intense assurance déferla en moi, et la lumière du soleil éclaira soudain la petite pièce, se reflétant sur les pierres de la cabane. Toutefois, quand elle me lâcha et me demanda de répéter ce prodige par moi-même, j'en fus incapable. Elle me réprimanda, me cajola, me donna même un coup de bâton.

– Que suis-je supposée faire d'une fille qui ne sait même pas comment invoquer seule ses pouvoirs ? gronda-t-elle. Même les enfants savent le faire.

Elle se saisit de nouveau de mon bras, et je sentis cette chose enfler en moi, grossir en essayant de briser la surface. J'essayai de l'attraper, de la serrer, tout à coup certaine de pouvoir la sentir. Puis Baghra me lâcha, et le pouvoir m'échappa, retombant comme une pierre. À la fin, Baghra me repoussa avec un geste d'agacement, écœurée.

Et cela ne s'arrangea pas dans la journée. Je passai le reste de la matinée à la bibliothèque, où on me présenta une énorme pile de livres d'histoire et de théorie en me précisant bien que ce n'était qu'une petite partie de ce que je devrais lire. À l'heure du déjeuner, je cherchai Genya mais ne la trouvai nulle part. Je pris donc place à la table des invocateurs et fus rapidement entourée d'Etherealki.

Je picorai mon repas pendant que Marie et Nadia me harcelaient de questions sur mon premier cours et sur l'endroit où se trouvait ma chambre, et me demandaient si je voulais les accompagner à la *banya* dans la soirée. Quand elles eurent compris qu'elles n'obtiendraient pas grand-chose de moi, elles se tournèrent vers les autres invocateurs pour discuter de leurs cours. Pendant que je souffrais avec Baghra, les autres Grishas étudiaient la théorie avancée, les langues et la stratégie militaire. Il s'agissait apparemment de les préparer à leur prise de fonction ; tous quitteraient le Little Palace l'été prochain. La plupart seraient envoyés près du Fold ou sur les fronts nord et sud, où ils assumeraient des postes de commandement dans la Seconde Armée. Le plus grand honneur consisterait pour eux à voyager avec le Darkling, comme le faisait Ivan.

Je m'efforçai de les écouter, mais mon esprit ne cessait de me ramener à mon désastreux premier cours. Soudain, je me rendis compte que Marie m'avait posé une question, car son amie Nadia et elle me regardaient fixement.

– Pardon ?

Elles échangèrent un regard.

– Vous voulez venir avec nous aux écuries ? me demanda Marie. Nous nous entraînons au combat.

Un entraînement au combat ? Je jetai un coup d'œil à l'emploi du temps que Genya m'avait laissé ; après le déjeuner étaient écrits ces mots : *Entraînement au combat, Botkin, Écuries ouest.* La journée n'était donc pas terminée.

– Bien sûr, répondis-je sans enthousiasme en me levant avec elles.

Les servantes se précipitèrent pour tirer nos chaises et ramasser nos assiettes. Il était peu probable que je m'habitue un jour à être servie de cette manière.

– *Ne brinite*, dit Marie en gloussant.

– Quoi ? lâchai-je, déroutée.

– *To ce biti zabavno.*

Nadia gloussa à son tour.

– Elle a dit :« Ne vous en faites pas, ça va être amusant. » C'est du dialecte suli. Marie et moi l'étudions au cas où on nous enverrait à l'Ouest.

– Ah...

– *Shi si yuyan Suli*, dit Sergei en passant à côté de nous avant de sortir de la salle. C'est du shu et ça veut dire : « Le suli est une langue morte. »

Marie lui fit les gros yeux, et Nadia se mordit la lèvre.

– Sergei étudie le shu, m'expliqua Nadia.

– J'avais compris.

Sur le chemin des écuries, Marie ne cessa de se plaindre de Sergei et des autres Caporalki et de comparer les mérites respectifs du suli et du shu. Le suli était mieux pour les missions dans le Nord-Ouest. Le shu était synonyme de traductions interminables de documents diplomatiques. Sergei était un idiot qui aurait mieux fait d'apprendre à commercer en kerch. Elle s'interrompit brièvement pour me montrer la *banya*, un ensemble complexe de bains de vapeur et de bassins d'eau fraîche installé à l'abri d'un bosquet de bouleaux à côté du Little Palace, avant de se lancer dans une diatribe contre ces Caporalki égoïstes qui monopolisaient les bains chaque soir.

L'entraînement au combat ne serait peut-être pas si terrible. Marie et Nadia me donnaient de plus en plus envie de cogner dans quelque chose.

Comme nous traversions la partie ouest des jardins, j'eus la sensation d'être observée. Je levai la tête et distinguai une silhouette à l'écart du chemin, presque invisible dans l'ombre d'un alignement d'arbres. Je reconnus immédiatement la longue robe sombre et la barbe noire sale, et, même de loin, je perçus l'intensité du regard de l'Apparat. Je pressai le pas pour rejoindre Marie et Nadia, mais je sentais ses yeux dans mon dos. Lorsque je regardai par-dessus mon épaule, il était toujours là.

Tout près des écuries se trouvaient les salles d'entraînement, grandes, vides, au plafond haut soutenu par des poutres, au sol de terre battue et aux murs chargés d'un véritable arsenal d'armes diverses. Notre instructeur, Botkin Yul-Erdene, n'était pas un Grisha mais un ancien mercenaire shu, un soldat qui avait combattu sur tous les continents et pour toutes les armées intéressées par ses talents particuliers et son don pour la violence. Il avait les cheveux gris et épars et une vilaine cicatrice là où un ennemi avait tenté de l'égorger. Je passai les deux heures suivantes à maudire cet ennemi de ne pas avoir achevé le travail.

Botkin commença par des exercices d'endurance, nous faisant courir dans les jardins. Je fis de mon mieux pour ne pas me faire distancer, mais, aussi maladroite et faible qu'à mon habitude, je me retrouvai rapidement en queue de peloton.

– C'est ça apprendre dans Première Armée ? se moqua-t-il avec son accent à couper au couteau tandis que je gravissais une butte à grand-peine.

J'étais trop essoufflée pour répondre.

De retour dans les salles d'entraînement, les autres invocateurs se mirent par deux pour s'exercer au combat, et Botkin insista pour se retrouver face à moi. L'heure qui suivit fut une succession de coups divers et douloureux.

– Bloquez ! criait-il comme je reculais sous ses assauts. Plus vite ! Peut-être mademoiselle aime les coups !

Ma seule consolation était que nous n'étions pas autorisés à user de nos pouvoirs de Grisha dans cette enceinte. Ainsi, personne ne verrait que j'étais incapable d'invoquer les miens.

Lorsque la fatigue et la douleur eurent atteint leur seuil critique, je fus tentée de m'allonger par terre pour le laisser me terminer à coups de pied. C'est ce moment que Botkin choisit pour annoncer la fin du cours. Ne me laissant pas le temps de m'éclipser, il lança :

– Demain, petite fille vient tôt pour s'entraîner avec Botkin.

Je faillis m'effondrer en larmes devant tout le monde.

De retour dans ma chambre, je pris un bain avec la ferme intention de me glisser dans mon lit aussi vite que possible et d'y rester cachée. Cependant, je me raisonnai et me forçai à descendre dîner dans le grand réfectoire.

– Où est Genya ? demandai-je à Marie en m'asseyant à la table des invocateurs.

– Elle mange au Grand Palace.

– Et y dort aussi, ajouta Nadia. La reine aime bien l'avoir tout le temps sous la main.

– Et le roi aussi.

– Marie ! protesta Nadia avec un sourire en coin.

Je les regardai avec des yeux ronds.

– Vous voulez dire que…

– Ce n'est qu'une rumeur, précisa Marie.

Nadia et elle échangèrent un regard entendu.

Je repensai aux lèvres humides du roi, aux vaisseaux éclatés de son nez, à la superbe Genya dans ses habits de servante. Je repoussai mon assiette. J'avais perdu l'appétit.

Le dîner s'éternisa. Un verre de thé dans les mains, je subis les discussions et les ragots des invocateurs. J'étais sur le point de prendre congé et de retourner dans ma chambre quand la porte située derrière la table du Darkling s'ouvrit. Le silence se fit instantanément.

Ivan émergea et s'avança d'un pas lourd vers la table des invocateurs, apparemment aucunement gêné par les regards des autres Grishas.

Soudain, horrifiée, je me rendis compte qu'il se dirigeait droit vers moi.

– Venez avec moi, Starkov, lança-t-il, une fois arrivé devant nous. (Puis il ajouta d'un ton moqueur :) S'il vous plaît.

Je reculai ma chaise et me levai sur des jambes toutes molles. Baghra avait-elle dit au Darkling qu'elle ne pouvait rien faire de moi ? Botkin s'était-il plaint de mes aptitudes catastrophiques ? Les Grishas me dévisageaient tous. La mâchoire inférieure de Nadia semblait s'être décrochée.

Je suivis Ivan à travers la salle silencieuse jusqu'à la porte en ébène. Il me précéda dans un couloir et ouvrit une autre porte ornée de l'emblème du Darkling. Il s'agissait manifestement d'une salle des opérations. Il n'y avait pas de fenêtres, et les murs étaient tapissés de cartes de Ravka ; des cartes anciennes, dessinées à l'encre chaude sur de la peau animale. Dans d'autres circonstances, j'aurais pu passer des heures à les étudier, à effleurer du bout des doigts les montagnes surélevées et les serpents des rivières. Au lieu de quoi je restai sans bouger, les poings serrés et moites, le cœur près d'éclater.

Le Darkling était assis au bout d'une longue table, où il compulsait une pile de documents. Il leva la tête en nous entendant arriver, ses yeux de quartz scintillant dans la lumière des lampes.

– Alina, asseyez-vous, je vous prie, commença-t-il en désignant la chaise voisine de la sienne.

J'hésitai. Ce n'était pas le ton d'un homme en colère.

Ivan nous laissa et referma la porte derrière lui. Je déglutis difficilement et me forçai à traverser la pièce pour aller m'asseoir à côté du Darkling.

– Comment s'est passée votre première journée ?

Je déglutis de nouveau.

– Bien, coassai-je.

– Vraiment ? demanda-t-il avec un léger sourire. Même Baghra ? Elle sait se montrer dure, parfois.

– Un peu.

– Vous êtes fatiguée ?

Je hochai la tête.

– Vous avez le mal du pays ?

Je haussai les épaules. C'était étrange, mais oui, la caserne de la Première Armée me manquait.

– Je suppose que oui. Un peu.

– Ça s'arrangera.

Je me mordis la lèvre. Je l'espérais. Je n'étais pas certaine de pouvoir tenir longtemps à ce rythme.

– Ce sera plus difficile pour vous, poursuivit-il. Un Etherealki travaille rarement seul. Les inferni vont par deux. Les hurleurs travaillent souvent avec des faiseurs de marée. Vous, vous êtes la première de votre genre.

– Oui, acquiesçai-je avec lassitude.

Je n'étais pas vraiment d'humeur à m'entendre répéter à quel point j'étais unique.

– Venez avec moi, dit-il en se levant.

Mon cœur se remit à battre la chamade. Nous sortîmes de la salle des opérations et nous engageâmes dans un autre couloir.

Il me montra une porte étroite et discrète sertie dans le mur.

– Prenez à droite et vous arriverez aux dortoirs. Je me suis dit que vous voudriez éviter le réfectoire.

Je le regardai sans comprendre.

– C'est tout ? Vous vouliez savoir comme s'était passée ma journée ?

– À quoi vous attendiez-vous ? me demanda-t-il, la tête penchée sur le côté.

J'étais tellement soulagée que je lâchai sans le vouloir un éclat de rire.

– Je n'en sais rien. Torture, interrogatoire, remontage de bretelles…

Il fronça un peu les sourcils.

– Je ne suis pas un monstre, Alina. Malgré ce que vous avez peut-être entendu à mon sujet.

– Ce n'est pas ce que je voulais dire, m'empressai-je d'ajouter. C'est juste que… Je ne savais pas à quoi m'attendre.

– À part au pire.

– C'est une vieille habitude. (J'aurais dû m'arrêter là, mais je ne pus m'empêcher de continuer.) Comment ne pas avoir peur de vous ? Vous êtes le Darkling. Je ne dis pas que vous allez me faire jeter dans un fossé ou m'envoyer en Tsibeya, mais vous en auriez le pouvoir. Vous pouvez même couper les gens en deux. Être un peu intimidée ne me semble pas anormal.

Il m'étudia pendant un long moment, et je regrettai ardemment de n'avoir pas tenu ma langue, mais soudain, un sourire en coin lui éclaira le visage.

– Oui, vous n'avez pas tort.

Ma peur s'évanouit en partie.

– Pourquoi faites-vous cela ? m'interrogea-t-il.

– De quoi parlez-vous ?

Il me prit par la main, et cette assurance formidable enfla une fois de plus en moi.

– Pourquoi vous frottez-vous la paume avec le pouce ?

– Oh ! (Je ris nerveusement car je ne m'en étais pas rendu compte.) Une autre vieille habitude.

Il retourna ma main et l'examina dans la lumière tamisée du couloir. Il passa son pouce sur la cicatrice blême qui parcourait ma paume. Un genre de frisson, un tremblotement me parcourut de haut en bas.

– Où vous êtes-vous fait ça ?

– Je… à Keramzin.

– Où vous avez grandi ?

– Oui.

– Le traqueur est aussi un orphelin ?

Je sursautai. Était-il également capable de lire dans les pensées ? Je me rappelai que Mal avait dû témoigner dans la tente des Grishas.

– Oui, dis-je.

– Et il est bon ?

– Pardon ?

J'avais du mal à me concentrer. Le pouce du Darkling glissait d'avant en arrière, longeant ma cicatrice sur ma paume.

– En tant que traqueur, je veux dire, précisa-t-il.

– C'est le meilleur, répondis-je honnêtement. Les serfs de Keramzin disaient qu'il était capable de transformer les rochers en lapins.

– Parfois, je me demande à quel point nous comprenons nos propres dons, réfléchit-il tout haut. (Il lâcha ma main, ouvrit la porte, puis s'en écarta en s'inclinant légèrement.) Bonne nuit, Alina.

– Bonne nuit, parvins-je à articuler.

Je me glissai dans le couloir étroit. Un instant plus tard, j'entendis la porte se refermer dans mon dos.

10

Le matin suivant, j'avais tellement mal partout que j'eus le plus grand mal à m'extirper de mon lit. J'y parvins néanmoins et je recommençai le même programme que la veille. Et le lendemain. Chaque jour était plus difficile et plus frustrant que le précédent, mais je n'abandonnai pas. Je ne pouvais pas. Je n'étais plus cartographe, et si je ne réussissais pas à devenir Grisha, qu'adviendrait-il de moi ?

Je repensai aux paroles prononcées par le Darkling l'autre nuit, sous les poutres de la grange. *Vous êtes la première lueur d'espoir que je vois depuis un bon moment.* Il pensait que j'étais l'Invocatrice de lumière. Il me croyait capable de l'aider à détruire le Shadow Fold. S'il avait raison, plus aucun soldat, marchand ou traqueur n'aurait plus besoin de traverser cette zone de cauchemar. Toutefois, plus le temps s'écoulait, plus cette idée me paraissait absurde.

Je passai de longues heures dans la cabane de Baghra à travailler ma respiration et à tenir des poses douloureuses censées m'aider à me concentrer. Elle me donna des livres à lire, des thés à boire, mais aussi des coups de canne. Rien n'y fit.

– Dois-je vous couper, jeune fille ? criait-elle de frustration. Dois-je demander à un inferni de vous brûler ? Dois-je leur demander de vous renvoyer dans la Non-Mer afin de nourrir ces abominations ?

Mes échecs quotidiens avec Baghra n'avaient d'égales que les tortures que m'infligeait Botkin. Il me faisait courir aux quatre coins du jardin, dans les bois et sur les collines jusqu'à ce que je manque de m'écrouler. Il m'entraînait au combat et à chuter jusqu'à ce que mon corps soit couvert de meurtrissures et que mes oreilles bourdonnent à cause de ses bougonnements incessants : *trop lente, trop faible, trop maigre.*

– Botkin ne peut pas construire maison avec brindille si fragile ! me cria-t-il en m'agrippant le bras. Mangez quelque chose !

Sauf que je n'avais pas faim. Après avoir frôlé la mort dans la nappe, j'avais connu un regain d'appétit, mais c'était terminé et je ne trouvais plus aucune saveur à la nourriture. Je dormais mal malgré mon luxueux lit, et j'avais l'impression de subir mes journées, de trébucher après le temps. Le travail que Genya avait effectué sur moi ne se voyait plus ; mon teint était redevenu cireux, mes yeux étaient cernés, mes cheveux ternes et informes.

Baghra pensait que mon manque d'appétit et mes insomnies étaient liés à mon incapacité à invoquer mes pouvoirs.

– Il est bien plus difficile de marcher avec les pieds entravés ou de parler avec la main plaquée sur la bouche, expliqua-t-elle. Pourquoi gaspiller toute votre énergie à combattre votre véritable nature ?

Je ne combattais rien du tout. Du moins le croyais-je. Toutefois, je n'étais plus sûre de rien. Toute ma vie, j'avais été fragile et faible. Chaque jour nouveau était une lutte pour moi. Si Baghra avait raison, mon existence changerait du tout au tout lorsque je maîtriserais mon talent de Grisha. Enfin, si je le maîtrisais un jour. En attendant, j'étais coincée.

Je savais que les autres Grishas racontaient des choses à mon sujet. Les Etherealki s'entraînaient près du lac, expérimentant de nouvelles manières d'utiliser le vent, l'eau et le feu. Comme il était hors de question qu'ils découvrent que j'étais incapable ne serait-ce que d'invoquer mes pouvoirs, je trouvais chaque fois une excuse pour ne pas les accompagner, si bien qu'ils finirent par ne plus m'inviter.

Le soir, ils s'installaient dans la salle commune et, tout en sirotant du thé ou du *kvas*, planifiaient pour le week-end des excursions à Balakirev ou un autre village proche d'Os Alta. Comme le Darkling craignait que je sois victime d'une nouvelle tentative d'assassinat, il préférait que je reste à la capitale. Pour moi, c'était une excuse toute trouvée. Moins je passais de temps avec les invocateurs, moins ils risquaient de découvrir mon secret.

Je croisais rarement le Darkling, et quand je le voyais, c'était toujours de loin, lorsqu'il allait ou venait, toujours en grande conversation avec Ivan ou les conseillers militaires du roi. Les autres Grishas m'apprirent qu'il résidait très peu au Little Palace, qu'il passait le plus clair de son temps à voyager entre le Fold et la frontière nord, ou bien vers le sud, où des commandos shus attaquaient nos villages avant l'arrivée de l'hiver. Des centaines de Grishas étaient répartis sur tout le territoire, et il était leur chef à tous.

Il ne me disait jamais rien, me regardait à peine. J'étais certaine que c'était à cause de mon incompétence ; en fin de compte, il avait compris que je ne serais jamais son Invocatrice de lumière.

Quand je ne souffrais pas entre les mains de Baghra ou Botkin, j'étais à la bibliothèque où je me débattais avec des ouvrages théoriques. Je pensais avoir compris les bases de ce que faisaient les Grishas. (*De ce que* nous *faisions*, me corrigeai-je.) Tout ce qui nous entourait était constitué des mêmes minuscules composants. Ce qui apparaissait comme la magie des Grishas n'était qu'une manière de manipuler la matière à son niveau le plus fondamental.

Marie ne créait pas le feu ; elle rassemblait des éléments combustibles dans l'air et avait besoin d'une étincelle pour les embraser. L'acier grisha n'était aucunement magique, mais manipulé par des fabrikators habiles qui n'avaient besoin ni de chaleur ni d'outils rustiques pour travailler le métal.

Mais si je comprenais le *pourquoi*, il me restait encore à comprendre le *comment*. Le principe de base de la Petite Science pouvait se résumer ainsi : ce qui se ressemble s'assemble. Par la suite, cependant, les choses se compliquaient. L'*Odinakovost* était l'essence d'une chose, qui faisait qu'elle était identique à toute autre chose ; l'*Etovost* était le *Tatva* d'une chose, ce qui la rendait unique. L'*Odinakovost* reliait les Grishas au monde, mais l'*Etovost* leur donnait une affinité pour l'air, le sang ou, dans mon cas, la lumière. J'en avais la tête qui tournait...

Je retins une chose, néanmoins : le mot que les philosophes employaient pour décrire les gens nés sans don de Grisha. *Otkazat'sya* ou « les abandonnés ». Les orphelins, en somme.

Tard, un après-midi, j'étais en train de lire un texte sur le rôle des Grishas dans la protection des routes commerciales quand je sentis une présence à côté de moi. Je relevai la tête et eus un mouvement de recul. L'Apparat me fixait avec intérêt de son regard noir insondable.

Je jetai un coup d'œil circulaire sur la bibliothèque. Il n'y avait personne d'autre que nous et, en dépit des rayons du soleil qui transperçaient encore la verrière, une sensation de froid intense m'envahit.

Lorsqu'il s'assit à côté de moi, une odeur de tissu moisi me parvint aux narines, et une puanteur de tombeau humide m'entoura. Je m'efforçai de respirer par la bouche.

– Vos études vous plaisent-elles, Alina Starkov ?

– Beaucoup, mentis-je.

– Tant mieux. J'espère cependant que vous nourrissez votre âme autant que votre esprit. Je suis le conseiller spirituel de tous ceux qui séjournent au Little Palace. Si vous avez un problème, si vous vous inquiétez de quelque chose, n'hésitez pas à venir me voir.

– Je n'hésiterai pas, merci.

– Bien, bien. (Il sourit, révélant une denture jaune et des gencives aussi noires que celles d'un loup.) Je veux que nous soyons amis. Il est très, très important que nous soyons amis.

– Bien sûr.

– Je serais très heureux si vous acceptiez ce cadeau…

Des replis de sa robe brune, il sortit un petit livre relié de cuir rouge.

Comment pouvait-on être aussi effrayant en offrant un cadeau ?

À contrecœur, je me penchai pour prendre le livre dans sa main longue et parcourue de veines bleues. Le titre était embossé en lettres d'or sur la couverture : *Istorii Sankt'ya.*

– *La Vie des Saints* ?

Il hocha la tête.

– Il fut un temps où tous les enfants grishas recevaient ce livre en arrivant au Little Palace pour y être formés.

– Merci, dis-je, perplexe.

– Les paysans adorent leurs saints. Ils ont soif de miracles. Et pourtant, ils n'aiment pas les Grishas. Pourquoi, à votre avis ?

– Je ne me suis jamais posé la question.

Je feuilletai l'ouvrage. *Sankt Petyr de Brevno. Sankt Ilya l'Enchaîné. Sankta Lizabeta.* Chaque chapitre était introduit par une magnifique illustration en pleine page aux couleurs vives.

– Je pense que c'est parce que les Grishas ne souffrent pas comme des saints, mais comme des gens ordinaires, poursuivit-il.

– Peut-être, acquiesçai-je, l'air absent.

– Mais vous, vous avez souffert, Alina Starkov. Et je pense… oui, je pense que vous souffrirez encore.

Je relevai aussitôt la tête. Au début, je crus qu'il me menaçait, mais son regard était chargé d'une étrange compassion, ce qui était encore plus terrifiant.

J'examinai de nouveau le livre, posé sur mes genoux. Mon doigt s'était arrêté sur une illustration de *Sankta Lizabeta* telle qu'elle était morte, écartelée sur un lit de roses. Son sang formait un ruisseau au milieu des pétales. Je refermai brusquement le livre et me levai.

– Je dois y aller.

L'Apparat se leva aussi et, pendant un instant, je me demandai s'il allait m'empêcher de partir.

– Votre cadeau ne vous plaît pas.

– Si, si. Il est très joli. Merci. C'est juste que je vais être en retard, bafouillai-je.

Je fonçai vers la sortie et attendis d'avoir retrouvé mes quartiers avant de reprendre mon souffle. Je jetai le livre des Saints dans le tiroir du bas de ma commode, que je fermai bruyamment. Que me voulait l'Apparat ? M'avait-il menacée ? ou bien simplement mise en garde ?

Je pris une profonde inspiration tandis qu'une énorme vague de fatigue et de confusion déferlait sur moi. Le rythme tranquille de la tente des Atlas me manquait terriblement, tout comme la monotonie confortable de ma vie de cartographe. En ce temps-là, on n'attendait rien d'autre de moi que quelques dessins et une table de travail bien rangée. L'odeur familière du papier et de l'encre me manquait aussi. Et puis, surtout, Mal.

Je lui écrivais chaque semaine, mais je n'avais reçu aucune réponse. Je savais que les services postaux n'étaient pas fiables. Je savais également que son régiment s'était peut-être éloigné du Fold. À moins qu'il ne l'ait traversé. Cependant, je n'avais pas perdu espoir de recevoir bientôt de ses nouvelles. En revanche, j'avais abandonné l'idée de le voir me rejoindre quelques jours au Little Palace. Il me manquait énormément, mais je ne voulais pas qu'il sache que je me débrouillais aussi mal dans ma nouvelle vie que dans l'ancienne.

Chaque soir, quand je montais l'escalier vers ma chambre après une nouvelle journée éreintante et inutile, je me disais que, peut-être, une lettre m'attendrait sur la coiffeuse, et je pressais le pas. Les jours se succédaient, mais de lettre il n'était jamais question.

Pas même ce soir-là. Je passai la main sur le meuble vierge de tout pli.

– Où es-tu, Mal ? murmurai-je.

Mais il n'y avait personne pour me répondre.

11

Dire que je commençais à penser que les choses ne pourraient pas être pires…

J'étais en train de prendre mon petit déjeuner lorsque les portes s'ouvrirent en grand et qu'un groupe de Grishas que je ne connaissais pas fit son apparition. Au début, je les remarquai à peine. Les Grishas défilaient sans cesse dans le Little Palace ; ils venaient s'y reposer après avoir combattu sur les fronts nord ou sud et en attendant de repartir en mission.

Nadia les regardait bouche bée.

– Oh, non ! grogna Marie.

Je levai les yeux de mon assiette et reconnus aussitôt la fille à la chevelure noir corbeau qui avait dévoré Mal du regard sur la route de Kribirsk. Mon estomac faillit se retourner.

– Qui est-ce ? chuchotai-je en regardant la fille se faufiler entre les Grishas en saluant tout le monde.

Par intermittence, on entendait son rire haut perché résonner dans la salle dorée.

– Zoya, murmura Marie. Elle a un an de plus que nous et elle est horrible.

– Elle se croit meilleure que tout le monde, renchérit Nadia.

Je haussai les sourcils. Si le péché de Zoya était d'être snob, alors Nadia et Marie n'avaient aucune leçon à recevoir.

Cette dernière lâcha un soupir.

– Le pire, c'est qu'elle a un peu raison. C'est une hurleuse incroyablement puissante, une grande combattante. Et regardez-la…

J'avisai les broderies argentées de ses manches, la perfection luisante de ses cheveux de jais, ses grands yeux bleus surplombés de cils incroyablement noirs. Elle était presque aussi belle que Genya. Je pensai à Mal et fus transpercée par la flèche de la jalousie. Soudain, je me rappelai que Zoya avait été en poste en bordure du Shadow Fold. Si Mal et elle… Peut-être savait-elle s'il était là-bas et s'il allait bien. Je repoussai mon assiette. La perspective de demander des nouvelles de Mal à Zoya me donnait la nausée.

Comme si elle avait senti le poids de mon regard dans son dos, Zoya se détourna des Caporalki subjugués avec lesquels elle discutait et se dirigea vers la table des invocateurs.

– Marie ! Nadia ! Comment allez-vous ?

Elles se levèrent pour la serrer dans leurs bras, un sourire faux sur le visage.

– Vous êtes superbe, Zoya. Quoi de neuf depuis la dernière fois ? commença Marie.

– Vous nous avez tellement manqué ! couina Nadia.

– Vous m'avez manqué aussi. Je suis tellement contente d'avoir retrouvé le Little Palace. Le Darkling m'a submergée de travail, vous ne pouvez pas savoir ! Pardonnez-moi, je suis impolie ; je ne crois pas avoir été présentée à votre amie…

– Oh ! s'exclama Marie. Je suis désolée. Je vous présente Alina Starkov, l'Invocatrice de lumière, annonça-t-elle avec une grande fierté.

Je me levai maladroitement.

Zoya m'agrippa et me serra dans ses bras.

– C'est un tel honneur pour moi de rencontrer enfin l'Invocatrice de lumière, lança-t-elle à voix haute. (Comme elle me serrait contre elle, elle me chuchota dans l'oreille :) Vous puez Keramzin !

Je me raidis. Elle me lâcha, un sourire radieux sur ses lèvres parfaites.

– On se revoit plus tard, ajouta-t-elle en agitant la main. Je n'en peux plus d'attendre mon bain !

Sur ce, elle quitta la salle commune et fila en direction des chambres.

Je restai là, sans bouger, sonnée, les joues brûlantes. J'avais l'impression que tout le monde me dévisageait, mais personne ne semblait avoir entendu ce que Zoya m'avait dit.

Ses paroles ne me quittèrent pas pendant le reste de la journée. J'y repensai pendant le cours stérile de Baghra, puis durant un déjeuner interminable où Zoya raconta son voyage depuis Kribirsk et nous parla de l'état dans lequel se trouvaient les villes qui bordaient la Non-Mer et des magnifiques gravures sur bois qu'elle avait admirées chez des paysans. Peut-être était-ce mon imagination, mais j'avais l'impression qu'elle se tournait vers moi chaque fois qu'elle prononçait le mot « paysan ». Comme elle parlait, la lumière se reflétait sur le lourd bracelet d'argent qui ornait son poignet. Il était serti de ce qui ressemblait à des fragments d'os. *Un amplificateur*, compris-je.

Les choses s'empirèrent encore lorsque Zoya nous rejoignit au cours de Botkin. Celui-ci l'accueillit chaleureusement, l'embrassant sur les deux joues. Tous les deux discutèrent un peu en shu. Cette fille savait-elle donc tout faire ?

Elle était venue avec l'amie aux boucles châtain que j'avais vue sous la tente des Grishas. Toutes les deux gloussèrent tandis que je subissais comme à mon habitude les exercices que nous imposait Botkin au début de chaque entraînement. Lorsque le professeur nous mit par deux, je ne fus même pas étonnée de me retrouver avec Zoya.

– Élève très importante, annonça Botkin avec un sourire fier. Vous aider jeune fille.

– L'Invocatrice de lumière n'a probablement pas besoin de mon aide, rétorqua Zoya avec un sourire satisfait.

Je la regardai avec circonspection. J'ignorais pourquoi cette fille me détestait à ce point, mais j'avais eu mon comptant d'énergie négative pour la journée.

Nous nous mîmes en position de combat, et Botkin nous fit signe de commencer.

Je réussis à bloquer le premier coup de Zoya, mais pas le deuxième, qui m'atteignit violemment à la mâchoire, me projetant la tête en arrière. Je me secouai pour reprendre mes esprits.

Telle une danseuse, elle sautilla vers moi et tenta de me donner un coup dans les côtes. L'entraînement de Botkin ayant un peu porté ces fruits, je l'esquivai en me penchant vers la droite.

Elle me tourna autour en roulant les épaules pour se détendre. Du coin de l'œil, je remarquai que les autres invocateurs avaient cessé de se battre pour nous regarder.

Je n'aurais pas dû me laisser distraire car je reçus un nouveau coup violent dans le ventre. Tandis que je m'efforçais de reprendre mon souffle, elle enchaîna avec un coup de coude, que j'évitai par chance plus que grâce à ma technique.

Voulant profiter de son avantage, elle se jeta en avant, mais ce fut une erreur. J'étais faible et lente, mais Botkin m'avait enseigné à utiliser la force de mon adversaire.

Je fis un pas de côté et, au dernier moment, lui crochetai la cheville. Zoya tomba lourdement.

Les autres invocateurs applaudirent. Sans me laisser le temps de savourer cette menue victoire, Zoya bondit sur ses pieds, la mine déformée par la fureur, et tendit les bras vers moi. Soudain, je me sentis projetée en arrière et heurtai le mur en bois de la salle d'entraînement. J'entendis un craquement, et mes poumons se vidèrent de leur air comme je glissais lentement au sol.

– Zoya ! gronda Botkin. Pas utiliser pouvoir ! Pas dans cette salle ! Jamais dans cette salle !

J'étais vaguement consciente que les autres s'étaient regroupés autour de moi. Botkin appelait un soigneur.

– Je vais bien, voulus-je dire, mais je n'avais pas assez d'air dans les poumons.

Je gisais sur la terre battue, le souffle court. Chaque fois que j'essayais d'inspirer, une douleur intense me déchirait le flanc gauche. Un groupe de serviteurs arriva, mais lorsqu'ils me soulevèrent pour me mettre sur un brancard, je perdis connaissance.

Marie et Nadia me racontèrent la suite quand elles me rendirent visite à l'infirmerie. Un soigneur avait ralenti mon rythme cardiaque afin de me plonger dans un profond sommeil avant de s'occuper de mes côtes cassées et des meurtrissures dont m'avait fait cadeau Zoya.

– Botkin était furieux ! s'écria Marie. Je ne l'avais jamais vu comme ça. Il a chassé Zoya de la salle d'entraînement. J'ai même cru qu'il allait la frapper.

– Ivo m'a dit qu'il avait vu Ivan la conduire dans la salle du conseil du Darkling et qu'elle en était ressortie en pleurant.

Bien, pensai-je avec satisfaction. Cependant, j'étais toujours gênée lorsque je me revoyais étendue sur la terre battue de la salle d'entraînement.

– Pourquoi a-t-elle fait ça ? demandai-je en essayant de m'asseoir.

J'étais habituée à ce qu'on m'ignore ou me méprise, mais Zoya semblait me haïr.

Marie et Nadia me regardèrent comme si j'avais reçu un coup sur la tête et non dans les côtes.

– Parce qu'elle est jalouse ! répondit Nadia.
– De moi ? m'étonnai-je.
Marie leva les yeux au ciel.
– Elle n'est pas la favorite du Darkling, et ça la rend malade.
Je ris, avant de grimacer à cause de mon flanc douloureux.
– Et alors ? Je ne suis pas sa favorite non plus.
– Bien sûr que si ! Zoya est puissante, mais ce n'est qu'une hurleuse parmi d'autres. Vous, vous êtes l'Invocatrice de lumière.
Les joues de Nadia rosirent lorsqu'elle prononça cette dernière phrase, et je compris que je n'avais pas imaginé la pointe d'envie qui teintait sa voix. Jusqu'où serait-elle prête à aller par envie ? Marie et Nadia parlaient comme si elles haïssaient Zoya, mais cela ne les empêchait pas de lui sourire. *Que disent-elles de moi quand je ne suis pas là ?* me demandai-je.
– Peut-être qu'il va la rétrograder ! couina Marie.
– Ou l'envoyer en Tsibeya ! coassa Nadia.
Un soigneur sortit de l'ombre, leur demanda de se taire et les chassa. Elles promirent de me rendre visite le lendemain.
Alors je dus m'endormir, car lorsque je rouvris les yeux, il faisait sombre dans l'infirmerie. La salle était étrangement silencieuse, les autres lits inoccupés. Je n'entendais que le tic-tac de l'horloge.
Je me redressai. J'avais toujours un peu mal, mais c'était tout à fait supportable. Dire que, quelques heures plus tôt seulement, ma côte était fracturée.
J'avais la bouche sèche et un début de migraine. Je me levai, me servis un verre d'eau du broc posé sur ma table de nuit et ouvris la fenêtre pour respirer l'atmosphère nocturne.
– Alina Starkov.
Je sursautai et pivotai sur mes talons.
– Qui est là ? m'écriai-je.

L'Apparat émergea d'une tache d'ombre située près de la porte.

– Je vous ai fait peur ?

– Un peu, admis-je.

Depuis combien de temps se tenait-il là ? M'avait-il observée pendant mon sommeil ?

Il glissa en silence à travers la pièce, sa robe élimée frôlant le sol. Sans le vouloir, je fis un pas en arrière.

– J'ai été désolé d'apprendre que vous aviez été blessée, poursuivit-il. Le Darkling devrait surveiller un peu mieux ses gens.

– Je vais bien.

– Vraiment ? demanda-t-il en m'examinant dans le clair de lune. Vous n'avez pas l'air d'aller très bien, Alina Starkov. Il est essentiel que vous soyez en bonne santé.

– Je suis juste un peu fatiguée.

Il se rapprocha encore. Son odeur étrange, mélange d'encens, de moisissure et de terre retournée, flotta jusqu'à moi. Je repensai au cimetière de Keramzin, aux pierres tombales penchées, aux paysans pleurant sur des sépultures fraîches. J'étais soudain pleinement consciente d'être seule avec lui dans cette salle. Le soigneur était-il à proximité ? Ou bien était-il parti retrouver un verre de *kvas* et un bon lit ?

– Saviez-vous que dans certains des villages des confins, on érige des autels pour vous adorer ? murmura l'Apparat.

– Quoi ?

– Oui ! Le peuple a besoin d'espérer, et les peintres d'icônes font fortune grâce à vous.

– Je ne suis pas une Sainte !

– C'est une bénédiction, Alina Starkov, oui, une bénédiction.

Il fit encore un pas dans ma direction. Je voyais les poils noirs et emmêlés de sa barbe, ses dents tachées et irrégulières.

– Vous devenez dangereuse, reprit-il. De plus en plus dangereuse.

– Moi ? Dangereuse pour qui ?

– Il y a quelque chose de plus puissant qu'une armée. Quelque chose d'assez fort pour renverser des rois et même des Darklings. Savez-vous quelle est cette chose ?

Je secouai la tête en reculant doucement.

– La foi, souffla-t-il, le regard noir et dément. La foi !

Il me tendit la main. Je heurtai ma table et fis tomber mon verre d'eau par terre, où il se brisa bruyamment. Des bruits de pas pressés résonnèrent dans le couloir. L'Apparat recula, se fondit dans les ombres.

La porte s'ouvrit et le soigneur entra à vive allure, son *kefta* rouge claquant dans son dos.

– Vous allez bien ?

J'ouvris la bouche, mais je ne savais pas quoi répondre. Sans faire de bruit, l'Apparat venait de sortir de la chambre.

– Je… je suis désolée. J'ai cassé mon verre.

Le soigneur appela une servante et lui demanda de nettoyer le sol. Il m'aida à me rallonger et me suggéra d'essayer de dormir. Dès qu'il fut parti, cependant, je m'assis dans mon lit et allumai ma lampe de chevet.

Mes mains tremblaient. J'aurais voulu écarter d'un revers de la main les propos décousus de l'Apparat, mais je n'y arrivais pas. Les gens priaient-ils vraiment l'Invocatrice de lumière ? Attendaient-ils de moi que je les sauve ?

Je me rappelai les paroles sinistres du Darkling dans la grange. *L'âge des Grishas touche à son terme*. Je repensai aux volcras, aux vies perdues dans le Shadow Fold. *Ravka séparé en deux entités ne survivra pas à l'avènement de ce nouvel âge*. Mon échec ne serait pas seulement celui du Darkling ou de Baghra. Ce serait l'échec de Ravka. Sa fin.

Quand Genya vint me rendre visite le lendemain matin, je lui racontai la visite de l'Apparat, mais elle ne sembla pas intéressée par ce qu'il m'avait dit ni par son comportement bizarre.

– C'est vrai qu'il fiche la trouille, admit-elle, mais il est inoffensif.

– Il n'est pas inoffensif. Si vous l'aviez vu ! On aurait dit un aliéné.

– C'est juste un prêtre.

– Que faisait-il à l'infirmerie ?

– Peut-être le roi lui avait-il demandé de prier pour vous, proposa Genya dans un haussement d'épaules.

– Pas question que je passe une autre nuit ici. Je veux dormir dans ma chambre. Avec une porte qui ferme à clé.

Genya renifla et jeta un coup d'œil circulaire à l'infirmerie au confort limité.

– Pour le coup, je suis d'accord avec vous. Je n'aurais pas non plus envie de dormir ici. (Puis elle me regarda fixement.) Vous avez une tête terrible ce matin, poursuivit-elle avec son tact habituel. Pourquoi ne me laisseriez-vous pas vous arranger un peu ?

– Non.

– Laissez-moi juste m'occuper de vos cernes.

– Non ! m'entêtai-je. Mais j'ai besoin d'une faveur.

– Dois-je aller chercher mon matériel ?

Je lui fis les gros yeux.

– Je ne parle pas de ce genre de faveur. Un de mes amis a été blessé dans la nappe. Je… je lui ai écrit, mais je ne suis pas sûre qu'il ait reçu mes lettres. (Je sentis mes joues se réchauffer et m'empressai de continuer :) Pourriez-vous vous renseigner, me dire s'il va bien et où il est stationné ? Je ne sais pas à qui d'autre m'adresser, et comme vous passez beaucoup de temps au Grand Palace, je me suis dit que vous pourriez…

– Bien sûr, mais… Avez-vous vérifié la liste des victimes ?

Je hochai la tête, la gorge serrée. Genya s'en fut chercher du papier et un crayon pour que je lui écrive le nom de Mal.

Je soupirai et me frottai les yeux. Je ne savais pas comment interpréter le silence de Mal. Je vérifiais la liste des victimes chaque semaine, le cœur battant et l'estomac noué, angoissée à l'idée de découvrir son nom. Et chaque semaine, je remerciais les Saints de l'avoir épargné. Même s'il ne se donnait pas la peine d'écrire.

Où était la vérité ? Mon cœur se tordit douloureusement. Peut-être Mal était-il heureux de mon départ, d'être libéré de notre amitié et de certaines obligations. *À moins qu'il ne soit cloué dans un lit d'hôpital et que tu ne sois qu'une sale gosse*, me réprimandai-je.

Genya réapparut, et je lui écrivis le nom de Mal, son régiment et le numéro de son unité. Elle plia le papier et le glissa dans la manche de son *kefta*.

– Merci, dis-je d'une voix rauque.

– Je suis sûre qu'il va bien, me rassura-t-elle en me serrant doucement le bras. Maintenant, allongez-vous, que je m'occupe de vos vilains cernes.

– Genya !

– Allongez-vous ou vous pouvez faire une croix sur votre petite faveur.

J'en restai bouche bée.

– Vous êtes vraiment une…

– Oui, je suis merveilleuse.

Je lui lançai un regard noir et m'affaissai sur mon oreiller.

Après le départ de Genya, je m'arrangeai pour qu'on me laisse retourner dans ma chambre. Le soigneur désapprouva ma décision, mais je ne lui laissai pas le choix. Je n'avais presque plus mal et je n'aurais pour rien au monde passé une nuit de plus dans cette infirmerie déserte.

De retour dans ma chambre, je pris un bain et essayai de m'intéresser à un de mes livres de théorie. Toutefois, je n'arrivai pas à me concentrer. J'appréhendais de reprendre les cours et de subir encore une des leçons inutiles de Baghra.

Avec le temps, les gens avaient perdu l'habitude de me regarder partout où j'allais, mais après les événements récents, je ne doutais pas qu'ils allaient se remettre à me dévisager.

Comme je me levai pour m'étirer, j'aperçus mon reflet dans le miroir de la coiffeuse. Je traversai la pièce pour me regarder de près.

Les ombres noires avaient disparu de sous mes yeux, mais je savais qu'elles réapparaîtraient d'ici quelques jours. De toute façon, cela ne changerait pas grand-chose ; j'avais ma tête habituelle : j'étais fatiguée, décharnée, j'avais l'air malade. J'étais très loin de ressembler à une Grisha. Le pouvoir était là, quelque part en moi, mais je n'arrivais pas à y accéder, et je ne savais pas pourquoi. Pourquoi étais-je différente ? Pourquoi mon pouvoir avait-il mis si longtemps à se révéler ? Et pourquoi étais-je incapable d'y accéder sans aide ?

Dans le miroir, je voyais se refléter les épais rideaux dorés, les murs peints de couleurs vives, les flammes sur les carreaux de céramique du foyer. Zoya était horrible, mais elle avait raison. Je n'avais pas ma place dans ce monde magnifique, et si je ne trouvais pas une manière d'utiliser mon pouvoir, je ne l'aurais jamais.

12

La matinée suivante ne fut pas aussi terrible que prévu. Zoya était déjà dans le réfectoire lorsque j'y fis mon entrée. Elle était assise seule au bout de la table des invocateurs et prenait son petit déjeuner en silence. Elle ne leva pas la tête quand Marie et Nadia m'invitèrent à les rejoindre, et je fis moi aussi de mon mieux pour l'ignorer.

Je marchai jusqu'au lac en savourant chacun de mes pas. Il faisait beau, l'air était frais sur mes joues, et je n'avais pas vraiment hâte de m'enfermer dans la cabane étouffante et sans fenêtre de Baghra. Tandis que je gravissais les quelques marches qui menaient à sa porte, j'entendis des éclats de voix.

J'hésitai avant de frapper doucement. Les voix se turent brusquement et, après quelques instants, je poussai la porte et jetai un coup d'œil à l'intérieur. Le Darkling se tenait devant le poêle et semblait furieux.

– Excusez-moi, dis-je en faisant demi-tour.

Alors Baghra aboya :

– Entrez, jeune fille ! Ne laissez pas la chaleur s'échapper.

Quand j'entrai et refermai la porte, le Darkling s'inclina pour me saluer.

– Comment allez-vous, Alina ?

– Bien.

– Elle va bien, qu'elle dit ! s'emporta Baghra. Elle est incapable d'éclairer un couloir, mais elle va bien !

Je grimaçai et regrettai de ne pouvoir disparaître dans mes bottes.

À ma grande surprise, le Darkling prit ma défense.

– Laissez-la tranquille.

– C'est ce que vous voudriez, n'est-ce pas ? demanda Baghra, les yeux plissés.

Le Darkling soupira et, exaspéré, passa une main dans ses cheveux noirs. Lorsqu'il releva la tête, il arborait un sourire contrit et sa chevelure était tout ébouriffée.

– Baghra aime faire les choses à sa manière… commença-t-il.

– Ne me prenez pas de haut, jeune homme ! lança la femme d'une voix qui claqua comme un fouet.

Alors je vis le Darkling se mettre presque au garde-à-vous avant de se reprendre et de froncer les sourcils.

– Ne me parlez pas sur ce ton, vieille femme, rétorqua-t-il d'une voix grave et dangereuse.

Une énergie négative crépita dans la pièce. Quel genre de conversation avais-je interrompue ? Je songeai à m'éclipser pour les laisser terminer quand la voix de Baghra claqua de nouveau.

– Le garçon songe à vous dégoter un amplificateur. Qu'en pensez-vous, jeune fille ?

Je fus tellement surprise de l'entendre appeler le Darkling « le garçon », que je mis quelques secondes à comprendre le sens de sa phrase. Lorsque ses paroles eurent terminé de cheminer dans mon cerveau, une vague de soulagement et d'espoir déferla sur moi. Un amplificateur ! Pourquoi n'y avais-je pas pensé plus tôt ? Pourquoi n'y avaient-*ils* pas pensé plus tôt ? Baghra et le Darkling étaient capables de m'aider à invoquer mes pouvoirs parce qu'ils étaient des amplificateurs vivants, alors pourquoi n'aurais-je pas mon propre amplificateur, comme les griffes d'ours d'Ivan ou la dent de phoque que j'avais vue autour du cou de Marie ?

– C'est une excellente idée ! m'exclamai-je avec un peu trop d'enthousiasme.

Baghra prit un air écœuré.

Le Darkling lui lança un regard noir avant de se tourner vers moi.

– Alina, avez-vous déjà entendu parler du troupeau de Morozova ?

– Bien sûr qu'elle en a entendu parler ! Et elle a aussi entendu parler des licornes et des dragons de Shu Han, se moqua Baghra.

Un masque de colère déforma furtivement le visage du Darkling, qui parvint à se contenir.

– Puis-je vous parler un instant, Alina ? me demanda-t-il poliment.

– B… bien sûr, bredouillai-je.

Baghra renifla encore de mépris, mais le Darkling ne fit pas attention à elle ; il me prit par le coude et me conduisit hors de la cabane, refermant bruyamment la porte derrière nous. Lorsque nous eûmes parcouru une distance respectable, il lâcha un profond soupir et se passa une nouvelle fois la main dans les cheveux.

– Cette Baghra… marmonna-t-il.

Impossible de ne pas rire.

– Qu'y a-t-il ? demanda-t-il.

– Je ne vous avais encore jamais vu aussi… ébouriffé.

– Baghra a cet effet sur les gens.

– A-t-elle été votre professeur ?

Une ombre passa sur son visage.

– Oui… Que savez-vous du troupeau de Morozova ?

Je me mordis la lèvre.

– Eh bien…

– Des contes pour enfants ? demanda-t-il dans un soupir.

Je haussai les épaules pour m'excuser.

– Ce n'est pas grave. Vous vous rappelez ces histoires ?

Je pris le temps de fouiller ma mémoire et me souvins de la voix d'Ana Kuya dans les dortoirs, tard le soir.

– Des cerfs blancs, des créatures magiques qui n'apparaissent qu'au crépuscule ? tentai-je.

– Ils ne sont pas plus magiques que vous et moi, mais ils sont vieux et très puissants.

– Ils existent vraiment ? m'étonnai-je, incrédule.

J'évitai de lui dire que je n'étais ni tellement *magique* ni *puissante* ces derniers temps.

– Je le crois.

– Mais Baghra ne le croit pas.

– Elle trouve ridicules toutes mes idées. Que vous rappelez-vous d'autre ?

– Dans les histoires d'Ana Kuya, repris-je en riant, ils parlaient ; et quand un chasseur les épargnait après les avoir capturés, ils exhauçaient ses vœux.

Il rit aussi. C'était la première fois que j'entendais son rire, son grave et agréable qui vibra dans l'atmosphère.

– Ah ! cette partie-là de l'histoire n'est malheureusement pas vraie.

– Mais le reste si ?

– Rois et Darklings cherchent le troupeau de Morozova depuis des siècles. Mes traqueurs m'assurent qu'ils ont retrouvé leurs traces, même s'ils n'ont jamais vu les créatures elles-mêmes.

– Et vous les croyez ?

Son regard était calme et froid.

– Mes hommes ne me mentent pas.

Un frisson me parcourut la colonne vertébrale. Sachant de quoi le Darkling était capable, j'y réfléchirais également à deux fois avant de lui mentir.

– Bien sûr, concédai-je, mal à l'aise.

– Les bois d'un cerf de Morozova feraient un excellent amplificateur.

Il tendit la main et me tapota la clavicule, bref contact qui suffit à m'insuffler un grand sentiment d'assurance.

– Un collier ? demandai-je en tentant de me l'imaginer.

Je sentais toujours le contact de son doigt sur ma gorge.

Il hocha la tête.

– Le plus puissant de tous les amplificateurs, confirma-t-il.

– Et vous voulez me le donner ? m'étonnai-je, bouche bée.

Il acquiesça de nouveau.

– Ne serait-il pas plus facile de me dégoter une griffe ou un croc, enfin, n'importe quoi d'autre ?

– Pour espérer détruire le Fold, expliqua-t-il en secouant la tête, nous avons besoin du pouvoir du cerf.

– Peut-être que si j'avais un autre amplificateur pour m'entraîner, je…

– Vous savez que cela ne fonctionne pas comme ça.

– C'est-à-dire que…

– N'avez-vous pas lu vos livres de théorie ? s'enquit-il en fronçant les sourcils.

Je le regardai fixement avant de répondre :

– Il y a beaucoup de livres de théorie.

Je fus surprise de le voir sourire.

– Il m'arrive d'oublier que vous êtes encore novice.

– Eh bien moi je ne l'oublie pas, marmonnai-je.

– Est-ce si difficile ?

Embarrassée, je sentis une boule se former dans ma gorge. Je l'avalai difficilement.

– Baghra a dû vous dire que, toute seule, j'étais incapable d'invoquer ne serait-ce qu'un petit rayon de soleil.

– Vous y arriverez, Alina. Je ne m'en fais pas pour cela.

– Vraiment ?

– Oui. Et même si je m'en faisais, une fois que nous aurons le cerf, cela n'aura plus d'importance.

Je ressentis une bouffée de frustration. Je ne voulais pas attendre qu'on retrouve ce mythique cerf pour devenir une véritable Grisha. Je voulais un autre amplificateur, un vrai, tout de suite.

– Si personne n'a pu trouver le troupeau depuis tout ce temps, qu'est-ce qui vous fait croire que vous allez y parvenir maintenant ?

– Parce que c'est écrit. Le cerf a été créé pour vous, Alina, je le sens.

Il me regarda fixement. Ses cheveux étaient toujours en désordre et, dans la lumière vive du soleil matinal, il était plus séduisant et me paraissait plus humain que jamais.

– En fait, poursuivit-il, je vous demande de me faire confiance.

Qu'étais-je supposée répondre ? Je n'avais pas vraiment le choix. Si le Darkling voulait que je fasse preuve de patience, je ferais preuve de patience.

– D'accord. Mais dépêchez-vous.

Il rit encore, et je m'empourprai de plaisir. Soudain, il redevint sérieux.

– Je vous ai attendue très longtemps, Alina. Vous et moi allons changer le monde.

Je lâchai un rire nerveux.

– Je ne pense pas être faite pour cela.

– Un peu de patience, dit-il doucement.

Quand il posa sur moi son regard de quartz gris, mon cœur fit un bond. Je crus qu'il allait ajouter quelque chose, mais, soudain, il fit un pas en arrière, l'air troublé.

– Bonne chance pour vos cours.

Il s'inclina légèrement, tourna les talons et s'en fut en direction du lac. Cependant, à peine avait-il parcouru quelques mètres qu'il se retourna.

– Alina, pour le cerf…

– Oui ?

– N'en parlez à personne. La plupart des gens pensent que c'est un conte pour enfants, et je n'aimerais pas passer pour un imbécile.

– Je ne dirai rien, promis-je.

Il hocha la tête et, sans un mot, s'éloigna rapidement. Je lui suivis un temps du regard. Je me sentais un peu hébétée, mais j'ignorais pourquoi.

Je retournai à la cabane et découvris que Baghra m'attendait sur le seuil. Sans aucune raison précise, je rougis.

– Hmm… grogna-t-elle, avant de me tourner le dos elle aussi.

Après ma conversation avec le Darkling, je me rendis à la bibliothèque dès que possible. Il n'y avait aucune mention du cerf dans mes livres de théorie, mais je trouvai une référence à Ilya Morozova, un des premiers Grishas, mais aussi un des plus puissants.

Il y avait également beaucoup d'informations sur les amplificateurs.

Les textes étaient très clairs : un Grisha ne pouvait posséder qu'un seul amplificateur dans sa vie, et un amplificateur ayant appartenu à un Grisha ne pouvait être récupéré par personne. *« Le Grisha a un droit sur son amplificateur, et celui-ci a un droit sur celui qui le possède. Une fois le pacte scellé, rien ne peut le briser. Qui se ressemble s'assemble et s'unit. »*

La raison de tout ceci m'échappait un peu, mais cela semblait avoir un rapport avec le contrôle du pouvoir des Grishas.

« Le cheval a la vitesse, l'ours la force, l'oiseau les ailes. Aucune créature ne possède tous ces dons, et le monde est équilibré. Les amplificateurs participent de cet équilibre et ne peuvent être utilisés pour le subvertir. Les Grishas doivent garder cette règle à l'esprit sauf à vouloir risquer des conséquences très graves. »

Un autre philosophe écrivit : *« Pourquoi un Grisha ne peut posséder qu'un seul amplificateur ? Je préfère répondre à cette question : Qu'est-ce qui est infini ? L'univers et la cupidité de l'homme. »*

Assise sous le dôme de verre de la bibliothèque, je pensais à l'Hérétique noir. Le Darkling avait dit que le Shadow Fold était une création de son ancêtre, la conséquence de son avidité. Les philosophes évoquaient-ils ce genre de conséquences ? Pour la première fois, je compris que le Fold était le seul endroit où le Darkling était sans défense, où ses pouvoirs ne lui servaient à rien. Les descendants de l'Hérétique noir avaient souffert à cause de son ambition, mais pas autant que le peuple de Ravka, dont le sang coulait à flots.

L'hiver succéda à l'automne et des vents froids dénudèrent complètement les branches des arbres du jardin. Notre table était toujours ornée de fleurs et garnie de fruits frais produits dans les serres des Grishas, où la météo avait peu d'emprise. Cependant, rien, pas même les prunes juteuses ou le raisin violet, n'améliorait mon appétit.

Je ne sais pourquoi, mais je m'étais mis dans la tête que ma conversation avec le Darkling avait pu changer quelque chose en moi. Je voulais croire ce qu'il me disait, et, près de ce lac, j'y étais presque parvenue. Sauf que rien ne changea. J'étais toujours incapable d'invoquer mon pouvoir sans l'aide de Baghra. Je n'étais toujours pas une vraie Grisha.

Néanmoins, je m'accommodais un peu mieux de la situation. Le Darkling m'avait demandé de lui faire confiance, et s'il était persuadé que le cerf était la réponse à nos problèmes, eh bien, je me devais d'avoir foi en lui. J'évitais toujours de m'entraîner avec les autres invocateurs, mais je laissai Marie et Nadia m'emmener deux fois à la *banya* et une fois à un spectacle de ballet au Grand Palace. Je permis même à Genya de rendre un peu de couleur à mes joues.

Mon lâcher-prise rendit Baghra furieuse.

– Vous n'essayez même plus ! explosa-t-elle. Vous attendez peut-être qu'un cerf magique vienne à votre secours ? Qu'on vous offre un joli collier ? Vous pouvez aussi bien attendre qu'une licorne pose sa tête sur vos genoux, stupide enfant !

Quand elle me criait dessus de la sorte, je me contentais de hausser les épaules. Elle avait raison. J'étais fatiguée de mes échecs répétés. J'étais différente des autres Grishas, et il était grand temps que je l'admette. Sans compter que la rebelle qui sommeillait en moi adorait lui faire perdre patience.

J'ignorais quel châtiment Zoya avait reçu, mais elle continua de m'ignorer. Elle n'avait plus accès aux salles d'entraînement, et j'avais entendu dire qu'elle retournerait à Kribirsk après la fête des Neiges. De temps à autre, je la surprenais en train de me fixer d'un regard noir ou de glousser derrière sa main en compagnie de son petit groupe d'amis invocateurs, mais je m'efforçais de ne pas réagir.

J'étais pleinement consciente de mes échecs. Aux premières chutes de neige, je trouvai à mon réveil un nouveau *kefta* devant ma porte. Il était fait d'une laine épaisse couleur bleu nuit et doté d'une capuche fourrée. Je l'enfilai, mais j'avais du mal à ne pas me sentir dans la peau d'un imposteur.

Après avoir picoré mon petit déjeuner, j'effectuai le trajet familier jusqu'à la cabane de Baghra. L'allée gravillonnée, déneigée par les inferni, scintillait sous le faible soleil hivernal. J'avais presque atteint le lac quand une servante me rattrapa. Elle me tendit une feuille de papier pliée, fit une brève révérence et retourna d'où elle était venue. Je reconnus l'écriture de Genya.

L'unité de Malyen Oretsev est stationnée dans l'avant-poste de Chernast en Tsibeya du Nord depuis six semaines. Votre ami est, semble-t-il, sain et sauf. Vous pouvez adresser vos lettres à son régiment.

Les ambassadeurs de Kerch couvrent la reine de cadeaux. Des huîtres et des bécasses conservées dans de la glace sèche (quelle horreur) et des bonbons aux amandes ! Je vous en apporterai quelques-uns ce soir.

G.

Mal était en Tsibeya. Il était sain et sauf, loin des combats, et sans doute en train de chasser du gibier d'hiver.

J'aurais dû être reconnaissante. Heureuse.

Vous pouvez adresser vos lettres à son régiment. Cela faisait des mois que j'adressais mes lettres à son régiment.

Je repensai à la dernière que je lui avais écrite…

Cher Mal, comme je n'ai reçu aucune nouvelle de toi, je suppose que tu as rencontré et épousé une jolie volcra et que tu vis confortablement dans le Fold, où tu n'as ni lumière ni papier pour m'écrire. À moins que ton épouse ne t'ait mangé les mains…

La lettre ne se résumait certes pas à cela. J'y décrivais aussi Botkin ainsi que le chien au nez écrasé de la reine, et j'y développais l'étrange fascination que les Grishas nourrissaient pour les coutumes des paysans. Je lui parlais aussi de la belle Genya, des pavillons au bord du lac et de la magnifique verrière de la bibliothèque. Je lui racontais mes cours avec la mystérieuse Baghra, lui décrivais les orchidées qui poussaient dans la serre et les oiseaux peints au-dessus de mon lit. En revanche, je n'abordais pas la question du cerf de Morozova, ni le fait que ma formation était un véritable désastre. Et je ne lui disais pas qu'il me manquait chaque jour.

À la fin, après une brève hésitation, j'avais griffonné au bas de la page : *J'ignore si tu as reçu mes autres lettres. Cet endroit est plus beau que je ne saurais te le décrire, mais j'échangerais sans hésiter ce confort contre un après-midi passé avec toi à faire des ricochets sur l'étang de Trivka. Je t'en prie, écris-moi.*

Il les avait bien reçues, mes lettres. Qu'en avait-il fait ? S'était-il au moins donné la peine de les ouvrir ? Avait-il soupiré d'exaspération lorsque la cinquième, puis la sixième, puis la septième étaient arrivées ?

Je me figeai. *S'il te plaît, écris-moi, Mal. S'il te plaît, ne m'oublie pas.*

Comme tu es pathétique, me dis-je en essuyant des larmes de colère.

Je me tournai vers le lac. Il commençait à geler. Je repensai au ruisseau qui serpentait sur la propriété du duc Keramsov. Chaque hiver, Mal et moi attendions qu'il ait gelé pour patiner dessus. Je froissai le mot de Genya dans mon poing. Je ne voulais plus penser à Mal. J'aurais voulu effacer tous mes souvenirs de Keramzin. Surtout, j'aurais voulu retourner dans ma chambre pour pleurer un bon coup. Mais c'était impossible. Je devais passer une nouvelle matinée inutile et interminable avec Baghra.

Je traînai les pieds sur le chemin et montai d'un pas lourd les marches de la cabane de Baghra avant d'ouvrir la porte sans ménagement.

Comme d'habitude, elle était assise devant le feu, réchauffant son corps osseux près des flammes. Je m'affaissai sur une chaise, en face d'elle, et attendis.

Baghra laissa échapper un rire sec.

– On est en colère, c'est ça ? Qu'est-ce qui a bien pu vous mettre dans cet état ? Êtes-vous fatiguée d'attendre votre cerf blanc ?

Je croisai les bras et ne dis rien.

– Parlez, jeune fille.

N'importe quel autre jour, je lui aurais menti, je lui aurais dit que j'allais bien, que j'étais juste lasse. Sauf que j'avais dépassé ma capacité de résistance.

– J'en ai marre de ce cirque ! aboyai-je. J'en ai marre de manger du pain de seigle et du hareng au petit déjeuner. J'en ai marre de porter ce *kefta* débile. J'en ai marre de recevoir les coups de Botkin et, surtout, j'en ai marre de vous.

J'attendis une explosion de colère, au lieu de quoi elle se contenta de me regarder fixement. Avec sa tête penchée sur le côté et ses yeux noirs et scintillants, elle ressemblait à un moineau maléfique.

– Non, dit-elle lentement. Non, ce n'est pas cela. Il y a autre chose. De quoi s'agit-il ? La pauvre petite a-t-elle le mal du pays ?

– Le mal de quel pays ? lâchai-je en reniflant avec mépris.

– Eh bien, je ne sais pas. Qu'y a-t-il de si dur dans votre vie, ici ? Vous avez de nouveaux vêtements, un lit douillet, vous mangez chaud à chaque repas, vous êtes la chouchoute du Darkling…

– Je ne suis pas sa chouchoute.

– Et vous le regrettez, se moqua-t-elle. N'essayez pas de me mentir. Vous êtes comme les autres. J'ai vu la manière dont vous le regardiez.

Je m'empourprai. J'eus soudain envie de la frapper sur la tête avec sa canne.

– Des milliers de filles vendraient leur mère pour être à votre place, et vous, vous boudez comme une enfant trop gâtée. Racontez-moi tout, petite, pourquoi votre cœur vous fait-il tant souffrir ?

Elle avait raison, une fois de plus. Je savais pertinemment que mon meilleur ami me manquait, mais je n'avais aucune intention de le lui dire.

Je me levai en faisant bruyamment tomber ma chaise.

– Nous perdons notre temps.

– Vraiment ? Qu'avez-vous d'autre à faire de vos journées ? Vous avez des cartes à dessiner, peut-être ? De l'encre à aller chercher pour un vieux cartographe ?

– Je ne vois pas ce qu'il y a de mal à dessiner des cartes.

– Bien sûr, bien sûr. Il n'y a rien de mal non plus à être un lézard. À moins d'être né faucon.

– J'en ai assez ! m'écriai-je en lui tournant le dos.

J'étais au bord des larmes, mais je refusais de pleurer devant cette vieille femme malveillante.

– Vous allez où, comme ça ? me demanda-t-elle, moqueuse. On vous attend dehors ?

– Non ! Personne ne m'attend !

Dès que ces mots eurent franchi le seuil de ma bouche, leur réalité me frappa de plein fouet, me laissant sans voix. J'agrippai la poignée de la porte de peur de tomber.

À ce moment, le souvenir des examinateurs grishas remonta à la surface de ma mémoire.

Je suis assise dans le salon de Keramzin. Un feu brûle dans la cheminée. Un homme à la carrure imposante m'agrippe et m'arrache à Mal.

Je sens les doigts de Mal glisser dans ma main comme on nous sépare.

Le jeune homme en violet attrape Mal et le monte à la bibliothèque, claquant la porte derrière lui. Je donne des coups de pied, je me débats. J'entends Mal crier mon nom.

L'autre homme me tient fermement. La femme en rouge me serre le poignet. Un intense sentiment de certitude m'envahit soudain.

Je cesse de me débattre. Un appel résonne en moi. Quelque chose émerge pour y répondre.

Je ne peux pas respirer. J'ai l'impression d'être en train de remonter du fond d'un lac, d'avoir les poumons en feu.

La femme en rouge me regarde de près, me scrute de ses yeux plissés.

J'entends la voix de Mal derrière la porte de la bibliothèque.

« Alina, Alina ! »

Alors je sais. Je comprends que nous sommes différents l'un de l'autre. Terriblement et irrévocablement différents.

« Alina, Alina ! »

Je fais mon choix. J'attrape cette chose, au fond de moi, et je l'empêche d'émerger, je la pousse vers le fond.

– Mal ! criai-je en me remettant à gigoter dans tous les sens.

La femme en rouge essaie de m'empêcher de bouger, mais à force de me débattre, de m'agiter, je me libère de son emprise.

Je m'adossai à la porte de la cabane, toute tremblante. La femme était un amplificateur. Voilà pourquoi l'appel du Darkling m'avait semblé familier. Je ne savais comment, mais j'avais réussi à lui résister.

Enfin, je comprenais.

Avant l'arrivée de Mal, Keramzin avait été synonyme de peur, de longues nuits passées à pleurer dans le noir, de chambres vides et froides, d'isolement, car les enfants plus vieux ne faisaient pas attention à moi. Et puis Mal était arrivé, et tout avait changé. On jouait, on se cachait dans les couloirs sombres. On explorait les bois solitaires. Keramzin devint notre palais, notre royaume, et je n'avais plus peur.

Les examinateurs grishas m'auraient arrachée à Keramzin. Ils m'auraient éloignée de Mal ; Mal, la seule bonne chose qui me soit arrivée dans la vie. Alors j'avais choisi. J'avais repoussé mon pouvoir, je l'avais maintenu à distance avec toute l'énergie de ma volonté, sans même m'en rendre compte. J'avais utilisé toutes les ressources de mon être pour garder ce secret.

Je nous revoyais, Mal et moi, à la fenêtre, regardant la troïka des Grishas s'éloigner. Je me rappelai mon état de fatigue, ce jour-là. Le lendemain matin, je m'étais réveillée avec des cernes sous les yeux. Des cernes qui ne m'avaient jamais quittée.

Et maintenant ? me demandai-je, le front posé contre le bois frais de la porte. Mon corps tout entier tremblait.

Mal m'avait abandonnée.

La seule personne au monde qui me connaissait vraiment avait décidé que je ne valais pas la peine qu'elle m'écrive quelques mots. Je n'avais pas abandonné tout espoir, cependant. Malgré le luxe du Little Palace, malgré mes pouvoirs récemment découverts, malgré son silence, je n'avais pas fait une croix sur Mal.

Baghra avait raison. J'étais persuadée de faire de gros efforts, mais en réalité, je n'avais qu'une envie : rentrer à la maison auprès de Mal. Avec un peu de chance, le Darkling se serait trompé et me renverrait dans mon régiment. Mal se rendrait compte à quel point je lui avais manqué, et nous vieillirions tous les deux dans notre pré. Mal avait réussi à évoluer, alors que moi, j'étais restée figée de peur devant les trois mystérieux examinateurs. Et je le tenais toujours par la main.

L'heure était venue de m'émanciper. Ce jour-là, dans la nappe, Mal m'avait sauvé la vie, et j'avais sauvé la sienne.

Peut-être ce double événement avait-il marqué la fin de notre relation ?

Cette pensée me rendit triste. Triste pour les rêves que nous avions partagés, pour l'amour que j'avais ressenti, pour la fille pleine d'espoir que je ne serais plus jamais.

Cette tristesse m'inonda, dissolvant au fond de moi un nœud dont, jusque-là, j'ignorais l'existence. Je fermai les yeux et sentis des larmes couler sur mes joues. Puis je tendis la main à la chose que j'avais trop longtemps dissimulée. *Je suis désolée*, lui murmurai-je.

Je suis désolée de t'avoir laissée si longtemps dans les ténèbres.

Je suis désolée, mais je suis prête désormais.

J'appelai, et la lumière répondit. Elle surgit de toutes les directions à la fois et déferla sur moi, survolant le lac, frôlant les dômes dorés du Little Palace, se faufilant sous la porte et à travers les murs de la cabane de Baghra. Je la sentais partout. J'ouvris les mains, et la lumière me transperça, emplit la pièce, illuminant les parois de pierre, le vieux poêle et chaque creux et bosse de l'étrange visage de la vieille femme. Elle m'entoura, brûlante, plus puissante et plus pure que jamais car elle était entièrement mienne. J'eus envie de rire, de chanter, de crier. Enfin, j'avais quelque chose à moi et à moi seule.

– Bien, dit Baghra en plissant les yeux dans la lumière. Maintenant, nous allons pouvoir travailler.

13

Ce même après-midi, je rejoignis les autres Etherealki près du lac et j'invoquai mes pouvoirs devant eux pour la première fois. J'envoyai une nappe de lumière scintiller au-dessus de l'eau, la laissant rouler au-dessus des vagues générées par Ivo. Ce fut assez facile, même si je n'avais pas encore la maîtrise des autres.

Soudain, de nombreuses choses me parurent aisées. Je n'étais pas épuisée ni essoufflée quand je gravissais un escalier. Je dormais profondément toutes les nuits, je ne faisais plus de cauchemars et je me réveillais reposée. La nourriture fut une révélation : des bols de porridge surmonté de sucre et de crème, des assiettes de raie frite dans le beurre, de grosses prunes et des pêches, le goût clair et amer du *kvas*. Un peu comme si j'avais connu une seconde naissance dans la cabane de Baghra et que je découvrais une nouvelle vie.

Les autres Grishas, qui ignoraient tout de mon incapacité passée à invoquer, furent étonnés par tous ces changements. Comme je ne leur offris aucune explication, les rumeurs les plus hilarantes se mirent à circuler. Genya m'en raconta quelques-unes.

– Marie et Ivo se demandent si les Fjerdans ne vous ont pas transmis un genre de maladie.

– Je croyais que les Grishas ne tombaient pas malades ?

– Justement ! s'exclama-t-elle en riant. C'est ce qui les étonne le plus. Heureusement, le Darkling vous aurait soignée avec son sang et de l'extrait de diamant.

– Mais c'est dégoûtant ! m'amusai-je.

– Et ce n'est pas tout ! Zoya a fait courir le bruit que vous étiez possédée.

Je ris encore plus fort.

Les cours de Baghra restaient difficiles et ennuyeux. En revanche, j'étais heureuse d'avoir l'occasion d'utiliser mon pouvoir, et j'avais l'impression de faire des progrès. Au début, j'appréhendais les moments où Baghra me demanderait d'invoquer la lumière, je craignais qu'elle ne soit plus là, de devoir repartir à zéro.

– La lumière n'est pas extérieure à vous, m'expliqua Baghra. Ce n'est pas un animal farouche qui décide ou non de venir lorsque vous l'appelez. Demandez-vous à votre cœur de battre ou à vos poumons de respirer ? Votre pouvoir vous sert car c'est sa raison d'être, *parce qu'il n'a pas le choix*.

Parfois, j'avais l'impression de déceler la présence d'une ombre dans les mots de Baghra, comme un sens caché qu'elle attendait que je comprenne. Toutefois, le travail que j'effectuais était suffisamment dur en soi pour que je gaspille mon énergie à essayer de déchiffrer les secrets d'une vieille femme amère.

Elle me poussait dans mes retranchements, voulait que j'améliore la portée de mon pouvoir et son contrôle. Elle m'apprit à concentrer mon énergie en courtes décharges, en rayons aveuglants et brûlants ou en cascades prolongées. Elle me força à invoquer la lumière encore et encore et encore, jusqu'à ce que je n'aie presque plus besoin d'aller la chercher. Elle me fit venir en pleine nuit, lorsqu'il n'y avait presque pas de lumière à attirer ; et lorsque je réussis, avec une grande fierté, à générer un minuscule filet de lumière, elle donna un grand coup de canne par terre et cria :

– Ce n'est pas suffisant !

– Je fais de mon mieux, marmonnai-je, exaspérée.

– Ha ! Je ne vous demande pas de faire de votre mieux, mais de faire bien !

La véritable surprise vint de mes leçons avec Botkin. Petite fille, je courais avec Mal dans les champs et les bois, mais sans jamais réussir à tenir la distance. Il est vrai que j'avais toujours été trop frêle et fragile, trop facilement fatigable, mais comme je dormais et mangeais bien pour la première fois de ma vie, tout cela changea. Botkin m'infligea des entraînements au combat très difficiles et m'obligea à sillonner le jardin au pas de course, mais je me surpris à apprécier certains de ces défis. J'étais pressée d'apprendre ce dont était capable ce corps tout neuf.

Dans ce domaine, le vieux maître était insurpassable, mais les fabrikators m'aidèrent à combler l'écart qui existait entre nous en m'offrant une paire de mitaines en cuir doublées de petits miroirs – les mystérieux disques de verre que David m'avait montrés lors de ma première visite dans les ateliers. D'un mouvement du poignet, je pouvais faire glisser un miroir entre mes doigts et, avec la permission de Botkin, je m'en servais pour projeter la lumière que je générais dans les yeux de mes adversaires. Je travaillai avec jusqu'à m'habituer complètement à leur présence, jusqu'à ce qu'elles deviennent des extensions de mes mains.

Botkin était toujours dur et critique et ne manquait jamais une occasion de me traiter de bonne à rien ; cependant, de temps à autre, il arrivait à son visage buriné de prendre un air vaguement approbateur.

Au milieu de l'hiver, il me prit à part après une leçon au cours de laquelle j'étais parvenue à lui porter un coup dans les côtes (ce qui m'avait valu une belle manchette à la mâchoire en représailles).

– Tenez, me dit-il en me tendant un lourd couteau dans un fourreau en cuir et en acier. Toujours garder avec vous.

Je constatai avec surprise qu'il ne s'agissait pas d'un couteau ordinaire, qu'il était constitué d'acier grisha.

– Merci.

– Non, pas merci, rétorqua-t-il. (Il tapota la vilaine cicatrice sur sa gorge.) Acier mérité.

L'hiver me sembla différent, cette année-là. Les après-midi étaient occupés à patiner sur le lac gelé ou à faire de la luge dans le jardin avec d'autres invocateurs. Nos soirées enneigées, nous les passions dans la salle commune autour des poêles à boire du *kvas* et à nous goinfrer de sucreries. Nous célébrâmes la fête de Sankt Nikolai avec d'énormes bols de soupe aux boulettes et du *kutya* préparé avec du miel et des graines de pavot. Certains Grishas avaient quitté le palais pour effectuer des excursions en traîneaux tirés par des chiens dans la campagne enneigée qui entourait Os Alta ; pour des raisons de sécurité, je n'étais toujours pas autorisée à quitter le jardin du palais.

Cela ne me dérangeait pas. J'étais plus à l'aise avec les invocateurs à présent, même si je ne pensais pas apprécier un jour la présence de Marie et Nadia. En fait, je préférais rester dans ma chambre à boire du thé avec Genya et à échanger les derniers ragots. J'adorais écouter les histoires de la Cour et surtout les récits des grandes fêtes données dans le Grand Palace. Ma préférée était celle de cet énorme gâteau présenté au roi par un comte et duquel était sorti un nain tendant un bouquet de myosotis à la reine.

À la fin de la saison, le couple royal organiserait une ultime fête hivernale à laquelle les Grishas seraient conviés. D'après

Genya, ce serait la plus fastueuse de toutes. Seraient présents toutes les familles de la noblesse, les officiers de haut rang, des héros de guerre, des dignitaires étrangers, ainsi que le tsarévitch, le fils aîné du roi et héritier du trône. Une fois, j'avais vu le prince héritier chevaucher un hongre de la taille d'une maison. Il était presque beau, même s'il avait le menton fuyant de son père et les paupières si lourdes qu'on se demandait s'il était épuisé ou s'il s'ennuyait à mourir.

– À mon avis, il était soûl, me dit Genya en sirotant son thé. Il passe son temps à chasser, à monter ses chevaux et à cuver. La reine n'en peut plus.

– Ravka est en guerre. Il ferait mieux de s'intéresser davantage aux affaires du pays.

– Oh, les affaires du pays ne tracassent pas plus la reine que cela. Ce qu'elle veut, c'est qu'il trouve une fiancée au lieu de parcourir le monde et de dépenser des montagnes d'or en poneys.

– Et son frère ?

Je savais que le roi et la reine avaient un autre fils, plus jeune, même si je ne l'avais jamais vu.

– *Sobachka* ?

– Vous n'avez pas le droit de traiter un prince royal de « chiot » ! ris-je.

– C'est comme ça que tout le monde l'appelle. (Puis elle ajouta moins fort :) Il se raconte d'ailleurs qu'il ne serait pas totalement royal.

Je faillis avaler mon thé de travers.

– Non !

– Seule la reine connaît la vérité. De toute façon, c'est la brebis galeuse de la famille. Il a insisté pour faire son service militaire dans l'infanterie, puis il a fait son apprentissage auprès d'un armurier.

– Et il n'est jamais à la Cour.

– On ne l'y a pas vu depuis des années. Je crois qu'il est parti étudier la construction maritime ou quelque chose de ce genre. Il s'entendrait sans doute bien avec David, ajouta-t-elle, amère.

– À ce propos, de quoi parlez-vous tous les deux ? demandai-je, curieuse.

Je ne comprenais toujours pas la fascination de Genya pour le fabrikator.

– On aborde les sujets habituels, répondit-elle dans un soupir. La vie, l'amour, la température de fusion du minerai de fer… dit-elle en enroulant une mèche de cheveux auburn autour de son doigt, ses joues rosissant joliment. Il peut être très drôle quand il se laisse un peu aller.

– Vraiment ?

– Enfin, moi, je le trouve drôle, précisa-t-elle en haussant les épaules.

Je lui tapotai la main, rassurante.

– Il va comprendre. Il est juste timide.

– Peut-être devrais-je m'allonger sur sa table de travail pour voir s'il me soude quelque chose sur le corps.

– Je crois que la plupart des grandes histoires d'amour débutent de cette façon.

Elle éclata de rire. Je me sentis un peu coupable. Genya s'épanchait si facilement au sujet de David, alors que moi, je ne lui avais jamais parlé de Mal.

C'est parce que tu n'as rien à raconter, me rappelai-je sèchement avant d'ajouter du sucre dans mon thé.

Un après-midi calme, alors que les autres Grishas avaient tous quitté Os Alta, Genya me convainquit de nous introduire dans le Grand Palace, où nous passâmes des heures à admirer les vêtements et les chaussures de la reine. Genya insista pour que j'essaie une robe en soie rose pâle ornée de perles d'eau douce. Quand elle eut terminé de me la passer et qu'elle me colla devant un grand miroir, je n'en crus pas mes yeux.

J'avais appris à éviter les miroirs, mais la fille qui se tenait devant Genya était une étrangère. Elle avait les joues roses, les cheveux soyeux et… des formes. J'aurais pu passer des heures à la regarder. J'aurais voulu que ce bon vieux Mikhael puisse me voir. La Brindille… *Tu parles !*

Genya croisa mon regard dans le miroir et sourit.

– C'est pour ça que vous m'avez traînée jusqu'ici ? lui demandai-je, soupçonneuse.

– Qu'est-ce que vous voulez dire ?

– Vous le savez fort bien.

– Je me suis dit que vous voudriez voir à quoi vous ressembliez, c'est tout.

J'avalai la boule de gêne qui s'était formée dans ma gorge et la serrai brièvement dans mes bras.

– Merci, chuchotai-je avant de la repousser. Maintenant, écartez-vous. Je n'arrive pas à me sentir jolie avec vous à côté de moi !

Nous passâmes le restant de l'après-midi à essayer des robes et à nous admirer dans le miroir, activités que je n'aurais jamais cru apprécier. Nous perdîmes la notion du temps, et Genya dut m'aider à m'extirper d'une robe de soirée bleu-vert et à enfiler mon *kefta* pour ne pas arriver en retard chez Baghra. Je courus jusqu'au lac, mais n'arrivai tout de même pas à l'heure, ce qui mit la vieille femme très en colère.

Les sessions nocturnes avec Baghra étaient toujours les plus difficiles. Ce jour-là, ce fut encore pire.

– Il faut contrôler ! aboya-t-elle après que j'eus invoqué un faible rayon de soleil au-dessus du lac. Où est passée votre concentration ?

Elle est focalisée sur le dîner, pensai-je. Genya et moi nous étions laissé distraire par la garde-robe de la reine au point d'oublier d'aller manger. À présent, mon estomac criait famine.

Je me ressaisis un peu, et la lumière brilla plus fort au-dessus du lac gelé.

– Voilà qui est mieux. Laissez la lumière faire le travail à votre place. Qui se ressemble s'assemble.

J'essayai de me détendre et de laisser la lumière s'invoquer d'elle-même. À ma grande surprise, elle grossit au-dessus de la glace, illuminant la petite île au centre du lac.

– Encore ! m'ordonna Baghra. Qu'est-ce qui vous freine ?

Je creusai plus profondément, et le disque de lumière s'élargit encore, surplombant le lac tout entier ainsi que l'école située de l'autre côté. Le sol était recouvert de neige, et pourtant, l'atmosphère, autour de nous, était très lumineuse et chaude. On se serait cru en été. Mon corps bourdonnait de puissance. C'était excitant, mais j'étais en train de me fatiguer, de me heurter aux limites de mes aptitudes.

– Encore ! cria Baghra.

– Je ne peux pas ! protestai-je.

– Encore ! insista-t-elle.

Son ton impérieux déclencha comme une alarme en moi, provoquant une baisse de concentration. La lumière vacilla et m'échappa. Je tentai de la rattraper, mais elle ne se laissa pas faire, plongeant l'école, puis l'île, puis les environs dans les ténèbres.

– Cela ne suffira pas.

Sa voix me fit sursauter. Le Darkling émergea de l'ombre sur l'allée éclairée par des lampes.

– Peut-être que si, rétorqua Baghra. Vous avez eu un aperçu de sa puissance. Et je ne l'aidais même pas. Donnez-lui un amplificateur et voyez de quoi elle est capable.

Le Darkling secoua la tête.

– Elle aura le cerf.

– Vous êtes un imbécile, lâcha la vieille femme en lui lançant un regard noir.

– J'ai déjà reçu pire insulte. Souvent de votre part, d'ailleurs.

– C'est pure folie. Vous devez reconsidérer le problème.

Le visage du Darkling devint glacial.

– Je *dois* ? Vous n'êtes plus en position de m'ordonner quoi que ce soit, vieille femme. Je sais ce que je dois faire.

– Je pourrais vous surprendre ! m'écriai-je.

Le Darkling et Baghra se tournèrent vers moi. Ils semblaient avoir oublié ma présence.

– Baghra a raison, poursuivis-je. Je sais que je peux mieux faire. Je travaillerai dur.

– Vous êtes allée dans le Shadow Fold, Alina. Vous savez contre quoi nous nous battons.

– Je sais que je deviens plus forte chaque jour, m'entêtai-je. Si vous me donnez une chance de…

Une fois de plus, le Darkling secoua la tête.

– Je ne peux pas prendre ce risque. Il en va de l'avenir de Ravka.

– Je comprends, acquiesçai-je avec humilité.

– En êtes-vous bien sûre ?

– Oui. Sans le cerf de Morozova, je ne sers pas à grand-chose.

– Ha ! Elle n'est donc pas aussi bête qu'elle en a l'air, gloussa Baghra.

– Laissez-nous ! aboya le Darkling avec une férocité inattendue.

– Vous péchez par orgueil jeune homme, et nous en subirons tous les conséquences.

– Je ne me répéterai pas.

Baghra le regarda d'un air écœuré, tourna les talons et s'en fut vers sa cabane. Bientôt, nous entendîmes sa porte claquer.

Alors le Darkling se tourna vers moi et m'examina dans la lumière.

– Vous êtes en forme.

– Merci, bredouillai-je, incapable de soutenir son regard.

Je devrais peut-être demander à Genya de m'apprendre à recevoir des compliments.

– Si vous retournez au Little Palace, je vous accompagne, ajouta-t-il.

Au début, nous marchâmes en silence, longeant la berge du lac, puis les pavillons de pierre déserts. De l'autre côté de la glace, on distinguait les lumières de l'école.

Finalement, je n'y tins plus.

– Vous avez du nouveau ? À propos du cerf, je veux dire ?

Il pinça les lèvres.

– Non, répondit-il. Mes hommes pensent que le troupeau est peut-être à Fjerda.

– Oh, fis-je en essayant de cacher ma déception.

Il s'arrêta brusquement.

– Je ne pense pas que vous soyez inutile, Alina.

– Je sais, acquiesçai-je en regardant le bout de mes chaussures. Je ne suis pas inutile, mais je ne suis utile à rien.

– Aucun Grisha n'est assez puissant pour affronter la Non-Mer. Pas même moi.

– Je sais.

– Mais cela ne vous satisfait pas.

– Bien sûr que non. Si je ne peux pas vous aider à détruire le Fold, à quoi je sers, exactement ? À faire des pique-niques nocturnes ? À vous réchauffer les pieds en hiver ?

– Des pique-niques nocturnes ? répéta-t-il avec un demi-sourire.

Je fus incapable de répondre à son sourire.

– Botkin m'a dit que l'acier grisha se méritait. Ne croyez pas que je ne vous suis pas reconnaissante. Je le suis. Mais je n'ai pas l'impression d'avoir mérité quoi que ce soit.

Il soupira.

– Je suis désolé, Alina. Je vous ai demandé de me faire confiance, mais je n'ai pas été à la hauteur.

Il semblait si las que je regrettai aussitôt de l'avoir mis dans l'embarras.

– Ce n'est pas que…

– C'est vrai. (Il prit une profonde inspiration et se passa la main dans le cou.) Peut-être que Baghra a raison, même si ça me fait mal de l'admettre.

– Rien ne semble jamais vous dérouter, dis-je, la tête penchée sur le côté. Pourquoi la laissez-vous vous énerver à ce point ?

– Je ne sais pas.

– Je crois qu'elle vous fait du bien.

– Pourquoi ? s'étonna-t-il en sursautant.

– Parce que tous les autres ont peur de vous. Elle seule essaie de vous impressionner.

– Et vous, vous voulez m'impressionner ?

– Bien sûr ! répondis-je en riant.

– Dites-vous toujours ce que vous pensez ?

– Même pas la moitié du temps.

Il rit aussi, et je me rappelai à quel point j'adorais ce son.

– Je suppose que je dois m'estimer heureux, donc.

– Quel pouvoir a Baghra, au fait ? demandai-je.

Je ne m'étais encore jamais posé la question. Elle était un amplificateur, comme le Darkling, mais celui-ci avait d'autres capacités.

– Je ne suis pas sûr. Je crois que c'est une faiseuse de marée. Personne n'est assez vieux pour s'en souvenir. (Il me considéra longuement. L'air frais lui avait mis du rouge aux joues, et la lumière des lampes se reflétait dans ses yeux gris.) Alina, si je vous disais que je suis toujours persuadé de pouvoir trouver le cerf, me prendriez-vous pour un fou ?

– Pourquoi vous soucieriez-vous de ce que je pense ?

– Je ne sais pas, répondit-il, pris de court. En tout cas, je m'en soucie.

Et il m'embrassa.

Cela arriva si subitement que je n'eus pas le temps de réagir. Je le regardais dans les yeux et, l'instant d'après, ses lèvres étaient collées aux miennes. Ce sentiment de certitude familier m'envahit en même temps que mon corps s'emplissait de chaleur. Mon cœur se lança dans une danse effrénée. Tout aussi soudainement, le Darkling fit un pas en arrière. Il avait l'air aussi surpris que moi.

– Je ne voulais pas… commença-t-il.

À ce moment-là, nous entendîmes des bruits de pas, et Ivan apparut. Il s'inclina pour saluer le Darkling, puis se tourna vers moi, et je remarquai qu'il arborait un sourire en coin.

– L'Apparat s'impatiente, annonça-t-il.

– Oui, c'est un de ses plus gros défauts, répondit le Darkling d'un ton neutre.

Son masque de surprise avait disparu. Il s'inclina et prit congé en compagnie d'Ivan, me laissant seule dans la neige.

Je restai là pendant un long moment avant de retourner au Little Palace, hébétée. *Qu'est-ce qui s'est passé ?* Du bout des doigts, j'effleurai mes lèvres. *Le Darkling m'a-t-il vraiment embrassée ?* J'évitai de passer par la salle commune et me dirigeai directement vers ma chambre. Une fois dans mes appartements, je me mis à tourner en rond comme une âme en peine. Je me fis monter un dîner, que je me contentai de picorer. J'avais très envie de parler à Genya, mais elle dormait au Grand Palace toutes les nuits, et je n'avais pas le courage d'y aller pour essayer de la trouver. Finalement, j'abandonnai cette idée et décidai de descendre quand même dans la salle commune.

Marie et Nadia étaient rentrées de leur sortie en traîneau et buvaient du thé près du feu. Je fus stupéfaite de découvrir Sergei assis à côté de Marie, qui lui tenait le bras. *Peut-être y a-t-il quelque chose dans l'air ?* pensai-je, amusée.

Je me joignis à eux et leur posai des questions sur leur virée à la campagne ; toutefois, j'éprouvai quelque difficulté à rester concentrée sur notre conversation. Je ne cessais de repenser aux lèvres du Darkling sur les miennes, à son allure à la lumière des lampes, aux nuages condensés de sa respiration, à son air stupéfait.

Comme je n'avais pas du tout sommeil, j'acceptai d'accompagner le groupe à la *banya*. Ana Kuya nous avait toujours dit que la *banya* était un lieu barbare, un endroit où les paysans buvaient du *kvas* et se comportaient mal. La vieille Ana était un peu snob.

Je restai assise dans la vapeur aussi longtemps que je le pus avant de me jeter en hurlant dans la neige avec les autres. Puis je recommençai. Je restai là-bas jusque tard dans la nuit, à rire et à crier, à essayer de m'éclaircir les idées.

Quand je retournai dans ma chambre, je me laissai tomber sur mon lit, la peau humide et rose, les cheveux emmêlés. J'étais tout excitée, j'avais mal partout et les pensées sens dessus dessous. Je me concentrai et invoquai un fin et chaud drap de lumière, dont les éclats dansèrent au plafond. Ce pouvoir, dont j'avais la maîtrise, calma mes nerfs. Alors le souvenir du baiser du Darkling me revint, ébranlant ma concentration, éparpillant mes pensées et rendant mon rythme cardiaque aussi instable que le vol d'un oiseau dans des vents contraires.

La lumière se brisa, me plongeant dans les ténèbres.

14

Tandis que l'hiver touchait à sa fin, toutes les conversations tournaient autour de la fête que le roi et la reine allaient donner au Grand Palace. On attendrait des invocateurs qu'ils fassent une démonstration de leurs pouvoirs pour divertir les nobles, et l'on discuta beaucoup de la liste des intervenants et de ce qu'il conviendrait de faire pour impressionner l'assistance.

– Surtout, ne parlez pas de « représentation », me mit en garde Genya. Le Darkling ne le supporte pas. Il pense que la fête des Neiges est une perte de temps pour les Grishas.

Et je n'étais pas loin d'être de son avis. Les ateliers des Materialki tournaient à plein régime pour satisfaire les commandes du palais, produisant étoffes, gemmes et feux d'artifice. Les Etherealki passaient des heures près des pavillons de pierre à peaufiner leurs « démonstrations ». Étant donné que Ravka était en guerre depuis plus d'un siècle, tout cela semblait bien frivole. Néanmoins, je n'étais pas allée à beaucoup de fêtes, et j'avais du mal à ne pas m'enthousiasmer pour ces histoires de *kefta* en soie, de danses et de fleurs.

Baghra avait perdu toute patience avec moi. Quand ma concentration vacillait ne serait-ce qu'une seconde, elle me donnait un coup de canne et assenait :

– Alors, on pense encore à son prince ténébreux ?

J'évitais de réagir, d'autant plus que, la plupart du temps, elle avait raison. J'avais beau faire des efforts, je pensais tout le temps au Darkling. Il avait disparu une fois de plus ; d'après Genya, il voyageait dans le Nord. Les Grishas pensaient qu'il ferait une apparition à la fête, mais rien n'était moins sûr. Très souvent, je fus tentée de parler à Genya du baiser, mais les mots ne semblaient pas vouloir franchir le seuil de mes lèvres.

Tu es vraiment ridicule, me réprimandai-je. *Ça ne veut rien dire du tout. Des filles grishas, il en a sans doute embrassé des tas. Pourquoi le Darkling s'intéresserait-il à toi alors qu'il y a des Genya et des Zoya dans les parages ?* En tout cas, si ces choses étaient vraies, je préférais rester dans l'ignorance. Tant que je ne dirais rien, ce baiser resterait notre secret, et c'était ce que je voulais, même s'il me prenait parfois l'envie de monter sur la table et de crier « Le Darkling m'a embrassée ! ».

J'avais déçu Baghra, mais surtout, je m'étais déçue moi-même. Malgré mes efforts, mes limites se faisaient de plus en plus évidentes. À la fin de chaque leçon, j'entendais le Darkling qui disait : « *Cela ne suffira pas.* » Et je savais qu'il avait raison. Il voulait détruire le tissu même de la nappe, il rêvait de refouler la vague noire de la Non-Mer, et je n'étais tout simplement pas assez forte pour cela. J'avais lu suffisamment de livres à présent pour savoir comment cela fonctionnait. Le pouvoir de chaque Grisha était limité, même celui du Darkling. Toutefois, il m'avait dit que je changerais le monde, et j'avais du mal à accepter le fait de ne pas être à la hauteur.

Le Darkling avait disparu, mais l'Apparat, lui, était omniprésent. Il hantait les couloirs et le chemin menant au lac. Je craignais qu'il veuille de nouveau me parler en privé, mais il était hors de question que je l'écoute encore débiter ses âneries sur la foi et la souffrance. Je fis donc en sorte de ne jamais croiser son chemin seule.

Le jour de la fête, je fus dispensée de cours, mais je décidai d'aller voir Botkin quand même. J'étais trop stressée par la perspective de devoir faire une démonstration de mes pouvoirs devant tout le monde. Sans compter que le Darkling serait peut-être dans la salle. La compagnie des autres Grishas n'avait rien fait pour me rassurer. Marie et Nadia ne parlaient que de leurs *kefta* en soie et de leurs bijoux, tandis que David et les autres fabrikators ne cessaient de me consulter au sujet de la démonstration. J'évitai donc la salle commune et préférai me diriger vers les salles d'entraînement, près des écuries.

Botkin me mit à l'épreuve et me força à m'exercer avec mes miroirs. Sans eux, j'étais quasi sans défense contre lui. Avec mes mitaines, en revanche, je faisais une adversaire assez coriace. En tout cas, c'est ce que je crus jusqu'à ce que, la leçon terminée, Botkin m'avoue qu'il avait retenu ses coups.

– Pas frapper fille au visage jour de fête, expliqua-t-il en haussant les épaules. Botkin plus combatif demain.

Ce qui n'était pas forcément pour me rassurer.

Après un dîner rapidement avalé, je quittai la salle commune discrètement et filai dans ma chambre, pensant déjà à ma magnifique baignoire. La *banya* était amusante, mais j'en avais assez des bains en groupe à la mode militaire, et je comptais bien profiter encore de mon intimité nouvelle.

Après m'être baignée longuement, je m'installai près de la fenêtre pour me sécher les cheveux en regardant la nuit tomber sur le lac. Bientôt, les lampes qui flanquaient la longue allée qui conduisait au Grand Palace illumineraient les voitures des nobles toutes plus finement ouvragées et richement décorées les unes que les autres. J'en étais tout excitée. Quelques mois plus tôt encore, j'aurais appréhendé une soirée comme celle-ci ; la représentation, devoir rivaliser d'élégance avec des centaines de personnes belles et bien habillées. J'étais nerveuse, mais décidée à m'amuser.

Je regardai la petite horloge posée sur le manteau de la cheminée et fronçai les sourcils. Une servante était supposée m'apporter mon *kefta* de soie, mais si elle ne se dépêchait pas un peu, je serais forcée de mettre mon habit de laine ou d'emprunter quelque chose à Marie.

Soudain, quelqu'un frappa à la porte. Il s'agissait de Genya. Sa longue silhouette était emmaillotée dans un *kefta* de soie couleur crème richement brodé d'or et ses cheveux auburn étaient attachés sur le sommet de sa tête pour mieux mettre en valeur les énormes diamants suspendus à ses oreilles et la courbe gracieuse de son cou.

– Alors ? demanda-t-elle en tournant sur elle-même.

– Je vous hais, répondis-je en souriant.

– C'est vrai que je suis superbe, renchérit-elle en s'admirant dans le miroir accroché au-dessus de la bassine.

– Vous le seriez encore plus si vous étiez un peu plus humble.

– J'en doute. (Elle cessa de se contempler et, avisant ma robe de chambre, poursuivit :) Pourquoi n'êtes-vous pas habillée ?

– J'attends toujours mon *kefta*.

– Oh… Il est vrai que les fabrikators ont été débordés par les demandes de la reine. Ça ne devrait plus tarder. Asseyez-vous devant le miroir, que je m'occupe de vos cheveux.

Je faillis couiner d'excitation, mais parvins à me contenir. J'avais très envie que Genya me coiffe, mais je n'avais pas osé le lui demander.

– Je pensais que vous seriez en train d'aider la reine à se préparer, dis-je pendant que ses mains agiles se mettaient au travail.

Elle leva au ciel ses yeux ambrés.

– Je ne fais pas de miracles. Son Altesse a décrété qu'elle n'avait pas envie d'aller au bal ce soir. Elle a la migraine, paraît-il. Ha ! Et dire que j'ai passé plus d'une heure à effacer ses pattes d'oie.

– Elle ne va pas y aller ?

– Mais si ! Elle veut juste se faire prier par ses dames de compagnie pour se sentir encore plus importante. C'est le plus grand événement de la saison. Elle ne le raterait pour rien au monde.

Le plus grand événement de la saison. Je pris une inspiration saccadée.

– Nerveuse ? me lança Genya.

– Un peu. Je me demande pourquoi.

– Peut-être parce que des centaines de nobles vont enfin pouvoir vous voir.

– Merci, je me sens beaucoup mieux…

– Il n'y a pas de quoi, dit-elle en tirant fort sur mes cheveux. Depuis le temps, je pensais que vous vous étiez habituée à être observée sous tous les angles.

– Eh bien, non.

– Quand vous vous sentirez trop mal, faites-moi signe. Je grimperai sur la table du banquet, soulèverai ma jupe au-dessus de ma tête et exécuterai une petite danse. Cela devrait suffire à détourner leur attention.

Je ris et me détendis un peu. J'attendis quelques secondes, puis, m'efforçant de garder un ton neutre, je demandai :

– Le Darkling est-il rentré ?

– Oui, hier. J'ai vu sa voiture.

Mon cœur se serra un peu. Il était au palais depuis une journée entière, et il n'était pas venu me voir. Il n'avait même pas envoyé quelqu'un me chercher.

– J'imagine qu'il est très occupé, dit Genya.

– Bien sûr.

Il y eut un silence, puis Genya reprit :

– Nous la ressentons toutes, vous savez.

– Vous ressentez quoi ?

– Cette attirance pour le Darkling. Mais il n'est pas comme nous, Alina.

Je me raidis un peu. Genya ne détacha pas son regard sérieux des boucles de mes cheveux.

– Que voulez-vous dire ? m'enquis-je d'une voix qui, même à mes propres oreilles, sonna trop aiguë et peu naturelle.

– Le pouvoir qui est le sien, son allure… La différence saute aux yeux, et il faudrait être fou ou aveugle pour ne pas la remarquer.

Je ne voulais pas lui demander, mais je ne pus m'en empêcher :

– A-t-il déjà… ? Je veux dire, lui et vous avez-vous déjà… ?

– Non ! Jamais ! (Avec un sourire démoniaque, elle ajouta :) Mais je ne serais pas contre.

– C'est vrai ?

– Comme nous toutes, non ? (Nos regards se croisèrent dans le miroir.) En revanche, pas question de tomber amoureuse.

Je haussai les épaules d'un air que j'espérais indifférent.

– Évidemment.

Genya souleva ses sourcils parfaits et tira encore sur mes cheveux.

– Aïe ! David sera-t-il là, ce soir ?

– Non, répondit-elle dans un soupir. Il n'aime pas les fêtes. Je suis passée par son atelier, tout à l'heure, histoire de lui montrer à côté de quoi il va passer, mais il a à peine daigné me regarder.

– Ça m'étonnerait, la rassurai-je.

Genya entortilla une ultime mèche, qu'elle mit en place à l'aide d'une barrette en or.

– Voilà ! s'écria-t-elle, triomphante.

Elle me tendit mon petit miroir et me retourna pour me faire admirer son œuvre. Genya avait noué la moitié de ma chevelure en un chignon élaboré, tandis que l'autre moitié tombait en cascades brillantes sur mes épaules. Très satisfaite, je la serrai dans mes bras.

– Merci ! lui dis-je. En tout cas, vous êtes magnifique ce soir.

– Peut-être, mais à quoi bon ?

Comment se faisait-il que Genya soit tombée amoureuse de quelqu'un d'aussi sérieux, d'aussi calme et, semblait-il, d'aussi peu sensible à ses charmes que David ? Ou bien était-ce justement la raison pour laquelle elle était tombée amoureuse de lui ?

On frappa à la porte, m'arrachant à mes pensées. Je courus presque pour aller ouvrir. Soulagée, je découvris deux servantes portant chacune plusieurs boîtes. Jusque-là, je n'étais pas consciente d'être à ce point inquiète de ne pas avoir encore mon *kefta*. Je posai la plus grande boîte sur le lit et en soulevai le couvercle.

Genya lâcha un couinement, tandis que je restai figée et bouche bée. Comme je ne bougeais pas, elle sortit de la boîte des mètres et des mètres de soie noire et ondulante. Les manches et l'encolure étaient délicatement brodées d'or et ornées de minuscules perles noires.

– Du noir, chuchota Genya.

Sa couleur. Qu'est-ce que cela signifiait ?

– Regardez ! s'écria-t-elle.

L'encolure de la robe était lacée avec un ruban en velours noir auquel était suspendu un bijou en or représentant une éclipse de soleil, le symbole du Darkling.

Je me mordis la lèvre. Cette fois-ci, le Darkling avait choisi de me distinguer des autres, et je ne pouvais rien y faire. Je lui en voulus un peu, mais j'étais aussi très excitée. Avait-il choisi cette couleur pour moi avant ou après le baiser au bord du lac ? Regretterait-il de me voir porter ces vêtements ce soir ?

Il était trop tard pour se poser ce genre de questions. À moins de vouloir me rendre au bal nue, je n'avais plus le choix. Je me glissai derrière le paravent et enfilai mon nouveau *kefta*. La soie était fraîche sur ma peau tandis que je m'affairais avec les boutons minuscules. Lorsque j'émergeai de derrière le paravent, Genya sourit de toutes ses dents.

– Oh ! je savais que vous seriez magnifique en noir. Venez, lança-t-elle en m'attrapant par le bras.

– Mais je n'ai même pas mis mes chaussures ! protestai-je.

– Je vous ai dit de venir !

Elle m'entraîna dans le couloir et ouvrit une porte sans frapper.

Zoya cria. Elle se tenait au centre de sa chambre, vêtue d'un *kefta* bleu nuit, une brosse à la main.

– Excusez-nous, commença Genya, mais nous avons besoin de cette chambre. Ordre du Darkling !

Les magnifiques et dangereux yeux bleus de Zoya se plissèrent légèrement.

– Si vous croyez que… commença-t-elle avant de me voir moi aussi.

Sa mâchoire se décrocha et son visage se vida de son sang.

– Dehors ! ordonna Genya.

Zoya ferma la bouche et, à ma grande stupéfaction, sortit de sa chambre sans rien ajouter. Genya claqua la porte derrière elle.

– Qu'est-ce que vous faites ? lui demandai-je, incrédule.

– Je pense qu'il est très important que vous puissiez vous admirer dans un miroir digne de ce nom, et pas dans le vulgaire morceau de verre qui surplombe votre coiffeuse. Et puis, la tête de cette garce quand elle vous a vue portant la couleur du Darkling ! J'avoue que je n'aurais manqué cela pour rien au monde !

Je ne pus m'empêcher de sourire.

– J'ai apprécié, moi aussi.

– Formidable, n'est-ce pas ? dit Genya d'un ton rêveur.

Je me tournai vers le miroir, mais Genya m'agrippa une nouvelle fois le bras et me fit asseoir à la coiffeuse de Zoya. Elle commença à fouiller dans les tiroirs.

– Genya !

– Attendez un instant... Ha ! Je savais qu'elle se mettait quelque chose sur les cils ! (Elle sortit d'un tiroir un petit pot d'antimoine noir.) Vous pourriez invoquer un peu de lumière pour que je puisse travailler dans de bonnes conditions ?

J'invoquai donc une lumière douce et chaude pour lui faciliter la tâche et lui obéis patiemment quand elle me demanda de regarder en haut, en bas, à gauche, puis à droite.

– Parfait ! Oh, Alina, vous êtes une véritable tentatrice.

– Vraiment ?

Je lui arrachai le miroir des mains et souris. La jeune femme triste, maladive, aux joues creuses et aux épaules osseuses n'était plus. À sa place était apparue une Grisha aux yeux scintillants et aux cheveux ondulés couleur bronze. La soie noire couvrait ma nouvelle silhouette, glissait, ondoyait comme des éclats d'ombre cousus entre eux. Et Genya avait accompli des miracles avec mes yeux, désormais plus sombres, quasi félins.

– Les bijoux, maintenant ! cria-t-elle.

Nous retournâmes en courant dans ma chambre, croisant une Zoya furieuse dans le couloir.

– Vous avez terminé ? aboya-t-elle.

– Pour l'instant, répondis-je d'un ton détaché, tandis que Genya reniflait de mépris, d'une façon tout à fait indigne d'une dame.

Dans les autres boîtes posées sur mon lit, nous découvrîmes des pantoufles de soie dorée, des boucles d'oreilles en or et en jais et d'épais manchons en fourrure. Quand je fus prête, je me regardai dans le petit miroir suspendu au-dessus de la bassine. Je me trouvai exotique, mystérieuse, comme si je portais les vêtements d'une autre fille, bien plus belle et élégante que moi.

Je relevai les yeux et constatai que Genya me regardait d'un air troublé.

– Qu'est-ce qu'il y a ? demandai-je, de retour dans le monde réel.

– Rien, répondit-elle avec un sourire. Vous êtes magnifique. Vraiment. Mais…

Son sourire vacilla. Elle souleva l'éclipse de soleil en or qui ornait l'encolure de mon *kefta*.

– Alina, le Darkling ne remarque même pas la plupart d'entre nous. Nous ne sommes que des moments vite oubliés dans sa longue vie. Je ne suis d'ailleurs pas certaine que ce soit une mauvaise chose. Alors… faites attention.

– À quoi ? lui demandai-je, perplexe.

– Aux hommes puissants.

– Genya, que s'est-il passé entre le roi et vous ? lui demandai-je tant que j'en avais le courage.

Elle regarda les pointes de ses pantoufles en satin.

– Le roi a profité de beaucoup de ses servantes, répondit-elle. (Elle haussa les épaules.) Au moins, j'ai reçu quelques bijoux.

– Vous ne pensez pas ce que vous dites.

– Non, bien sûr. Le pire, dit-elle en jouant avec une de ses boucles d'oreilles, c'est que tout le monde est au courant.

Je passai un bras autour de ses épaules.

– On se fiche pas mal de tout le monde. À vous seule, vous valez mieux qu'eux tous réunis.

Elle arbora un sourire confiant assez mal imité.

– Je sais, je sais.

– Le Darkling aurait dû intervenir. Il aurait dû vous protéger.

– Il est intervenu, Alina. Plus que vous ne l'imaginez ; cependant, il doit se soumettre au bon vouloir du roi comme nous tous. Pour le moment, en tout cas.

– Comment cela ?

– Oublions ces sujets déprimants pour la soirée, lança-t-elle en me serrant brièvement dans ses bras, un sourire étincelant éclairant son magnifique visage. J'ai désespérément besoin d'une coupe de champagne !

Sur ce, elle sortit avec grâce de la chambre. J'aurais voulu parler davantage avec elle. J'aurais voulu lui demander ce qu'elle savait du Darkling. J'aurais voulu donner un coup de marteau sur la tête du roi. Mais elle avait raison. Nous aurions largement le temps de revenir sur ces sujets difficiles le lendemain. Je me regardai une dernière fois dans le petit miroir et me précipitai dans le couloir, laissant mes inquiétudes et la mise en garde de Genya derrière moi.

Mon *kefta* noir fit son effet dans la salle commune. Marie, Nadia et un groupe d'Etherealki en *kefta* de velours et de soie bleus se précipitèrent sur nous. Comme à son habitude, Genya voulut s'éclipser, mais je restai fermement accrochée à son bras. Je portais la couleur du Darkling et j'entendais bien profiter de cet avantage pour garder mon amie auprès de moi.

– Vous savez, je ne pourrai pas entrer dans la salle de bal avec vous. La reine en aurait une attaque, me chuchota-t-elle à l'oreille.

– D'accord, mais vous pouvez au moins m'accompagner jusque là-bas.

Genya était ravie. Nous empruntâmes l'allée gravillonnée et nous enfonçâmes sous le tunnel végétal du bois. Je remarquai bientôt que Sergei et plusieurs autres fondeurs marchaient avec nous, et je compris avec étonnement qu'ils nous escortaient.

Ou plutôt qu'ils m'escortaient. C'était normal, sachant que la fête attirerait de nombreux étrangers, mais cela restait déconcertant. Et cela me rappelait brusquement que plus d'un sur cette planète souhaitait ma mort.

Autour du Grand Palace, le jardin était illuminé. Des comédiens et des acrobates distrayaient les invités qui se promenaient. Des musiciens masqués parcouraient les allées. Nous croisâmes un homme avec un macaque sur l'épaule, puis deux personnages recouverts des pieds à la tête de feuilles d'or montant des zèbres et jetant des fleurs composées de pierres précieuses aux invités. Des chorales en costumes chantaient dans les arbres. Un trio de danseuses rousses courait dans la fontaine ; vêtues de quelques coquillages et morceaux de corail, elles présentaient aux passants des plateaux chargés d'huîtres.

Nous avions à peine commencé à gravir les marches de marbre qu'une servante nous rattrapa ; elle portait un message pour Genya. La jeune femme lut la note et lâcha un soupir.

– La migraine de la reine a miraculeusement disparu ; elle a décidé d'honorer le bal de sa présence, finalement.

Elle me serra dans ses bras, promit de me retrouver avant la démonstration et s'éclipsa.

Le printemps n'était pas encore là mais, dans l'enceinte du Grand Palace, on aurait cru le contraire. Des notes de musique flottaient dans les couloirs dallés de marbre. L'atmosphère était étonnamment douce et parfumée par des milliers de fleurs blanches provenant des serres. Il y en avait sur toutes les tables, et elles tombaient même en grappes lourdes des balustrades.

Marie, Nadia et moi nous faufilâmes entre des groupes de nobles qui faisaient semblant de ne pas nous voir, mais ne parlaient que de nous. En chuchotant. Je marchai la tête haute et souris même à un des jeunes hommes qui attendaient à l'entrée de la salle de bal. Je fus étonnée de le voir rougir et baisser les yeux. Je me tournai vers Marie et Nadia pour voir si elles l'avaient vu, mais elles étaient en train de parler des plats servis aux nobles pour le dîner : lynx rôti, pêches salées, cygne grillé au safran. J'étais heureuse d'avoir dîné avant.

La salle de bal, plus grande et plus grandiose que la salle du trône elle-même, était éclairée par plusieurs rangées de lustres et pleine de gens qui buvaient et dansaient au son d'une musique jouée par un orchestre masqué installé le long du mur du fond. Tout scintillait : les robes, les bijoux, les cristaux qui pendaient des lustres, même le sol sous nos pieds. Toutes ces merveilles étaient-elles à mettre au crédit des fabrikators ?

Les Grishas se mêlaient aux autres convives, buvant et dansant, mais ils étaient facilement reconnaissables aux couleurs vives qu'ils portaient : violet, rouge, bleu nuit. Ils brillaient telles des fleurs exotiques dans un pâle jardin.

L'heure qui suivit s'écoula à toute vitesse. Je fus présentée à un grand nombre de nobles et à leurs épouses, à des officiers de haut rang, à des courtisans et même à quelques Grishas qui travaillaient pour la noblesse loin de la capitale. J'abandonnai très vite l'idée de retenir leurs noms et me contentai de hocher la tête et de sourire. Je m'efforçai également de ne pas scruter la foule à la recherche du Darkling et de sa tenue noire. Pour la première fois de ma vie, je goûtai du champagne, que je trouvai bien meilleur que le *kvas*.

Soudain, je me retrouvai nez à nez avec un vieux noble appuyé sur une canne.

– Duc Keramsov ! m'exclamai-je.

Il portait son vieil uniforme d'officier, ses nombreuses médailles épinglées à son large torse.

Le vieillard me considéra avec un certain intérêt, apparemment étonné que je connaisse son nom.

– C'est moi ! dis-je. Alina Starkov.

– Oui… oui. Bien sûr ! répondit-il avec un léger sourire.

Je le regardai dans les yeux. Il ne se souvenait pas du tout de moi, mais c'était normal. Je n'étais qu'une orpheline parmi d'autres. Et plus discrète que les autres. Et pourtant, cela me fit mal.

Je me forçai à converser un peu avec lui par politesse, puis m'éclipsai à la première occasion.

Je m'adossai à un pilier et attrapai une autre coupe de champagne sur le plateau d'une servante. Il faisait trop chaud dans cette salle. Je jetai un regard circulaire sur l'assistance et me sentis soudain seule. Je pensai à Mal et, pour la première fois depuis des semaines, mon cœur me fit souffrir. J'aurais tant aimé qu'il soit là, qu'il voie cet endroit. Qu'il me voie moi, avec mon *kefta* de soie et mes barrettes en or. Qu'il soit auprès de moi, tout simplement. Je repoussai cette pensée et avalai une grande gorgée de champagne. Un vieillard un peu soûl ne m'avait pas reconnue ; la belle affaire ! À vrai dire, c'était mieux ainsi. Je n'aurais pas aimé qu'il reconnaisse en moi la petite fille osseuse et maladive que j'avais été.

Je vis Genya fendre la foule dans ma direction. Comtes, ducs et riches marchands se retournèrent sur son passage, mais elle ne fit pas attention à eux. *Ne perdez pas votre temps*, voulus-je leur dire. *Son cœur appartient à un fabrikator dégingandé qui n'aime pas les fêtes*.

– C'est l'heure du spectacle, enfin, je veux dire de la démonstration, commença-t-elle lorsqu'elle m'eut rejointe. Pourquoi êtes-vous toute seule dans votre coin ?

– J'avais besoin de m'isoler un peu.

– Vous avez bu trop de champagne ?

– Peut-être.

– Mais non, voyons ! lança-t-elle en me prenant par le bras. On ne boit jamais trop de champagne. Même si votre tête essaiera de vous persuader du contraire demain matin.

Elle m'entraîna à travers la foule, esquivant avec grâce ceux qui voulaient me rencontrer ou simplement l'accoster, me conduisant derrière la scène installée à l'extrémité opposée de la salle. Nous restâmes à côté de l'orchestre et attendîmes qu'un homme vêtu d'un ensemble gris très élaboré monte sur l'estrade pour présenter les Grishas.

Les musiciens jouèrent un accord à l'effet théâtral, et les invités applaudirent bouche bée les arcs enflammés jetés au-dessus de l'assistance par les inferni et les spires scintillantes des hurleurs. Arrivèrent alors les faiseurs de marée qui, avec l'aide des hurleurs, générèrent une énorme vague qui déferla par-dessus la balustrade de la galerie avant de s'arrêter quelques centimètres seulement au-dessus de la tête des invités. Je vis des mains se lever pour effleurer la voile liquide et luisant. Alors les inferni levèrent les bras, et la masse d'eau explosa en une brume tourbillonnante. Cachée derrière la scène, j'eus une inspiration soudaine et envoyai un faisceau de lumière à travers la brume, produisant un arc-en-ciel qui miroita brièvement dans les airs.

– Alina.

Je sursautai. La lumière vacilla, et l'arc-en-ciel disparut. Le Darking se tenait à mes côtés. Comme à son habitude, il était vêtu d'un *kefta* noir, même si celui-ci était tout en soie et en velours. Ses cheveux noirs brillaient dans la lumière des bougies. Je déglutis en regardant autour de moi, mais Genya avait disparu.

– Salut, parvins-je à articuler.

– Êtes-vous prête ?

Je hochai la tête. Il me conduisit au pied de l'escalier qui permettait de monter sur scène. Tandis que la foule applaudissait et que les Grishas quittaient la scène, Ivo me donna un petit coup de poing dans le bras.

– Bonne idée, Alina ! Cet arc-en-ciel était parfait.

Je le remerciai avant de me tourner vers la foule. Je me sentais soudain très nerveuse. Je voyais leurs visages avides, la reine entourée de ses dames de compagnie, l'air de s'ennuyer. À côté d'elle, flanqué de l'Apparat, le roi se balançait sur son trône ; il avait manifestement trop bu. J'ignorais si les princes héritiers s'étaient donné la peine de venir ; en tout cas, je ne les voyais nulle part. Me rendant compte que l'Apparat me fixait, je détournai les yeux.

Nous attendîmes, tandis que l'orchestre jouait crescendo un accord sinistre, que l'homme en gris bondisse sur scène pour nous annoncer.

Ivan apparut à nos côtés et chuchota quelque chose à l'oreille du Darkling.

– Conduisez-les dans la salle des opérations, l'entendis-je lui répondre. Je les rejoindrai dès que possible.

Ivan s'en fut en faisant comme si je n'étais pas là. Lorsque le Darkling se tourna vers moi, il souriait, le regard brillant d'excitation. Apparemment, il avait reçu de bonnes nouvelles.

Un tonnerre d'applaudissements retentit, nous signalant que nous devions monter sur scène. Il me prit le bras et dit :

– Offrons à ces gens ce qu'ils attendent.

J'acquiesçai et, la gorge sèche, je le suivis jusqu'au centre de l'estrade. Un murmure enfla de la foule composée de visages impatients. Le Darkling me fit un signe de tête discret. Sans préambule, il frappa dans ses mains et, dans un bruit de tonnerre, la salle de bal fut envahie par les ténèbres.

Il attendit un peu que son tour produise son effet. Le Darkling n'aimait peut-être pas que les Grishas se donnent en spectacle, mais il savait manipuler les foules. Lorsque la tension fut à son comble, il se pencha vers moi et chuchota si bas que personne d'autre que moi n'aurait pu l'entendre :

– Maintenant.

Le cœur battant à tout rompre, je tendis la main, paume vers le haut. Je pris une profonde inspiration et j'invoquai ce sentiment de certitude désormais familier, me rappelant l'effet produit par la lumière lorsqu'elle déferlait vers moi et en moi. Je concentrai le tout dans ma main. Une puissante colonne lumineuse jaillit de ma paume, brillant dans les ténèbres de la salle. La foule retint son souffle, et j'entendis quelqu'un s'écrier :

– Alors c'était vrai !

J'inclinai légèrement ma main vers l'endroit, sur le balcon, que David m'avait décrit un peu plus tôt. J'espérai ne pas me tromper.

– Contentez-vous de viser assez haut, et nous vous trouverons, avait-il dit.

Je sus que j'avais visé juste quand je vis mon faisceau de lumière solaire rebondir sur le balcon, puis zigzaguer à travers la salle, se reflétant sur les grands miroirs conçus par les fabrikators jusqu'à quadriller complètement le large volume.

Un murmure enthousiaste enfla dans la salle.

Je fermai ma main, et le faisceau disparut. Une fraction de seconde plus tard, je générai une sphère de lumière qui nous engloba, le Darkling et moi, nous enveloppant dans un genre de halo doré et mouvant.

Il me regarda, puis tendit la main, déroulant dans la sphère des vrilles de ténèbres pareilles à des serpents ondulants. Je fis grossir la boule, la rendis plus lumineuse, goûtant avec plaisir le pouvoir qui me traversait, le laissant jouer au bout de mes doigts tandis que le Darkling faisait danser ses rubans de ténèbres dans ma lumière.

La foule applaudit, et le Darkling murmura doucement :

– Maintenant, montrez-leur.

Je souris et m'exécutai, appliquant la technique qu'on m'avait enseignée. J'écartai les bras, ouvris tout mon être, puis frappai fort dans mes mains, produisant un puissant grondement qui ébranla la salle tout entière. Une explosion de lumière blanche engloba l'assistance qui, fermant les paupières et se protégeant les yeux avec les mains, lâcha un « Ah ! » collectif.

J'attendis de longues secondes avant de décoller mes mains et de faire disparaître la lumière d'un seul coup. La foule applaudit à tout rompre en tapant des pieds.

Comme l'orchestre se remettait à jouer, nous nous inclinâmes, et les applaudissements cédèrent la place à des conversations enthousiastes. Le Darkling m'entraîna vers le côté de la scène.

– Vous les entendez ? Vous les voyez danser et se congratuler ? À présent, ils savent que les rumeurs étaient justifiées et que tout va bientôt changer.

Mon excitation se calma un peu en même temps qu'un doute s'immisçait en moi.

– Ne donnons-nous pas à tous ces gens de faux espoirs ?

– Non, Alina. Je vous ai dit que vous étiez ma réponse. J'étais sincère.

– Après ce qui s'est passé près du lac… (Je m'empourprai et me hâtai de clarifier ma pensée.) Vous avez dit que je n'étais pas assez puissante.

Les lèvres du Darkling se soulevèrent légèrement, mais son regard demeura sérieux.

– Avez-vous vraiment cru que j'en avais terminé avec vous ?

Un frisson me parcourut. Il me regarda fixement, et son demi-sourire s'évanouit. Soudain, il m'agrippa le bras, me fit descendre de scène et m'entraîna dans la foule. Les gens voulaient me féliciter, me toucher, mais il généra autour de nous un bassin ondulant de ténèbres, qui se dissipèrent dès que nous nous fûmes éclipsés, quasi invisibles. J'entendis des bribes de conversation lorsque nous nous faufilâmes entre les différents groupes.

– Je n'y croyais pas…

– … un miracle !

– … jamais eu confiance en lui, mais…

– C'est terminé ! Enfin !

Les gens riaient et pleuraient. Le doute me titillait encore. Ils me croyaient capable de les sauver. Que penseraient-ils s'ils savaient que je n'étais bonne qu'à amuser la galerie ? Heureusement, ces pensées ne me torturèrent pas longtemps. J'avais du mal à penser à autre chose qu'au fait que, après des semaines de silence, le Darkling me tenait par la main et m'emmenait dans un couloir étroit et désert.

Un gloussement de plaisir m'échappa quand nous nous glissâmes dans une chambre vide éclairée par la lune. J'eus tout juste le temps de reconnaître le salon où j'avais été présentée à la reine avant qu'il referme la porte derrière nous et m'embrasse à pleine bouche. Alors, je ne pensai plus à rien.

On m'avait déjà embrassée, erreurs alcoolisées, gestes maladroits. Là, c'était différent. C'était un baiser assuré, fort ; j'avais l'impression que mon corps tout entier s'était enfin réveillé. Je sentais les battements frénétiques de mon cœur, le contact de la soie sur ma peau, la puissance de ses bras autour de moi, sa main enfoncée dans mes cheveux, l'autre dans mon dos, qui m'attirait contre lui. Dès l'instant où ses lèvres entrèrent en contact avec les miennes, un lien se créa entre nous, permettant à son pouvoir de se déverser en moi. Je sentais à quel point il avait envie de moi, mais derrière ce désir, je percevais autre chose, comme un genre de colère.

Je m'écartai, surprise.

– Vous n'en avez pas envie ?

– C'est la seule chose dont j'aie véritablement envie, gronda-t-il d'une voix où se mêlaient désir et amertume.

– Mais vous le regrettez, dis-je, comprenant soudain.

Il soupira et se colla contre moi, écartant mes cheveux.

– Peut-être, murmura-t-il en effleurant de ses lèvres mon oreille, mon cou, mon épaule.

Je frissonnai, rejetai la tête en arrière, mais ne pus m'empêcher de demander :

– Pourquoi ?

– Pourquoi ? répéta-t-il, sa bouche courant sur ma peau, ses doigts jouant avec le ruban de mon encolure. Alina, savez-vous ce qu'Ivan m'a dit avant que nous montions sur scène ? Ce soir, nous avons reçu confirmation que mes hommes avaient bien repéré le troupeau de Morozova. La victoire est enfin à notre portée et, à l'heure qu'il est, je devrais être dans la salle des opérations à écouter leur rapport, à planifier notre voyage vers le Nord. Et pourtant…

Mon esprit était comme éteint car j'avais succombé au plaisir. Je ne pensais plus qu'à ses baisers, me demandant où sa bouche allait se poser la prochaine fois.

– Et pourtant… répéta-t-il avant de me mordre le cou.

Je retins mon souffle et secouai la tête, incapable de réfléchir. Il m'avait plaquée contre la porte et pressait son bassin contre le mien. Ses lèvres suivirent la courbe de ma mâchoire, puis effleurèrent les miennes.

– Le problème avec le désir, c'est qu'il nous rend faibles.

Enfin, quand je n'en pus plus d'attendre, il colla sa bouche à la mienne.

Son baiser fut plus profond cette fois, mâtiné de la colère qui enflait au fond de lui. Mais je m'en moquai. Je ne me demandai plus pourquoi il avait fait le mort depuis son retour à la capitale, je fermai les yeux sur mon trouble et ma gêne, oubliant la vague mise en garde de Genya. Il allait trouver le cerf. Il ne s'était pas trompé à mon sujet. Il avait eu raison.

Sa main glissa sur ma hanche. Je paniquai un peu quand il souleva mes jupons et que ses doigts se refermèrent sur ma cuisse nue, mais, au lieu de lui résister, je me collai davantage contre lui.

Que se serait-il passé si des éclats de voix n'avaient retenti dans le couloir à ce moment-là ? Je n'en savais rien. Un groupe de personnes bruyantes et soûles arriva en titubant. Soudain, un des ivrognes poussa la porte en tournant frénétiquement la poignée. Nous nous figeâmes. Le Darkling plaqua son épaule contre la porte, et les convives avinés s'en furent en riant et en criant.

Nous nous regardâmes dans le silence qui suivit. Puis le Darkling soupira et laissa retomber mes jupons de soie.

– Je devrais y aller, murmura-t-il. Ivan et les autres m'attendent.

Je hochai la tête, préférant ne rien dire.

Il s'écarta de moi. Je fis un pas de côté, et il entrouvrit la porte pour jeter un coup d'œil à l'extérieur et s'assurer qu'il n'y avait personne dans le couloir.

– Je ne retournerai pas dans la salle de bal, dit-il. Vous, en revanche, vous devriez, ne serait-ce que quelques minutes.

J'acquiesçai de nouveau. J'avais soudain la conscience aiguë d'être seule dans le noir avec un quasi-étranger et d'avoir failli, quelques secondes plus tôt seulement, me retrouver avec mon *kefta* soulevé jusqu'à la taille. Le visage sévère d'Ana Kuya m'apparut en esprit, et ses récits de jeunes paysannes corrompues par la ville me revinrent en mémoire. Gênée, je m'empourprai.

Le Darkling se glissa dans le couloir.

– Alina, ajouta-t-il, en proie à une lutte interne. M'autorisez-vous à vous rejoindre cette nuit ?

J'hésitai. Si j'acceptais, il n'y aurait pas de retour en arrière possible. Ma peau me brûlait toujours là où il m'avait touchée, mais l'excitation du moment commençait à s'estomper tandis que je reprenais mes esprits. Je n'étais pas sûre de savoir ce que je voulais. Je n'étais plus sûre de rien.

J'attendis trop longtemps. D'autres voix résonnèrent au bout du couloir. Le Darkling ferma la porte et s'éloigna, tandis que je me réfugiais dans les ténèbres du salon. J'attendis nerveusement, essayant de trouver une excuse pour justifier ma présence dans cette pièce vide.

Heureusement, les voix s'éloignèrent, et je laissai échapper un long soupir saccadé. Je n'avais pas eu le temps de lui répondre. Viendrait-il quand même ? En avais-je envie ? Mon cerveau tournait à plein régime. Je devais me reprendre et retourner à la fête. Le Darkling pouvait se permettre de s'éclipser sans explication, pas moi.

Je m'assurai qu'il n'y avait personne dans le couloir et me précipitai vers la salle de bal, m'arrêtant en route devant un miroir doré pour remettre de l'ordre dans mes vêtements et ma coiffure, finalement assez peu dérangés. J'avais les joues et les lèvres un peu rouges, mais je ne pouvais rien y faire. Je lissai mes cheveux et redressai mon *kefta*. Comme je m'apprêtais à faire mon entrée dans la salle de bal, j'entendis une porte s'ouvrir à l'extrémité du couloir. L'Apparat arrivait d'un pas vif, sa robe brune claquant dans son sillage. *Pitié, pas maintenant.*

– Alina !

– Je dois y retourner ! lui répondis-je joyeusement en lui tournant le dos.

– Je dois vous parler ! La situation évolue beaucoup plus rapidement que…

L'air serein, du moins l'espérai-je, je retournai à la fête. Un instant plus tard, je fus assaillie de nobles désireux de me rencontrer et de me féliciter pour ma démonstration. Sergei et le reste de mon escorte me rejoignirent aussitôt, s'excusant de m'avoir perdue dans la foule. Je regardai par-dessus mon épaule et vis avec soulagement la robe brune et élimée de l'Apparat disparaître derrière un barrage d'invités.

Je fis de mon mieux pour être polie et répondre aux questions. Au bord des larmes, une femme me pria de la bénir. Comme je ne savais pas comment faire, je me contentai de lui tapoter la main d'une façon rassurante. Tout ce que je voulais, c'était être seule pour réfléchir et démêler l'écheveau de mes émotions. D'autant que le champagne ne me facilitait pas la tâche.

Tandis qu'un groupe d'invités s'éloignait, cédant la place à un autre, je reconnus le visage long et mélancolique du Caporalki qui avait voyagé avec Ivan et moi dans la voiture du Darkling et qui s'était battu contre les assassins fjerdans. J'essayai désespérément de me rappeler son nom.

Il vint à mon secours, s'inclinant bien bas.

– Fedyor Kaminsky.

– Pardonnez-moi, la soirée a été longue.

– J'imagine.

J'espère que non, pensai-je, un peu embarrassée.

– Apparemment, le Darkling ne s'était pas trompé à votre sujet, poursuivit-il dans un sourire.

– Pardon ?

– Vous étiez tellement certaine de ne pas être une Grisha.

Je lui retournai son sourire.

– Oui, me tromper est mon occupation favorite.

Fedyor eut à peine le temps de me parler de sa nouvelle affectation près de la frontière sud qu'il fut chassé par une nouvelle vague d'invités pressés de passer un moment avec l'Invocatrice de lumière. Je ne l'avais même pas remercié d'avoir risqué sa vie pour moi dans cette lointaine vallée.

Je parvins à sourire et à parler pendant une heure supplémentaire, mais dès que j'eus un moment à moi, je dis à mes gardes que je voulais me retirer, et ils m'ouvrirent un passage jusqu'à la porte.

Une fois dehors, je me sentis beaucoup mieux. L'atmosphère nocturne était délicieusement fraîche, et les étoiles brillaient dans le ciel. J'inspirai profondément. Prise de vertiges, épuisée, j'hésitais entre excitation et angoisse. Si le Darkling me rejoignait dans ma chambre cette nuit, qu'est-ce que cela signifierait ? Une secousse me parcourut le corps à l'idée d'être sienne. Il n'était sans doute pas amoureux de moi, et je n'avais aucune idée de ce que je ressentais moi-même, mais il me voulait, et cela suffisait peut-être.

Je secouai la tête, m'efforçant de comprendre. Les hommes du Darkling avaient trouvé le cerf. Je devrais être en train de penser à cela, à ma destinée, au fait que je devrais tuer cette vieille créature, au pouvoir qu'elle me conférerait, à la responsabilité qui serait la mienne ; au lieu de quoi, j'étais obsédée par ses mains sur mes hanches, ses lèvres dans mon cou, par son corps puissant pressé contre le mien dans les ténèbres. J'inspirai une nouvelle bouffée d'air frais. La chose la plus sensée à faire serait de fermer ma porte à clef et de dormir. Sauf que je n'étais pas certaine de vouloir être sensée.

Lorsque nous arrivâmes au Little Palace, Sergei et les autres me laissèrent pour retourner au bal. La salle commune était silencieuse, les feux dans les poêles étaient éteints, les lumières tamisées. Au moment où je m'apprêtais à sortir de sous le dôme pour gravir l'escalier principal, les portes en bois sculpté situées derrière la table du Darkling s'ouvrirent. Je me cachai aussitôt dans l'ombre. Je ne voulais pas que le Darkling sache que j'avais déjà abandonné les convives, et je n'étais pas encore prête à le revoir. Mais il s'agissait simplement d'un groupe de soldats prêts à sortir du Little Palace. Je me demandai s'il s'agissait des hommes qui avaient débusqué le cerf. Lorsque la lumière d'une lampe éclaira le visage du dernier soldat de la file, mon cœur faillit s'arrêter.

– Mal !

Il pivota sur ses talons, et je crus que j'allais me dissoudre de joie à la vue de son visage familier. Quelque part dans un recoin de mon esprit, je remarquai son air sinistre, mais j'étais tellement heureuse que je ne m'en rendis pas vraiment compte. Je traversai la salle en courant et me jetai sur lui, l'entourant de mes bras, manquant de peu de le faire basculer en arrière. Il se redressa et décrocha mes bras de son cou en se tournant vers les soldats qui nous regardaient. J'étais consciente de l'avoir sans doute mis dans l'embarras, mais je m'en moquais. Je sautillais sur place, je dansais presque de bonheur.

– Allez-y, leur lança-t-il. Je vous rattrape.

Quelques soldats haussèrent les sourcils, mais ils finirent tous par s'éclipser.

J'ouvris la bouche pour parler, mais je n'étais pas sûre de savoir quoi dire.

– Qu'est-ce que tu fais ici ? furent les premiers mots qui me vinrent à l'esprit.

– Si je le savais… répondit-il avec une lassitude qui me surprit. J'avais un rapport à faire à ton maître.

– Mon… quoi ? (Alors je compris, et mon sourire s'élargit encore.) C'est toi qui as localisé le troupeau de Morozova ! J'aurais dû m'en douter.

Il ne sourit pas en retour. Il ne me regarda même pas dans les yeux.

– Il faut que j'y aille.

Je le fixai du regard, incrédule. Ma joie se dissipait déjà. Je ne m'étais donc pas trompée ; Mal se fichait pas mal de moi. Toute la colère et l'embarras que j'avais ressentis ces derniers mois affluèrent d'un seul coup.

– Désolée, dis-je froidement. Je ne voudrais surtout pas te faire perdre ton temps.

– Ce n'est pas ce que j'ai dit.

– Non, non, je comprends. Tu ne te fatigues même pas à répondre à mes lettres, alors pourquoi te donnerais-tu la peine de discuter un peu avec moi quand tes nouveaux amis t'attendent ?

– Je n'ai reçu aucune lettre, rétorqua-t-il en fronçant les sourcils.

– Tu parles.

Il soupira et se frotta le visage.

– Nous nous déplaçons constamment pour suivre le troupeau. Mon unité n'a presque aucun contact avec le régiment.

Il y avait une telle lassitude dans sa voix. Pour la première fois, je pris le temps de le regarder, de l'observer, et je notai à quel point il avait changé. Il y avait des ombres sous ses yeux bleus. Une cicatrice irrégulière courait le long de sa mâchoire non rasée. Ce n'était plus le Mal que j'avais connu ; celui-ci était plus dur, plus froid, différent.

– Tu n'as reçu aucune de mes lettres ?

Il secoua la tête, l'air toujours aussi distant.

Je ne savais pas quoi penser. Mal ne m'avait jamais menti et, même si j'étais très en colère, je ne pensais pas qu'il se jouait de moi. J'hésitai.

– Mal, je… Tu ne peux pas rester un peu plus longtemps ? (Je détestais mon ton suppliant, mais je ne voulais surtout pas qu'il s'en aille déjà.) Tu n'imagines pas tout ce que j'ai vécu ici.

Il lâcha un éclat de rire rauque.

– Pas besoin d'imaginer ; j'ai assisté à ta petite démonstration dans la salle de bal. C'était très impressionnant.

– Tu m'as vue ?

– Oui, répondit-il sèchement. Je me suis fait tellement de souci pour toi. Personne ne savait ce qui t'était arrivé, où tu étais passée. Je n'avais aucun moyen de te joindre. Certains racontaient même qu'on te torturait. Quand le capitaine a demandé qui était volontaire pour transmettre son rapport au Darkling, je me suis proposé comme un idiot et j'ai entrepris ce long voyage dans l'espoir complètement fou de te revoir.

– C'est vrai ?

J'avais du mal à y croire. Je m'étais tellement persuadée de son indifférence.

– Oui. Et te voilà saine et sauve, en train de danser et de flirter comme une petite princesse dorlotée.

– Tu as l'air déçu. Tu aurais préféré qu'on me réserve le chevalet ou les charbons ardents ? Demande au Darkling, ça peut peut-être s'arranger.

Mal fronça les sourcils et s'écarta de moi.

Des larmes de frustration me picotaient les yeux. Pourquoi nous disputions-nous ? Désespérée, je lui touchai l'avant-bras. Il se crispa, mais n'eut pas de mouvement de recul.

– Mal, je ne suis pas responsable de ce qui se passe ici. Je n'ai rien demandé.

Il me regarda, puis détourna les yeux. Il sembla se détendre un peu.

– Je sais que tu n'as rien demandé, finit-il par dire.

Une fois de plus, j'entendis cette terrible lassitude dans sa voix.

– Que t'est-il arrivé, Mal ? murmurai-je.

Il ne répondit pas, se contentant de scruter les ténèbres de la salle.

Je portai la main à son visage, caressai sa barbe de trois jours.

– Raconte-moi, insistai-je.

– Je ne peux pas, répondit-il en fermant les yeux.

Du bout des doigts, je suivis les contours boursouflés de sa cicatrice et tournai délicatement son visage vers moi.

– Genya pourrait arranger ça. Elle peut…

Instantanément, je sus que j'avais dit ce qu'il ne fallait pas. Ses paupières s'ouvrirent tout à coup.

– Je n'ai pas besoin qu'on m'arrange ! aboya-t-il.

– Je ne voulais pas…

Il agrippa ma main, la serra fort, et plongea son regard bleu dans le mien.

– Es-tu heureuse ici, Alina ?

Sa question me prit par surprise.

– Je… je ne sais pas. Parfois.

– Es-tu heureuse ici *avec lui* ?

Je n'eus pas besoin de lui demander à qui il pensait. J'ouvris la bouche pour lui répondre, mais je ne savais pas quoi dire.

– Tu portes son symbole, remarqua-t-il en fixant l'éclipse de soleil en or suspendue à ma poitrine. Son symbole et sa couleur.

– Ce sont juste des vêtements.

Ses lèvres se tordirent en un sourire cynique, un sourire si différent de celui que je connaissais et aimais que je grimaçai.

– Ne me prends pas pour un imbécile.

– Ce que je porte fait-il une différence ?

– Les vêtements, les bijoux, et même ton apparence… Je le vois partout.

Ses mots me firent aussi mal qu'une gifle. Dans la lumière tamisée, je sentis un rouge désagréable me monter aux joues.

J'arrachai ma main à la sienne et croisai les bras sur ma poitrine.

– Ce n'est pas du tout ce que tu crois, rétorquai-je sans toutefois le regarder dans les yeux.

J'avais l'impression qu'il lisait en moi comme dans un livre ouvert, qu'il avait connaissance de toutes mes pensées inavouables concernant le Darkling. Toutefois, la honte céda rapidement la place à la colère. Et même s'il savait, de quel droit me jugeait-il ? Combien de filles Mal avait-il serrées dans ses bras dans le noir ?

– J'ai vu comment il te regardait, reprit-il.

– J'aime comment il me regarde ! criai-je presque.

Il secoua la tête, un sourire amer aux lèvres. Un sourire que j'aurais voulu faire disparaître d'une bonne gifle.

– Admets-le, ricana-t-il. Tu es à lui.

– Toi aussi, tu es à lui, lâchai-je. Nous sommes tous à lui.

Son sourire s'évanouit.

– Sûrement pas, rétorqua-t-il d'un ton féroce. Pas moi. Jamais.

– Vraiment ? N'es-tu pas attendu quelque part ? N'obéis-tu pas à des ordres ?

Mal se redressa, le visage froid.

– Oui. En effet.

Il tourna les talons et s'en fut.

Pendant quelque temps, je restai là sans bouger, toute tremblante de colère, puis je courus jusqu'à la porte, descendis au pied de l'escalier et m'arrêtai. Mes larmes débordèrent et se déversèrent, abondantes, sur mes joues. Je voulus lui courir après, le rattraper, retirer tout ce que j'avais dit, le prier de rester, mais j'avais passé ma vie à courir après Mal. Alors je restai là en silence, et je le laissai s'en aller.

15

Je ne m'autorisai à sangloter que lorsque je fus dans ma chambre, la porte fermée à double tour. Je me laissai glisser au sol, le dos contre le lit, les bras enroulés autour de mes genoux, m'efforçant de ne pas m'effondrer.

Mal devait déjà avoir quitté le palais ; il devait être en route pour la Tsibeya, où il chasserait le troupeau de Morozova avec ses collègues traqueurs. La distance grandissante entre nous était presque palpable. Je me sentais encore plus loin de lui que ces derniers mois.

Je frottai la cicatrice de ma paume avec mon pouce.

– Reviens, murmurai-je, le corps secoué de nouveaux sanglots. Reviens.

Mais il ne reviendrait pas. Je lui avais quasiment intimé l'ordre de me laisser. Je savais que je ne le reverrais sans doute jamais, et cela me terrifiait.

J'ignore combien de temps je restai assise dans le noir. Soudain, j'entendis quelqu'un frapper doucement à ma porte. Je me redressai d'un seul coup, essayant de ravaler mes sanglots. Et s'il s'agissait du Darkling ? Je n'avais pas envie de le voir maintenant, pas envie de lui expliquer mes larmes ; et pourtant, je me devais de réagir. Je me levai tant bien que mal et ouvris la porte.

Une main osseuse m'agrippa le poignet tel un étau.

– Baghra ? m'étonnai-je à la vue de la vieille femme dans l'encadrement de la porte.

– Venez ! lança-t-elle en me tirant par le bras et en regardant par-dessus mon épaule.

– Laissez-moi tranquille, Baghra ! protestai-je.

Je tentai de me libérer de son étreinte, mais elle se révéla plus forte que prévu.

– Vous allez venir avec moi immédiatement, jeune fille ! aboya-t-elle.

Était-ce à cause de l'intensité de son regard, de la peur que je distinguais dans ses yeux, ou simplement du fait que j'étais habituée à faire tout ce que Baghra me demandait, quoi qu'il en soit, je la suivis hors de ma chambre.

Elle referma la porte sans me lâcher le poignet.

– Que se passe-t-il ? Où allons-nous ?

– Silence.

Au lieu de prendre à droite vers l'escalier principal, elle m'entraîna dans la direction opposée, où elle appuya sur un panneau serti dans le mur, ouvrant une porte secrète. Elle me poussa légèrement dans le dos. Comme je n'avais pas la volonté de lui résister, je dévalai un étroit escalier en colimaçon. Chaque fois que je faisais mine de me retourner, elle me poussait. Au pied de l'escalier, Baghra me précéda dans un étroit couloir dallé de pierre brute aux parois de bois. Comparé au reste du château, l'endroit était nu, aussi en conclus-je qu'il s'agissait d'un passage réservé aux serviteurs.

Baghra m'attrapa de nouveau le poignet et me fit entrer dans une salle vide et sombre. Elle alluma une bougie, ferma et verrouilla la porte, puis traversa la pièce et se mit sur la pointe des pieds pour tirer le rideau de la minuscule fenêtre. J'avisai autour de moi un lit étroit, une chaise toute simple et une bassine.

– Tenez, me dit-elle en me mettant dans les bras une pile de vêtements. Enfilez ça.

– Je suis trop fatiguée pour une nouvelle leçon, Baghra.

– Les leçons, c'est terminé. Vous devez quitter le palais. Cette nuit.

Je clignai des yeux, incrédule.

– Qu'est-ce que vous racontez ?

– Je veux juste vous éviter la servitude éternelle. Maintenant, changez-vous.

– Baghra, que se passe-t-il ? Pourquoi m'avez-vous amenée ici ?

– Nous n'avons pas beaucoup de temps. Le Darkling est près de trouver le troupeau de Morozova. Bientôt, il aura le cerf.

– Je sais, dis-je en pensant à Mal.

Mon cœur me faisait souffrir, mais je ne pus m'empêcher d'ajouter avec suffisance :

– Il me semble que vous ne croyiez pas en l'existence de ce cerf.

Elle agita le bras comme pour balayer mes paroles.

– C'est ce que je lui ai dit. J'espérais lui faire abandonner ses recherches en le persuadant qu'il s'agissait d'une vulgaire croyance paysanne. Quand il aura mis la main dessus, rien ne pourra plus l'arrêter.

– L'arrêter de faire quoi, au juste ? demandai-je avec un geste d'exaspération.

– Il faut l'empêcher d'utiliser le Fold comme une arme.

– Je vois… Et il compte aussi se faire construire une villa là-bas ?

– Ce n'est pas une plaisanterie ! s'emporta Baghra en me saisissant le bras.

Je décelai une pointe de désespoir dans sa voix, ce qui était inhabituel chez elle. Et puis, elle me faisait mal au bras. Que lui arrivait-il ?

– Baghra, vous devriez peut-être passer à l'infirmerie…

– Je ne suis ni malade ni folle ! cracha-t-elle. Vous devez m'écouter.

– Dans ce cas, cessez de raconter n'importe quoi. Comment qui que ce soit pourrait-il utiliser le Shadow Fold comme une arme ?

Elle se pencha vers moi et enfonça ses doigts plus profondément dans ma chair.

– En le faisant grossir.

– D'accord, d'accord, acquiesçai-je en essayant de me libérer.

– Les terres aujourd'hui recouvertes par la Non-Mer étaient autrefois vertes et bonnes, fertiles et riches. Désormais, elles sont mortes, désertes. Elles grouillent d'abominations. Le Darkling veut étendre leurs frontières vers le nord jusqu'à Fjerda et vers le sud jusqu'au royaume de Shu Han. Ceux qui ne se plieront pas à sa volonté verront leurs terres transformées en friches stériles et leur peuple dévoré par des volcras affamés.

Je la regardai avec horreur, choquée par les images qu'elle venait d'évoquer. La raison avait manifestement quitté la vieille femme.

– Baghra, repris-je doucement, vous devez avoir de la fièvre. (*Ou alors tu es devenue complètement sénile…*) Trouver le cerf serait une bonne chose. Cela me permettrait d'aider le Darkling à détruire le Fold.

– Non ! hulula-t-elle. Il n'a jamais eu l'intention de le détruire. Le Fold est sa création.

Je soupirai. Pourquoi Baghra avait-elle choisi cette nuit pour perdre le sens des réalités ?

– La nappe a été créée il y a des centaines d'années par l'Hérétique noir. Le Darkling…

– Le Darkling est l'Hérétique noir ! assena-t-elle, son visage à quelques centimètres du mien.

– Bien sûr… (Je réussis à défaire l'étau de ses doigts et à me rapprocher de la porte.) Je vais vous chercher un soigneur, puis je vais me coucher.

– Regardez-moi, jeune fille.

Je pris une profonde inspiration et pivotai sur mes talons. Ma patience avait des limites. J'étais désolée pour elle, mais elle dépassait les bornes.

– Baghra…

Les mots moururent dans ma bouche.

Des rubans de ténèbres se déroulaient de ses mains, flottaient dans la chambre comme de l'encre de seiche dans l'océan.

– Vous ne le connaissez pas, Alina. (C'était la première fois qu'elle m'appelait par mon prénom.) Moi, si.

Je restai là à regarder ces spirales noires se dérouler, l'entourer, m'efforçant de comprendre ce que je voyais. Je scrutai les traits étranges de Baghra et y trouvai la réponse à mes questions. J'y vis le fantôme de ce qui avait dû être une femme magnifique. Une femme qui avait donné naissance à un fils tout aussi beau.

– Vous êtes sa mère, murmurai-je, stupéfaite.

Elle hocha la tête.

– Et je ne suis pas folle. Moi seule sais qui il est et ce qu'il veut vraiment. Et je vous dis que vous devez prendre la fuite.

Le Darkling avait affirmé ne pas connaître le pouvoir de Baghra. M'avait-il menti ?

Je secouai la tête pour m'éclaircir les idées et tenter de comprendre ce qu'elle me racontait.

– C'est impossible, protestai-je. L'Hérétique noir a vécu il y a des centaines d'années.

– Il a servi d'innombrables rois, a feint d'innombrables morts, attendant son heure. Vous attendant. Lorsqu'il aura pris le contrôle du Fold, plus personne ne pourra l'arrêter.

Un frisson me parcourut.

– Non, il m'a dit que le Shadow Fold était une erreur, que l'Hérétique noir était malfaisant.

– La Non-Mer n'est pas le résultat d'une erreur. (Baghra laissa tomber ses mains le long de son corps, et les ténèbres tournoyantes disparurent.) Les volcras, si. Il n'avait pas prévu leur apparition, il ignorait comment les hommes seraient affectés par un pouvoir d'une telle intensité.

Mon estomac se retourna.

– Les volcras étaient des hommes ?

– Hélas, oui. Il y a des générations de cela. Des fermiers, leurs femmes, leurs enfants. Je l'avais mis en garde, je lui avais dit qu'il y aurait un prix à payer, mais il n'a pas voulu m'écouter. Il était aveuglé par sa soif de pouvoir. Il l'est toujours.

– Vous vous trompez, protestai-je en me frottant les bras pour chasser le froid glacial qui s'était emparé de mes os. Vous mentez.

– Seuls les volcras ont dissuadé le Darkling d'utiliser la nappe contre ses ennemis. Ils sont son châtiment, les témoignages vivants de son arrogance. Mais vous allez changer tout cela. Les monstres ne supportent pas la lumière du soleil. Une fois qu'il aura réglé le problème des volcras grâce à vous, le Darkling pourra entrer dans le Fold sans risque. Il aura enfin ce qu'il désire. Il n'y aura aucune limite à son pouvoir.

Je secouai la tête.

– Il ne ferait jamais ça. Jamais.

Je repensai à la conversation que nous avions eue cette fameuse nuit dans la grange, à la honte et à la tristesse dans sa voix. *J'ai passé ma vie à chercher une manière de réparer son erreur. Et vous êtes la première lueur d'espoir que je vois depuis un bon moment.*

– Il a dit qu'il voulait réunifier Ravka, poursuivis-je. Il a dit que…

– Cessez de me répéter ce qu'il vous a dit ! Il est *très* vieux. Il a eu tout le temps d'apprendre à mentir et à manipuler les jeunes filles naïves. (Elle s'avança vers moi, ses yeux noirs brûlant d'un feu intérieur.) Réfléchissez, Alina. Ravka réunifié, la Seconde Armée n'aurait plus de raison d'être. Le Darkling ne serait alors qu'un serviteur du roi parmi d'autres. Croyez-vous que ce soit l'avenir dont il rêve ?

Je tremblais de plus en plus fort.

– S'il vous plaît, arrêtez.

– Grâce au Fold, il sèmera la mort et la destruction à travers le monde, et il n'aura plus jamais besoin de se mettre à genoux devant un roi.

– Non.

– Et tout ça grâce à vous.

– Non ! criai-je. Je ne ferai jamais ça ! Même si ce que vous dites est vrai, je ne l'aiderai jamais à faire quelque chose de ce genre.

– Vous n'aurez pas le choix. Le pouvoir du cerf appartiendra à celui qui l'aura tué.

– Mais il ne peut pas utiliser un autre amplificateur, protestai-je faiblement.

– Il se servira de vous, expliqua-t-elle doucement. Le cerf de Morozova n'est pas un amplificateur ordinaire. Le Darkling le chassera et le tuera. Il prendra ses bois, et une fois qu'il vous les aura mis autour du cou, vous lui appartiendrez corps et âme. Vous serez la Grisha la plus puissante de l'histoire, mais vous serez sous ses ordres. Vous serez liée à lui pour toujours, et vous n'aurez aucun moyen de lui résister.

La pitié, dans sa voix, finit de me convaincre. La pitié d'une femme qui ne tolérait pas la moindre faiblesse, qui ne m'avait jamais laissée me reposer.

Mes jambes cédèrent, et je glissai au sol. De mes deux mains, je me bouchai les oreilles pour tenter de bloquer la voix de

Baghra. En revanche, je ne pouvais empêcher la voix du Darkling de résonner dans ma tête.

Nous servons tous quelqu'un.

Le roi est un enfant.

Vous et moi allons changer le monde.

Il m'avait menti à propos de Baghra. Il avait menti à propos de l'Hérétique noir. Avait-il aussi menti à propos du cerf ?

Je vous demande de me faire confiance.

Baghra l'avait supplié de me donner un autre amplificateur, mais il avait refusé ; ce seraient les bois du cerf ou rien. Un collier, non, un col constitué de morceaux de bois. Je l'avais repoussé, mais il m'avait embrassée, et j'avais tout oublié : le cerf, les amplificateurs, le reste. Je me rappelai son visage parfait dans la lumière tamisée, son air ahuri, ses cheveux ébouriffés.

Avait-il tout prévu ? Le baiser au bord du lac, le furtif masque de culpabilité dans la grange abandonnée, toutes ses réactions humaines, ses confidences murmurées, et même ce qui était arrivé entre nous quelques heures plus tôt ?

Cette pensée me donna la nausée. Je sentais toujours son souffle chaud dans mon cou, j'entendais ses murmures dans mon oreille. *Le problème avec le désir, c'est qu'il nous rend faibles.*

C'était si vrai. J'étais tellement obsédée par l'idée de trouver ma place, d'être acceptée. Je voulais lui faire plaisir, j'étais si fière de garder ses secrets. Au point de ne m'être jamais demandé ce qu'il souhaitait vraiment, quel était son véritable objectif. J'étais trop occupée à m'imaginer à ses côtés, celle qui allait sauver Ravka, un véritable trésor, un genre de reine. Je lui avais facilité la tâche.

Vous et moi allons changer le monde… Un peu de patience…

Il voulait juste que j'enfile mes nouveaux vêtements et que j'attende son prochain baiser, ses prochaines belles paroles. Le cerf. Le collier. Que j'attende de devenir une meurtrière et une esclave.

Il m'avait dit que l'âge des Grishas touchait à sa fin. J'aurais dû me douter qu'il ne laisserait jamais une telle chose se produire.

Je pris une inspiration profonde et saccadée et tentai de calmer mes tremblements. Je pensai au pauvre Alexei et à tous ceux qui avaient perdu la vie dans les confins noirs de la Non-Mer. Je revis le sable gris qui avait remplacé la terre brune et aérée. Et les volcras, les premières victimes de l'avidité de l'Hérétique noir.

Avez-vous vraiment cru que j'en avais terminé avec vous ?

Le Darkling voulait m'utiliser. Il voulait m'enlever la seule chose qui m'appartenait vraiment, mon seul pouvoir.

Je me relevai. Pas question que je continue à lui faciliter la tâche.

– D'accord, dis-je en attrapant la pile de vêtements que m'avait apportés Baghra. Que dois-je faire ?

16

Le soulagement de Baghra était manifeste, mais elle ne perdit pas de temps.

– Vous pouvez vous éclipser avec les artistes. Dirigez-vous vers l'ouest. Une fois à Os Kervo, trouvez le *Verloren*. C'est un navire marchand de Kerch. Votre passage a été payé.

Mes doigts se figèrent sur les boutons de mon *kefta*.

– Vous voulez que je me rende à Ravka-Ouest ? Que je traverse la nappe toute seule ?

– Je veux que vous disparaissiez, jeune fille. Vous êtes assez forte pour vous débrouiller seule, désormais. Cela ne devrait pas vous poser de problème. Pourquoi croyez-vous que je me sois donné toute cette peine ?

Cette formation non plus, je ne l'avais pas remise en question. Le Darkling avait demandé à Baghra de me laisser tranquille. Je croyais qu'il me défendait, mais il voulait juste me maintenir dans la faiblesse.

Je me débarrassai de mon *kefta* et enfilai une simple tunique en laine.

– Vous saviez ce qu'il voulait depuis le début, lui fis-je remarquer. Pourquoi avoir attendu ce soir pour tout me dire ?

– Nous n'avons plus le temps. Je ne pensais pas qu'il trouverait le troupeau de Morozova. Ce sont des créatures très discrètes, fruits de la plus ancienne des sciences, à l'origine de la création du monde. J'ai sous-estimé ses hommes.

Non, me dis-je en enfilant des hauts-de-chausses et des bottes en cuir. *C'est Mal que vous avez sous-estimé.* Mal qui chassait et traquait comme personne. Mal qui transformait les rochers en lapins. Mal qui pouvait trouver le cerf et me livrer, nous livrer tous aux pouvoirs du Darkling sans même le savoir.

Baghra me tendit un épais manteau de voyage brun, un lourd chapeau de fourrure et une large ceinture. En attachant cette dernière autour de ma taille, j'y notai la présence d'une bourse, de mon couteau et d'une pochette contenant mes mitaines de cuir et mes miroirs, soigneusement rangés.

La vieille femme m'accompagna jusqu'à une étroite porte et me passa sur l'épaule une besace en cuir. Elle désigna les lumières vacillantes du Grand Palace, à l'autre bout du jardin. J'entendais les musiciens jouer. Avec étonnement, je constatai que la fête battait encore son plein. J'avais l'impression d'avoir quitté la salle de bal depuis des années, mais cela ne faisait sans doute pas plus d'une heure.

– Filez tout droit jusqu'au labyrinthe, puis tournez à gauche. Restez à l'écart de l'allée éclairée. Certains artistes sont en train de partir. Montez dans un de leurs chariots. Ceux-ci ne sont fouillés qu'à leur arrivée au palais ; vous ne devriez rencontrer presque aucune difficulté.

– *Presque aucune…*

Baghra fit comme si elle n'avait rien entendu.

– Quand vous serez sortie d'Os Alta, essayez d'éviter les routes principales. (Elle me tendit une enveloppe scellée.) Vous êtes apprentie charpentière et en route pour Ravka-Ouest où vous attend votre nouveau maître. Compris ?

Je hochai la tête, mon cœur battant fort dans ma poitrine.

– Pourquoi m'aidez-vous ? demandai-je soudain. Pourquoi trahissez-vous votre propre fils ?

Pendant un instant, elle resta sans rien dire, le dos bien droit dans l'ombre du Little Palace. Puis elle se tourna vers moi, et j'eus un mouvement de recul. J'avais l'impression de me tenir au bord de l'abîme, de contempler les ténèbres infinies, noires et béantes d'une vie trop longtemps vécue.

– Il y a bien longtemps de cela, commença-t-elle à voix basse. Avant d'avoir rêvé la Seconde Armée, avant d'avoir abandonné son nom pour devenir le Darkling, il était un garçon brillant et talentueux. Mais il avait mon ambition, ma fierté. Le moment voulu, j'aurais dû l'arrêter. (Elle eut un sourire, un sourire si triste et si douloureux que j'eus du mal à la regarder.) Vous pensez que je n'aime pas mon fils, mais vous vous trompez. Parce que je l'aime, je refuse que son âme soit damnée. (Elle regarda le Little Palace.) Je demanderai à une servante de se poster devant votre porte demain matin. Elle dira à vos potentiels visiteurs que vous êtes souffrante. J'essaierai de vous donner autant de temps que possible.

Je me mordis la lèvre.

– Ce soir. Postez votre servante devant ma porte ce soir. Il se peut que le… il se peut que le Darkling vienne.

Au lieu de se moquer de moi comme je m'y attendais, Baghra secoua la tête et dit doucement :

– Pauvre petite.

J'aurais eu moins de mal à supporter son mépris.

Je m'abîmai dans la contemplation du jardin plongé dans les ténèbres et je me demandai ce qui m'attendait. Étais-je réellement sur le point de m'enfuir ? Je ravalai mon sentiment de panique.

– Merci, Baghra. (Je déglutis.) Pour tout.

– Oui, oui. Partez maintenant. Dépêchez-vous et faites attention à vous.

Je lui tournai le dos et me mis à courir.

Grâce aux entraînements interminables de Botkin, je connaissais le terrain par cœur. Je lui étais reconnaissante de nous avoir fait transpirer sur ces étendues herbeuses et dans ces bois. Baghra projeta des rubans de ténèbres de part et d'autre de moi pour me camoufler à l'approche du Grand Palace. Marie et Nadia dansaient-elles toujours à l'intérieur ? Genya se demandait-elle où j'étais passée ? Je chassai ces pensées de mon esprit. Je craignais de trop réfléchir, de penser à tout ce que je laissais derrière moi.

Une troupe de théâtre chargeait ses costumes et ses décors dans un chariot. Le cocher, les rênes à la main, leur criait de se hâter. Un comédien s'assit à ses côtés, tandis que les autres s'agglutinaient dans une charrette tirée par un poney qui se mit en branle en faisant tinter une cloche. Je sautai dans le chariot, me faufilai entre les accessoires et me cachai sous un décor peint sur une toile de jute.

Je retins mon souffle tandis que nous cahotions sur les gravillons de l'allée et passions sous la porte. J'étais certaine que quelqu'un sonnerait bientôt l'alarme et qu'on me retrouverait. On me sortirait, toute honteuse de ce chariot. Mais personne ne nous arrêta, et nous roulâmes bientôt sur les pavés des ruelles d'Os Alta.

J'essayai de me rappeler le trajet effectué avec le Darkling plusieurs mois auparavant, mais j'étais si fatiguée et si impressionnée le jour de mon arrivée que ma mémoire était un ramassis flou et inutile de maisons et de rues brumeuses. Depuis ma cachette, je ne voyais presque rien, et je préférais ne pas risquer un coup d'œil dehors. Avec ma chance, quelqu'un passerait par là à ce moment précis et me verrait !

Mon seul espoir était de mettre autant de distance que possible entre le palais et moi avant qu'on se rende compte de ma disparition. J'ignorais combien de temps Baghra serait capable de me couvrir, et je regrettais que la charrette ne roule pas plus vite. Lorsque nous passâmes sur le pont et entrâmes dans la cité marchande, je lâchai un soupir de soulagement.

Des courants d'air froid s'infiltraient entre les planches du chariot, et je remerciai Baghra de m'avoir fourni cet épais manteau brun. J'étais fatiguée, mal installée, et surtout, j'avais peur car je fuyais l'homme le plus puissant de tout Ravka. Les Grishas, la Première Armée, peut-être même Mal et les traqueurs se lanceraient bientôt à ma poursuite. Quelles étaient mes chances de rallier le Shadow Fold par mes propres moyens ? Et si j'atteignais Ravka-Ouest, si je montais à bord du *Verloren*, qu'est-ce qui m'attendrait ? Je me retrouverais seule dans une région inconnue où je ne connaîtrais personne et dont je ne parlerais pas la langue. J'essuyai furieusement les larmes qui me montaient aux yeux. Si je commençais à pleurer, je ne pourrais pas m'arrêter.

Dans l'aube naissante, nous quittâmes les ruelles d'Os Alta pour rouler sur le large ruban caillouteux de la Vy. Bientôt, il fit jour. De temps à autre, je m'assoupissais, mais la peur et les crampes me maintinrent éveillée pendant la majeure partie du trajet. Lorsque le soleil fut haut dans le ciel et que je commençai à transpirer dans mon épais manteau, le chariot s'arrêta.

Je risquai un rapide coup d'œil à l'extérieur et aperçus l'arrière d'une taverne ou d'une auberge. J'étendis mes jambes. Mes pieds étaient comme morts. Je grimaçai lorsque mon sang afflua douloureusement dans mes orteils. J'attendis que le cocher et les autres membres de la troupe soient partis pour sortir de ma cachette.

Pensant que j'attirerais sans doute davantage l'attention si j'avais l'air de me cacher, je levai la tête bien haut et contournai rapidement le bâtiment pour me mêler aux gens et aux charrettes qui parcouraient la rue principale du village.

J'écoutai quelques conversations et compris que je me trouvais à Balakirev, un village situé à l'ouest d'Os Alta. J'avais eu de la chance ; j'étais partie dans la bonne direction.

Durant le trajet, j'avais compté l'argent que Baghra m'avait donné et fait quelques plans. Je savais que le cheval était le moyen de transport le plus rapide, mais je n'ignorais pas qu'une jeune femme suffisamment fortunée pour acheter ce genre de monture ne pouvait qu'attirer l'attention. Non, l'idéal aurait été de voler un cheval, mais, comme je n'avais aucune expérience en la matière, je décidai de poursuivre à pied pour commencer.

Avant de quitter le village, je m'arrêtai au marché pour acheter du fromage, du pain et de la viande séchée.

– Vous avez faim, on dirait, me dit le vieux marchand édenté en me regardant avec un peu trop d'attention fourrer mes achats dans ma besace.

– C'est pour mon frère, répondis-je. Il mange comme un cochon… J'arrive ! lançai-je en faisant semblant de m'adresser à quelqu'un dans la foule.

Puis je m'éloignai à grands pas. Avec un peu de chance, il se souviendrait d'une fille voyageant avec sa famille ou, mieux encore, il ne se souviendrait de rien du tout.

Je passai la nuit dans le grenier à foin d'une ferme laitière située en bordure de la Vy. On était loin du confort de mon lit, mais j'étais heureuse de pouvoir m'abriter et d'entendre les animaux autour de moi. Les meuglements et les bruissements des vaches m'aidèrent à me sentir moins seule quand je m'allongeai sur le côté en me servant de mon sac et de mon chapeau fourré comme d'un oreiller.

Et si Baghra se trompait ? Si elle mentait ? Peut-être s'était-elle simplement fourvoyée. Je pourrais peut-être retourner au Little Palace, dormir dans mon lit, reprendre mes cours avec Botkin et discuter avec Genya. C'était tellement tentant. Si j'y retournais, le Darkling me pardonnerait-il ?

Me pardonner ? Qu'est-ce que je racontais ? Ne voulait-il pas me mettre un collier autour du cou et faire de moi son esclave ? Je n'avais pas besoin de son pardon. Je me retournai sur ma couche de fortune, en colère contre moi-même.

Au fond de mon cœur, je savais que Baghra avait raison. Je me rappelai ce que j'avais dit à Mal : *Nous sommes tous à lui.* Je l'avais dit sur le coup de la colère, sans réfléchir, parce que je voulais le blesser. Sauf que j'avais assené une vérité, tout comme Baghra. Je savais que le Darkling était impitoyable et dangereux, mais je préférais ne pas y penser, obsédée que j'étais par ma supposée destinée, excitée à l'idée d'être celle qu'il avait toujours cherchée.

Tu voulais être à lui, dit une voix dans ma tête. *Avoue-le. Et tu le veux toujours un peu.*

Je repoussai cette pensée. Je m'efforçai de réfléchir à la suite de mon voyage, au chemin le plus sûr pour me rendre à l'Ouest. J'essayai de penser à tout sauf à ses yeux couleur d'orage.

Le jour et la nuit qui suivirent, je me mêlai aux voyageurs qui s'éloignaient d'Os Alta, ne quittant jamais la route principale. Comme je savais que Baghra ne pourrait pas me faire gagner plus de temps, je décidai ensuite de rester à l'écart des axes officiels et de marcher à travers champs et bois, empruntant pistes de chasseurs et chemins vicinaux. Je progressais très lentement. J'avais mal aux jambes et des ampoules aux orteils, mais je me forçai à continuer, fuyant vers l'ouest, suivant la trajectoire du soleil dans le ciel.

La nuit, j'enfonçais mon chapeau sur mes oreilles et, toute tremblotante, je me blottissais dans mon épais manteau en écoutant mon ventre gargouiller et en me représentant des cartes dans la tête, ces cartes sur lesquelles j'avais travaillé pendant si longtemps dans le confort de la tente des Atlas. Je visualisais mon parcours d'Os Alta à Balakirev, mes passages à proximité des petits villages de Chernitsyn, Kerskii et Polvost, et j'essayais de ne pas abandonner tout espoir. Il me restait une longue route à parcourir. Je croisais les doigts pour que ma chance ne m'abandonne pas.

– Tu es toujours en vie, me murmurai-je dans le noir. Tu es libre.

De temps à autre, je croisais des fermiers ou des voyageurs. Dans ces cas-là, j'enfilais mes mitaines et gardais mon couteau à portée de main, mais ces gens ne faisaient pas attention à moi. J'avais tout le temps faim. Comme j'avais toujours été une piètre chasseresse, je me contentai des provisions achetées à Balakirev et de l'eau des ruisseaux. Je volai aussi quelques œufs et pommes dans des fermes isolées.

Je n'avais aucune idée de ce que me réservait le futur ni de ce qui m'attendait au bout de ce voyage exténuant, mais je n'étais pas malheureuse. J'avais été solitaire toute ma vie sans m'être jamais vraiment retrouvée seule, et ce n'était pas aussi effrayant que je l'avais imaginé.

Cependant, quand, un matin, je croisai sur ma route une petite église aux murs passés à la chaux, je ne pus résister à la tentation d'y entrer pour assister à la messe. Une fois la cérémonie terminée, le prêtre demanda que l'on prie pour une femme dont le fils avait été blessé à la guerre, pour un bébé alité avec de la fièvre et pour la santé d'Alina Starkov. Je sursautai.

– Que les Saints protègent l'Invocatrice de lumière, psalmodia l'homme. Celle qui nous a été envoyée pour nous délivrer du Fold maléfique et réunifier notre pays.

Je déglutis difficilement et m'éclipsai. *Ils prient pour toi, maintenant*, me dis-je, lugubre. *Mais si le Darkling réussit à mettre son plan en œuvre, ils te haïront.* À raison, sans doute. N'étais-je pas en train d'abandonner Ravka et tous ces gens qui croyaient en moi ? Seul mon pouvoir pourrait venir à bout de la Non-Mer, et j'étais en train de m'enfuir.

Je secouai la tête. Je ne pouvais pas me permettre de penser à tout cela pour le moment. J'étais une traîtresse et une fugitive. Je m'inquiéterais de l'avenir du royaume une fois que je n'aurais plus le Darkling à mes trousses.

Je pressai le pas et suivis une piste qui s'enfonçait dans la forêt. Je gravis une colline, chassée par les tintements des cloches.

En esprit, je déroulai une carte de la région et en conclus que j'atteindrais bientôt Ryevost, ce qui signifiait que je devrais très vite prendre une décision quant à mon itinéraire. J'avais le choix entre suivre la rivière ou me diriger vers le massif de Petrazoi, qui dominait l'horizon nord-ouest. Longer la rivière serait beaucoup plus facile, mais impliquerait de traverser des zones densément peuplées. La route des montagnes serait plus directe, quoique beaucoup moins praticable.

Je débattis avec moi-même jusqu'au carrefour de Shura, où je choisis de passer par la montagne ; toutefois, je devrais m'arrêter à Ryevost avant de bifurquer vers les contreforts. C'était la plus grande des villes construites sur la rivière, et y passer serait risqué, mais je savais que je n'aurais aucune chance de traverser le massif de Petrazoi sans provisions, sans une tente et un duvet.

Après tous ces jours passés seule, le bruit et l'animation des rues et des canaux de Ryevost me firent un drôle d'effet. Je marchai tête basse, le chapeau vissé sur le front, certaine que j'étais de trouver des portraits de moi sur tous les lampadaires et vitrines de la ville. Cependant, plus je m'enfonçai dans l'agglomération, plus je me détendis. Peut-être la rumeur de ma disparition ne s'était-elle pas propagée aussi loin et aussi vite que ce que j'imaginais.

L'odeur de l'agneau rôti et du pain frais me mit l'eau à la bouche, et je compensai en mangeant une pomme tout en renouvelant mon stock de fromage et de viande séchée.

Tout en marchant, je nouais mon nouveau duvet à mon sac, me demandant comment j'allais transporter tout cela dans la montagne, quand je me retrouvai tout à coup nez à nez avec un groupe de soldats.

À la vue de leurs longs manteaux couleur olive et de leurs fusils, mon cœur s'emballa. J'eus envie de tourner les talons et de m'enfuir en courant, mais je me forçai à avancer comme si de rien n'était, tête basse. Lorsque je les eus dépassés, je risquai un coup d'œil par-dessus mon épaule. Ils n'avaient pas fait attention à moi. Ils ne semblaient même pas en alerte. Ils discutaient et plaisantaient ; l'un d'entre eux draguait une jeune femme occupée à étendre son linge.

Je m'engageai dans une rue transversale et attendis que mon rythme cardiaque ralentisse. Que se passait-il ? Je m'étais enfuie du Little Palace depuis plus d'une semaine. L'alerte devait avoir été sonnée. J'étais persuadée que le Darkling enverrait des messagers dans tous les régiments, dans chaque ville. La Première et la Seconde Armée auraient dû être à mes trousses.

En me dirigeant vers la sortie de Ryevost, j'aperçus un autre groupe de soldats. Certains étaient en service, d'autre non, mais aucun d'entre eux ne semblait à ma recherche. Je ne me l'expliquais pas. Je me demandai si je devais remercier Baghra pour cela. Peut-être était-elle parvenue à convaincre le Darkling que j'avais été enlevée ou assassinée par les Fjerdans. Ou bien pensait-il que j'étais déjà plus à l'ouest. Je décidai de ne pas tenter le diable et me hâtai de quitter la ville.

Cela me prit plus de temps que prévu, et je n'atteignis les faubourgs ouest de Ryevost qu'après la tombée de la nuit. Les ruelles étaient sombres et désertes, même si je croisai quelques tavernes peu engageantes et un ivrogne adossé à un mur qui chantonnait dans sa barbe. Alors que je passais devant une auberge bruyante, la porte s'ouvrit soudain, vomissant un homme de forte stature, ainsi qu'un flot de musique et de lumière.

L'homme agrippa mon manteau et m'attira contre lui.

– Salut, ma jolie ! Tu es venue pour me tenir chaud ?

Je me débattis pour me libérer.

– Tu es forte pour une toute petite chose.

Son haleine empestait la bière.

– Lâchez-moi, lui demandai-je à voix basse.

– Ne sois pas comme ça, *lapushka*, ronronna-t-il. On va s'amuser un peu, toi et moi.

– Je vous ai dit de me lâcher ! insistai-je en le repoussant d'une main sur le torse.

– Pas tout de suite, gloussa-t-il en m'entraînant dans une allée sombre. Je vais d'abord te montrer quelque chose.

Je tordis mon poignet et sentis le contact rassurant d'un miroir se glissant entre mes doigts. Je tendis subitement le bras et lui envoyai un bref rai de lumière solaire dans le visage.

Il grogna et me lâcha pour se protéger les yeux. Je fis ce que Botkin m'avait appris : je lui écrasai violemment le pied et lui crochetai la jambe. Il tomba à la renverse, heurtant le sol avec un bruit mat.

À ce moment, la porte de service de la taverne s'ouvrit. Un soldat en uniforme émergea, une bouteille de *kvas* à la main, une femme en petite tenue dans les bras. Horrifiée, je remarquai qu'il portait l'uniforme anthracite des gardes du Darkling. Il posa un regard embrumé sur la scène, avisant l'homme étendu au sol et moi, au-dessus de lui.

– Qu'est-ce qui se passe ici ? articula-t-il avec difficulté.

– Je suis aveugle ! geignit mon agresseur. Elle m'a aveuglé !

L'*oprichnik* fixa ma victime, puis se tourna lentement vers moi. Il plongea son regard dans le mien, et son visage s'éclaira. La chance avait tourné. L'armée ne me cherchait peut-être pas, mais les gardes du Darkling si.

– Vous… murmura-t-il.

Je pris mes jambes à mon cou.

Le cœur battant à tout rompre, je tournai au hasard dans une allée et je disparus dans un labyrinthe de ruelles. Dès que les derniers bâtiments décrépis de Ryevost furent derrière moi, je quittai la route et me précipitai dans un sous-bois. Je m'enfonçai dans la forêt, les branches me fouettant les joues et le front.

Derrière moi résonnait le bruit de la poursuite : des cris, des bruits de pas lourds dans les bois. Alors que j'étais tentée de courir sans réfléchir, je me forçai à m'arrêter pour écouter.

Ils étaient à l'est, cherchant près de la route. J'ignorais combien ils pouvaient être.

Une fois mon souffle revenu, je réalisai que j'entendais couler de l'eau. Il devait y avoir un ruisseau tout près, il devait se jeter dans la rivière. Si je parvenais à atteindre celle-ci, je laisserais beaucoup moins d'empreintes, et ils auraient du mal à me retrouver dans les ténèbres.

Je me dirigeai vers le ruisseau, m'arrêtant de temps à autre pour corriger ma trajectoire. Je gravis une colline si abrupte que je dus presque ramper, m'agrippant aux branches et aux racines exposées pour progresser.

– Par là ! beugla une voix en contrebas.

Je me retournai et vis des lumières traverser la forêt et se diriger vers le pied de la colline. Je continuai d'avancer à quatre pattes, mais la terre se dérobait sous mes mains, et mes poumons me brûlaient. Arrivée au sommet, je passai de l'autre côté et regardai en bas. Je repris espoir en voyant le clair de lune se refléter dans l'eau.

Je me laissai glisser sur la pente abrupte, me penchant en arrière pour ne pas perdre l'équilibre, avançant aussi vite que possible. J'entendis des cris, et lorsque j'osai un regard en arrière, j'aperçus les silhouettes de mes poursuivants qui se découpaient sur la toile de fond du ciel nocturne. Ils avaient atteint le sommet.

Prise de panique, je me mis à courir, provoquant des avalanches de petits cailloux. La descente était trop raide, je tombai en avant, heurtai lourdement le sol en m'éraflant les mains et, incapable de stopper mon élan, je dévalai la colline en roulant et me retrouvai bientôt dans l'eau glacée.

Pendant un instant, je crus que mon cœur avait cessé de battre. Le froid était comme une main glacée qui comprimait mon corps tandis que je tournoyais dans l'eau. Émergeant enfin à la surface, je pus reprendre mon souffle, inspirant un air précieux avant que le courant m'emporte et m'entraîne dans les profondeurs de la rivière. Je n'avais pas la moindre idée de la distance que j'avais parcourue. Je ne pensais qu'à respirer et à mes membres de plus en plus engourdis par le froid.

Soudain, alors que je croyais que ma dernière heure était venue, le courant me recracha dans un plan d'eau silencieux. J'attrapai un rocher et me hissai sur la rive, me relevant tant bien que mal. Mes bottes glissaient sur les pierres lisses, tandis que je croulais sous le poids de mon manteau détrempé.

Sans trop savoir comment, je retournai dans la forêt, où je me cachai sous un épais taillis avant de m'écrouler par terre en vomissant, toute tremblante.

Ce fut de loin la pire nuit de mon existence. Mon manteau était complètement glacé et imbibé d'eau et mes pieds comme morts dans mes bottes. Le moindre bruit me faisait sursauter. J'avais perdu mon chapeau fourré, mes provisions et mon duvet dans la rivière, aussi pouvait-on dire que ma désastreuse excursion à Ryevost n'avait servi à rien. Ma bourse avait disparu elle aussi. Heureusement, mon couteau était toujours dans son étui, accroché à ma hanche.

Peu de temps avant l'aube, je décidai d'invoquer un peu de lumière pour sécher mes bottes et me réchauffer les mains. Je m'assoupis et rêvai de Baghra. La vieille femme me mettait mon propre couteau sous la gorge et éclatait d'un rire sec dans mes oreilles.

Je fus réveillée par les battements de mon cœur et par des bruits tout proches. Je m'étais endormie contre un arbre, bien cachée, espérais-je, derrière un taillis. De là où j'étais assise, je ne voyais personne, mais j'entendais des voix. Figée de peur et ne sachant que faire, j'attendis. Le moindre mouvement risquait de trahir ma présence, mais si je restais cachée ici, ils finiraient bien par me retrouver.

Les bruits se rapprochèrent, et mon rythme cardiaque s'accéléra. À travers les feuilles, je distinguai un soldat trapu et barbu. Il tenait un fusil, mais je savais qu'aucun d'eux ne me tuerait ; j'étais bien trop précieuse. J'étais prête à mourir, et cela me conférait un avantage sur eux.

Ils ne m'auront pas. Cette pensée me vint avec force et clarté. *Je ne remettrai pas les pieds là-bas*.

D'un mouvement de mon poignet gauche, je fis glisser un miroir dans ma main. Je dégainai mon couteau de ma main droite, sentant le poids rassurant de l'acier grisha. Sans faire de bruit, je m'accroupis et me mis à guetter. J'étais effrayée, mais aussi excitée, ce qui m'étonna un peu.

À travers les feuilles, je regardai le soldat décrire des cercles autour du taillis et se rapprocher de plus en plus, jusqu'à n'être plus qu'à quelques petits mètres de moi. Je vis une goutte de sueur lui dégouliner dans le cou, le soleil du matin se refléter sur le canon de son arme et, pendant un bref moment, je crus qu'il m'avait repérée. Quelqu'un appela au loin.

– *Nichyevo !* Il n'y a rien, répondit le soldat.

À ma grande stupéfaction, il tourna les talons et s'éloigna.

J'écoutai les voix de plus en plus faibles, les bruits de pas de plus en plus distants. La chance avait-elle de nouveau tourné ? Avaient-ils pris les empreintes d'un animal ou d'un autre voyageur pour les miennes ? Ou bien était-ce un piège ? J'attendis, toute tremblante, jusqu'à ne plus entendre que le calme relatif de la forêt, les cris des oiseaux, les bruissements du vent dans les feuilles.

Je finis par ranger le miroir dans ma mitaine et par prendre une longue inspiration saccadée. Je rengainai mon couteau et me relevai lentement. Je me baissai pour ramasser mon manteau, roulé en boule par terre, et me figeai en entendant clairement des bruits de pas discrets dans mon dos.

Je pivotai sur mes talons, le cœur battant la chamade, et distinguai une silhouette partiellement dissimulée par les branches, à quelques mètres de moi. Le soldat barbu avait tellement monopolisé mon attention que je ne m'étais pas rendu compte qu'il y avait quelqu'un derrière moi. J'agrippai aussitôt le manche de mon couteau et brandis un miroir tandis que l'ombre émergeait de derrière les arbres. Je le regardai avec des yeux ronds, certaine d'avoir une hallucination.

Mal.

J'ouvris la bouche pour parler, mais il posa un doigt sur ses lèvres sans me lâcher des yeux. Il se figea quelques instants pour écouter, puis me fit signe de le suivre en s'enfonçant dans les bois. J'attrapai mon manteau et lui emboîtai le pas, faisant de mon mieux pour ne pas me faire distancer, ce qui n'était pas facile. Il se déplaçait en silence, glissant comme l'air entre les branches, comme s'il distinguait des pistes invisibles pour le commun des mortels.

Nous retournâmes à la rivière et, à la faveur d'un méandre peu profond, nous la traversâmes. Je grimaçai lorsque l'eau glaciale entra dans mes bottes. Lorsque nous fûmes sur l'autre rive, Mal décrivit un cercle, retraversant le cours d'eau deux fois pour brouiller les pistes.

J'avais mille questions à poser, et les pensées se bousculaient dans mon esprit. Comment Mal m'avait-il trouvée ? Était-il parti à ma recherche avec les autres soldats ? Comment interpréter le fait qu'il me soit venu en aide ? J'avais envie de le toucher pour m'assurer de sa présence. Je voulais le prendre dans mes bras pour le remercier. Je voulais lui donner un coup de poing dans l'œil à cause des choses qu'il m'avait dites l'autre soir, au Little Palace.

Nous marchâmes pendant des heures sans prononcer le moindre mot. De temps à autre, il me faisait signe de m'arrêter, puis disparaissait dans les sous-bois pour effacer nos empreintes. Dans l'après-midi, nous nous retrouvâmes à gravir un chemin rocailleux. Je ne savais pas où le cours d'eau m'avait recrachée, mais j'étais à peu près certaine que Mal m'emmenait dans le massif de Petrazoi.

Chaque pas était une souffrance. Mes bottes étaient toujours humides, et de nouvelles ampoules étaient apparues sur mes orteils et mes talons. J'avais la migraine à cause de la terrible nuit passée dans la forêt, je me sentais toute faible à cause du manque de nourriture, mais je refusais de me plaindre. Je gardai le silence tandis que nous abandonnions le chemin et nous enfoncions dans la montagne. Mes jambes tremblaient d'épuisement et ma gorge brûlait de soif. Lorsque Mal finit par s'arrêter, nous étions au milieu de la montagne, dissimulés derrière un gros affleurement rocheux et quelques pins faméliques.

– Ici, dit-il en posant son sac.

D'un pas assuré, il dévala la pente pour, j'en étais certaine, tenter de masquer les traces de mon ascension maladroite sur les rochers.

Reconnaissante, je m'affaissai par terre et fermai les yeux. Mes pieds me faisaient atrocement souffrir, mais je ne voulais pas retirer mes bottes de peur de n'être plus capable de les enfiler. Ma tête tombait sous son propre poids, mais je ne pouvais pas me permettre de m'endormir. Pas encore. J'avais mille questions à poser, mais elles pourraient bien attendre le lendemain matin. Sauf une.

La nuit était en train de tomber lorsque Mal réapparut, ombre silencieuse dans la montagne. Il s'assit en face de moi et sortit un bidon de son sac. Il but une gorgée d'eau, s'essuya la bouche du dos de la main et me le tendit. Je bus goulûment.

– Doucement, me dit-il. Il en faut aussi pour demain.

– Désolée, m'excusai-je.

– On ne peut pas prendre le risque d'allumer un feu ce soir, reprit-il en scrutant le crépuscule.

Je hochai la tête. Mon manteau avait séché pendant notre ascension, même si les manches étaient encore un peu humides. J'avais mal partout, je me sentais sale, j'avais froid, mais surtout, j'avais peine à croire au miracle assis en face de moi. Les explications attendraient mais une question me brûlait les lèvres.

– Mal… commençai-je, attendant qu'il me regarde pour poursuivre. Tu as trouvé le troupeau ? Tu as capturé le cerf de Morozova ?

– Pourquoi est-ce si important ? demanda-t-il en se donnant une tape sur le genou.

– C'est une longue histoire. J'ai besoin de savoir... Est-ce qu'il a le cerf ?

– Non.

– Mais il l'aura bientôt, n'est-ce pas ?

Il hocha la tête.

– Mais...

– Mais quoi ?

Mal hésita. Dans le peu de lumière qui subsistait, je vis le fantôme familier d'un sourire satisfait danser sur ses lèvres.

– Je ne crois pas qu'ils le trouveront sans moi.

– Tu es si fort que ça ? demandai-je en haussant les sourcils.

– Non, répondit-il avec sérieux. Enfin, peut-être. Ne te méprends pas, ce sont de bons traqueurs, les meilleurs de la Première Armée, mais... Traquer ces animaux nécessite un certain talent. Ce ne sont pas des bêtes ordinaires.

Et tu n'es pas un traqueur ordinaire, me dis-je. Je l'observai, repensant à ce que le Darkling m'avait dit à propos de la difficulté qu'il y avait à comprendre ses propres dons. Mal était-il simplement chanceux et bien entraîné ? Il n'avait certes jamais manqué de confiance en lui, mais je ne le croyais pas vaniteux.

– J'espère que tu as raison, murmurai-je.

– À toi de répondre à ma question, maintenant, reprit-il d'une voix dure. Pourquoi t'es-tu enfuie ?

Mal ne savait donc pas pourquoi j'avais fui le Little Palace ni pourquoi le Darkling était à mes trousses. La dernière fois que nous nous étions vus, je lui avais plus ou moins dit que je ne voulais plus le voir, et pourtant, il avait tout abandonné pour me venir en aide. Il méritait une explication, mais je ne savais pas par où commencer. Je lâchai un soupir et me passai une main sur le visage. Dans quoi nous avais-je fourrés ?

– Si je te disais que j'essaie de sauver le monde, tu me croirais ?

Il posa sur moi un regard inflexible.

– Ce n'est donc pas une simple querelle d'amoureux ?

– Non ! m'exclamai-je, choquée. Ce n'est pas… Nous ne sommes pas… (À court de mots, j'éclatai de rire.) J'aurais préféré que ce soit aussi simple.

Mal garda le silence pendant un long moment. Puis, comme s'il avait pris une décision, il lança :

– D'accord. (Il se leva, s'étira et rejeta son fusil sur son épaule. Puis il sortit une épaisse couverture en laine de son sac et me la donna.) Repose-toi. Je prends le premier tour de garde.

Il me tourna le dos et fit face à la lune déjà haute au-dessus de la vallée.

Je m'allongeai sur le sol dur et serrai fort la couverture autour de moi pour me réchauffer. Malgré le manque de confort, mon état d'épuisement était tel que je menaçais de sombrer d'une seconde à l'autre. Mes paupières se fermaient toutes seules.

– Mal… murmurai-je dans la nuit.

– Oui ?

– Merci de m'avoir retrouvée.

Peut-être rêvais-je déjà, mais, quelque part dans les ténèbres, je l'entendis chuchoter :

– Je te retrouverai toujours.

Je laissai le sommeil m'emporter.

17

Mal prit les deux tours de garde et me laissa dormir toute la nuit. Le matin venu, il me donna un délicieux morceau de viande séchée ; je n'avais jamais rien mangé d'aussi bon, me sembla-t-il.

– Parle, me dit-il simplement.

Comme je ne savais pas par où commencer, je me débarrassai d'abord du pire.

– Le Darkling veut utiliser le Fold comme une arme.

Mal ne cligna même pas des yeux.

– Comment ?

– Il va l'étendre, recouvrir tout Ravka, Fjerda et tous les pays qui lui résisteront. Sauf qu'il ne peut pas y arriver sans moi. Mon pouvoir lui permettra de contenir les volcras. Qu'est-ce que tu sais du cerf de Morozova ?

– Pas grand-chose. Juste qu'il est précieux. Et qu'il t'était destiné. (Il embrassa la vallée du regard.) Nous étions censés localiser le troupeau et capturer le cerf sans lui faire de mal.

Je hochai la tête et tentai de lui expliquer ce que je savais des amplificateurs, comment Ivan avait tué l'ours de Sherborn, comment Marie avait tué le phoque blanc.

– Un Grisha doit mériter son amplificateur, terminai-je. C'est aussi vrai du cerf, mais il ne m'a jamais été destiné.

– Marchons, me coupa-t-il brusquement. Tu me raconteras la suite en chemin. Je veux qu'on s'enfonce davantage dans la montagne.

Il fourra la couverture dans son sac et s'efforça d'effacer toute trace de notre campement. Puis nous nous engageâmes sur une piste raide et rocailleuse. Son arc était attaché à son sac, mais son fusil était chargé et prêt à tirer.

Mes pieds protestaient à chaque pas, mais je fis de mon mieux pour suivre la cadence tout en racontant le reste de l'histoire. Je lui répétai tout ce que Baghra m'avait dit sur les origines du Fold, sur le collier que le Darkling avait l'intention de me faire fabriquer afin de pouvoir utiliser mes talents, et enfin sur le navire qui m'attendait à Os Kervo.

Lorsque j'eus terminé, Mal dit :

– Tu n'aurais pas dû écouter Baghra.

– Pourquoi dis-tu ça ?

Il se retourna brusquement, et je faillis lui rentrer dedans.

– Que crois-tu qu'il arrivera si jamais tu atteins le Fold ? Si tu montes à bord de ce bateau ? Tu crois peut-être que son pouvoir s'arrête au bord de la Vraie-Mer ?

– Non, mais…

– Ce n'est qu'une question de temps, mais il finira par te retrouver et par te mettre ce collier autour du cou.

Il tourna les talons et se remit en marche, me laissant sur place, stupéfaite. Je forçai mes jambes à bouger et me hâtai de le rattraper.

Peut-être le plan de Baghra était-il un peu faible, mais qu'aurions-nous pu faire d'autre ? Je me rappelai l'étau de sa main, son regard enfiévré et affolé. Elle ne s'imaginait pas que le Darkling trouverait vraiment le troupeau de Morozova. Le soir de la fête des Neiges, elle avait voulu m'aider, malgré l'état de panique dans lequel elle se trouvait. Si elle avait été aussi impitoyable que son fils, elle aurait pu tout simplement me trancher la gorge. *Ce qui aurait été beaucoup mieux pour tout le monde*, me dis-je, lugubre.

Nous marchâmes en silence pendant un long moment et gravîmes le massif en décrivant de longs zigzags. Par endroits, la piste était si étroite que je devais m'accrocher au flanc de la montagne et faire des pas minuscules en assurant mon équilibre et en suppliant les Saints d'être cléments. Vers midi, nous passâmes un premier col et nous engageâmes sur une pente encore plus abrupte que la première.

Je regardais fixement la piste devant moi, posant un pied devant l'autre et luttant contre le désespoir qui m'envahissait. Plus j'y pensais, plus je me disais que Mal avait raison. Je craignais fort de nous avoir condamnés tous les deux. Le Darkling me voulait vivante, mais quel sort réserverait-il à Mal ? J'étais tellement obsédée par mes peurs et par mon avenir que je n'avais pas pensé à Mal, à ce qu'il avait fait pour moi, à tout ce qu'il avait sacrifié. Il ne retournerait jamais dans l'armée ni auprès de ses amis, il ne serait jamais décoré. Pis : il était coupable de désertion, voire de trahison, et risquait la mort.

Au terme de cette journée, nous étions montés si haut qu'il n'y avait presque plus d'arbres. Par endroits, le sol était couvert de givre. Nous avalâmes un maigre repas à base de fromage dur et de bœuf séché filandreux. Mal estima qu'il était toujours trop dangereux d'allumer un feu, aussi nous contentâmes-nous de nous blottir sous sa couverture sans rien dire, tremblant dans le vent qui hurlait, nos épaules se touchant à peine.

Je m'étais presque endormie quand Mal dit soudain :

– Demain, on bifurque vers le nord.

– Le nord ? répétai-je en écarquillant les yeux.

– Oui, vers la Tsibeya.

– Tu veux partir à la recherche du cerf ? lâchai-je, incrédule.

– Je sais que je peux le trouver.

– Si le Darkling ne lui a pas déjà mis la main dessus !

– Non, rétorqua-t-il. (Je le sentis secouer la tête.) Le cerf est libre, je le sens.

Ces paroles me rappelèrent étrangement ce que le Darkling m'avait dit sur le chemin de la cabane de Baghra. *Le cerf a été créé pour vous, Alina, je le sens.*

– Et si le Darkling le retrouve avant nous ?

– Tu ne peux pas passer ta vie à fuir, Alina. Tu m'as dit que le cerf pouvait te rendre très puissante. Assez puissante pour le combattre ?

– Peut-être.

– Dans ce cas, nous devons essayer.

– S'il nous attrape, il te tuera.

– Je sais.

– Par tous les Saints, Mal, pourquoi es-tu parti à ma recherche ? Qu'est-ce que tu avais dans la tête ?

Il soupira et passa une main dans ses cheveux courts.

– Je n'ai pas réfléchi. Nous étions à mi-chemin de la Tsibeya quand on nous a demandé de faire demi-tour et de partir à ta recherche. C'est ce que j'ai fait. Le plus difficile, ça a été de lancer les autres sur une fausse piste. Surtout après ton coup d'éclat à Ryevost.

– Et maintenant, tu es un déserteur.

– Oui.

– À cause de moi.

– Oui.

Ma gorge me faisait mal à cause de toutes les larmes que je contenais, mais je réussis à poursuivre d'une voix à peine chevrotante :

– Je ne voulais pas que tout cela arrive.

– Je n'ai pas peur de mourir, Alina, dit-il de cette voix froide qui m'était si étrangère. En revanche, je refuse de partir sans nous donner une chance de nous battre. Nous devons traquer ce cerf.

Je réfléchis longuement.

– D'accord, finis-je par chuchoter.

Mal me répondit d'un ronflement. Il dormait déjà.

Pendant les quelques jours qui suivirent, Mal nous imposa un rythme infernal, mais j'étais trop fière, et peut-être trop effrayée, pour lui demander de ralentir. Hormis un chamois qui dévalait de temps à autre la montagne au-dessus de nous et la nuit que nous passâmes au bord d'un lac bleu vif, la majeure partie du voyage fut grise et monotone. Le gris du ciel et celui des rochers.

Le silence sinistre de Mal n'arrangeait rien. J'avais envie de savoir comment il s'était retrouvé à traquer le cerf pour le compte du Darkling, à quoi avait ressemblé sa vie ces cinq derniers mois. Malheureusement, il ne répondait à mes questions que par monosyllabes et n'hésitait pas à faire comme s'il ne m'avait pas entendue. Quand j'étais épuisée et affamée, je fixais son dos d'un regard noir en me retenant de lui donner un coup sur la tête pour attirer son attention. La plupart du temps, cependant, je me contentais de m'inquiéter. Je craignais qu'il ne soit impossible de trouver le cerf dans l'immensité de la Tsibeya. Et puis, j'avais peur de ce que le Darkling ferait subir à Mal s'il nous capturait.

Quand nous entamâmes enfin notre descente au nord-ouest du massif de Petrazoi, je fus très heureuse de laisser derrière moi les roches grises et nues et les vents glaciaux. Mon moral s'améliora encore lorsque nous nous enfonçâmes dans une forêt accueillante. Après des jours passés à arpenter de la rocaille, c'était très agréable de marcher sur un tapis d'épines de sapin, d'écouter les bruissements des animaux dans les broussailles et de respirer un air chargé de sève.

Nous campâmes au bord d'un torrent, et quand Mal commença à ramasser du bois pour allumer un feu, je me mis presque à chanter de joie. J'invoquai un fin faisceau de lumière concentrée pour allumer le feu, mais Mal ne parut pas spécialement impressionné. Il disparut dans les bois et revint avec un lapin que nous vidâmes avant de le faire rôtir. Stupéfait, Mal me regarda engloutir ma portion en un rien de temps et lâcher un soupir d'insatisfaction. J'avais encore faim.

– Dans le temps, tu étais beaucoup plus facile à nourrir, râla-t-il. Tu n'avais pas cet appétit d'ogresse.

Il termina sa viande et s'allongea par terre, se servant de son bras comme d'un oreiller.

Je décidai de ne pas répliquer. J'avais chaud pour la première fois depuis que j'avais quitté le Little Palace, et rien n'aurait pu me gâcher ce plaisir. Pas même les ronflements de Mal.

Nous avions besoin de faire des provisions avant de nous aventurer en Tsibeya, mais il nous fallut un jour et demi de marche supplémentaire pour enfin croiser une piste de chasseurs qui menait à un des villages implanté au nord-ouest du massif. Plus nous nous approchions de la civilisation, plus Mal était nerveux. Il disparaissait pendant de longues minutes, partant en éclaireur loin devant, nous guidant pour rester parallèles à la route qui conduisait au village. En début d'après-midi, il réapparut, vêtu d'un vilain manteau et d'un chapeau en fourrure d'écureuil.

– Où as-tu trouvé ça ?

– Je les ai volés dans une maison dont la porte n'était pas verrouillée, avoua-t-il, coupable. Mais j'ai laissé quelques pièces. C'est bizarre, les maisons sont toutes vides, et je n'ai croisé personne sur la route.

– On est peut-être dimanche. (J'avais perdu le compte des jours écoulés depuis mon départ du Little Palace.) Ils sont peut-être tous à l'église.

– Peut-être, concéda-t-il, peu convaincu.

Il enterra son manteau de l'armée et son chapeau au pied d'un arbre.

Nous étions à environ sept cents mètres du village lorsque nous entendîmes des tambours, bruit qui s'intensifia à mesure que nous nous rapprochions de la route. Bientôt résonnèrent aussi des cloches et des violons, des applaudissements et des cris de joie. Mal monta dans un arbre pour mieux voir. Lorsqu'il en descendit, il semblait plus détendu.

– Il y a des gens partout. Ils doivent être des centaines sur la route, et j'ai vu le chariot du *dom*.

– C'est la semaine du beurre ! m'exclamai-je.

La semaine précédant le début du carême, les nobles étaient supposés se balader parmi leurs gens à bord d'un chariot plein de sucreries, de fromages et de miches de pain. Le cortège partait de l'église du village et se dirigeait vers la maison du seigneur, où de grandes salles étaient ouvertes aux serfs et aux paysans, à qui on servait du thé et des blinis. Les filles du village portaient des *sarafan* rouges et se mettaient des fleurs dans les cheveux pour célébrer l'arrivée du printemps.

La semaine du beurre était la plus belle période de l'année à l'orphelinat, car on écourtait les journées de classe pour aider au ménage et en cuisine. Le duc Keramsov se débrouillait toujours pour rentrer d'Os Alta à ce moment-là. Nous montions à bord du chariot et roulions d'une ferme à l'autre, où le duc buvait un peu de *kvas* et distribuait gâteaux et bonbons. Assis à côté de lui, saluant les paysans qui nous regardaient passer, nous avions presque l'impression d'être nobles nous-mêmes.

– On peut aller voir ? demandai-je, enthousiaste.

Mal fronça les sourcils. Il semblait hésiter entre la prudence et l'envie de retrouver de bons souvenirs d'enfance. Un petit sourire lui éclaira enfin le visage.

– D'accord. On devrait pouvoir se fondre dans la foule.

Nous nous joignîmes à la parade, nous faufilant entre les violonistes, les tambours et les petites filles déroulant des rubans colorés noués à des branches. Comme nous défilions dans la rue principale du village, les commerçants sortaient devant leurs boutiques, sonnant des cloches et applaudissant. Mal s'arrêta pour acheter des fourrures et des provisions, mais lorsque je le vis ranger un morceau de fromage séché dans son sac, je mimai un haut-le-cœur. Ce fromage, je ne pouvais plus le voir en peinture.

Sans laisser à Mal le temps de m'en dissuader, je m'enfonçai dans la foule, zigzaguant entre les gens qui suivaient le chariot du *dom*. Un homme aux joues rouges et à la main boudinée serrant une bouteille de *kvas* s'y balançait en rythme en chantant et en lançant du pain aux paysans qui l'entouraient. Je tendis le bras et attrapai un morceau de brioche.

– C'est pour vous, jeune fille ! cria l'homme en manquant de basculer vers l'avant.

L'odeur de la pâte cuite était délicieuse et je le remerciai avant de retourner sur mes pas, fière de moi.

Mal m'attrapa par le bras et m'entraîna dans une allée boueuse entre deux maisons.

– Qu'est-ce qui te prend ?

– Personne ne m'a vue. Pour lui, j'étais juste une paysanne parmi d'autres.

– On ne peut pas prendre ce genre de risque.

– Tu n'en veux pas un morceau, alors ?

Il hésita.

– Je n'ai pas dit ça.

– J'allais t'en donner un bout, mais puisque tu n'en veux pas, je vais devoir tout manger.

Mal voulut me prendre la brioche des mains, mais je l'esquivai, plongeant à gauche puis à droite pour protéger mon bien. Mon agilité l'étonna beaucoup, ce qui me fit plaisir. Je n'étais plus la fille maigrichonne et maladroite qu'il avait connue.

– Tu n'es qu'une garce ! lança-t-il en tentant de nouveau sa chance.

– Oui, mais une garce avec une belle brioche sucrée.

J'ignore qui de nous deux l'entendit le premier, mais nous nous redressâmes de concert, conscients d'être observés. Deux hommes étaient apparus derrière nous dans l'étroite allée. Sans laisser à Mal le temps de réagir, l'un d'entre eux dégaina un couteau à la lame crasseuse et le lui mit sous la gorge, tandis que l'autre m'attrapait et me plaquait une main sale sur la bouche.

– Silence ! menaça l'homme au couteau. Ou je vous tranche la gorge à tous les deux.

Il avait les cheveux gras et un visage très long, presque comique.

J'avisai la lame sur la gorge de Mal et hochai lentement la tête. L'autre homme ôta sa main de ma bouche, mais ne me lâcha pas le bras.

– Votre argent ! exigea celui qui je baptisai le Long.

– Vous nous détroussez ? m'étonnai-je.

– Exactement, confirma son complice.

J'étais tellement soulagée et surprise que nous n'ayons pas été capturés que je laissai échapper un gloussement.

Les voleurs et Mal me regardèrent comme si j'étais folle.

– Elle est un peu simplette, non ? demanda le voleur qui m'agrippait toujours le bras.

– Oui, confirma Mal en me lançant un regard noir pour me faire taire. Un peu.

– Votre argent, répéta le Long. Tout de suite.

Avec circonspection, Mal sortit sa bourse de son manteau et la tendit à l'homme, qui grogna et la soupesa en fronçant les sourcils.

– C'est tout ? Qu'est-ce qu'il y a dans ton sac ?

– Pas grand-chose. Des fourrures et de la nourriture, répondit Mal.

– Montre-moi.

Mal fit glisser son sac de ses épaules et l'ouvrit pour laisser les voleurs regarder dedans. Son fusil, enveloppé dans une couverture en laine, était clairement visible sur le dessus.

– Ah ! s'exclama le Long. C'est un beau fusil, ça, hein, Lev ?

Sans desserrer l'étau de sa main autour de mon poignet, l'autre type sortit le fusil du sac.

– Très beau. Et on dirait que c'est un sac de l'armée.

Mon cœur fit un bond.

– Et alors ? demanda le Long.

– Alors Rikov dit qu'un soldat de l'avant-poste de Chernast a disparu. On raconte qu'il est parti vers le sud et qu'on ne l'a jamais revu. Si ça se trouve, on vient de choper un déserteur.

Le Long étudia Mal avec intérêt ; il pensait déjà à la récompense qu'il pourrait obtenir. S'il savait…

– Qu'est-ce que t'en dis, mon gars ? Tu serais pas en cavale par hasard ?

– Le sac appartient à mon frère, répondit tranquillement Mal.

– Peut-être. Mais peut-être aussi qu'on le montrera au capitaine de Chernast. Et qu'on te montrera toi aussi.

– Pas de problème, rétorqua Mal en haussant les épaules. Je serais heureux de lui expliquer que vous avez voulu nous voler.

Cette idée sembla déplaire au dénommé Lev.

– Prenons l'argent et tirons-nous.

– Nan, protesta le Long sans lâcher Mal de ses yeux plissés. Soit c'est un déserteur, soit il a piqué ce sac à un fantassin. Dans tous les cas, le capitaine nous versera une bonne récompense.

– Et elle ? demanda Lev en me secouant de nouveau.

– S'ils voyagent ensemble, c'est qu'elle vaut pas mieux que lui. Peut-être qu'elle est en fuite, elle aussi. Sinon, eh bien, on s'amusera un peu avec elle. Pas vrai, ma belle ?

– Ne la touchez pas ! cracha Mal en faisant un pas en avant.

Le Long réagit aussitôt en abattant le manche de son couteau sur le crâne de Mal, qui tituba et mit un genou à terre, du sang coulant de sa tempe.

– Non ! criai-je.

L'homme qui me tenait me lâcha le bras pour me plaquer la main sur la bouche. C'était tout ce dont j'avais besoin. D'un mouvement de poignet, je fis jaillir un miroir entre mes doigts.

Le Long se rapprocha de Mal, le couteau à la main.

– M'est avis que le capitaine paiera, qu'on le lui ramène mort ou vif.

Je tendis le bras, orientai le miroir et envoyai un puissant faisceau de lumière dans les yeux de l'homme. Celui-ci se figea et se protégea le visage de ses mains. Mal saisit sa chance. Il se releva et bondit sur le Long, le plaquant durement contre le mur.

Lev me lâcha pour brandir le fusil, mais je l'aveuglai aussi.

– Qu'est-ce que… ? grogna-t-il en plissant les yeux.

Sans lui laisser le temps de s'en remettre, je lui infligeai un coup de genou dans l'entrejambe. Comme il se pliait en deux, je lui attrapai la tête à deux mains et lui donnai un coup de genou au visage. Il y eut un craquement écœurant, et l'homme s'écroula en se tenant le nez. Un flot de sang s'écoulait entre ses doigts.

– J’ai réussi ! m’exclamai-je.

Si seulement Botkin pouvait me voir !

– Dépêche-toi ! m’appela Mal, mettant un terme à mon triomphe.

Je me retournai et vis le Long étendu, sans connaissance, sur le sol.

Mal ramassa son sac et courut vers l’extrémité de l’allée, loin de la parade et du tumulte. Lev gémissait, mais il n’avait pas lâché le fusil. Je lui donnai un bon coup de pied dans le ventre et me hâtai de rejoindre Mal.

Nous passâmes devant des boutiques et des maisons vides, retrouvâmes la route principale boueuse, puis nous enfonçâmes dans les bois, cherchant refuge parmi les arbres. Mal avançait à un rythme infernal. Nous traversâmes un ruisseau, escaladâmes une crête, continuant à ce rythme sur ce qui me sembla des kilomètres et des kilomètres. Pour ma part, je ne pensais pas que les voleurs étaient en état de nous poursuivre, mais j’étais trop essoufflée pour exposer mon point de vue. Mal ralentit enfin, puis s’arrêta pour reprendre son souffle, les mains sur les genoux. Sa respiration était rauque et saccadée.

Je m’effondrai par terre, le cœur battant fort contre mes côtes, et je m’allongeai. Je restai là sans bouger tandis que mon sang ronflait dans mes oreilles, absorbant les rayons de soleil qui transperçaient la canopée, haletante. Lorsque je me sentis capable de parler, je me redressai sur les coudes et demandai :

– Ça va ?

Mal effleura sa tempe et grimaça. Au moins ne saignait-il plus.

– Ça va.

– Tu crois qu’ils vont parler ?

– Bien sûr. Ils vont essayer de grappiller une récompense.

– Par tous les Saints…

– On ne peut rien y faire. (Puis, à ma grande surprise, il sourit et poursuivit :) Où est-ce que tu as appris à te battre comme ça ?

– C'est la formation de base des Grishas, expliquai-je, théâtrale. Le vieux secret du coup de pied dans les parties.

– En tout cas, ça marche.

Je ris.

– Oui, c'est ce que dit tout le temps Botkin. « Pas chercher faire joli, juste faire mal ! », ajoutai-je en imitant l'accent du mercenaire.

– Un homme intelligent, apparemment.

– Le Darkling pense que les Grishas ne devraient pas être tributaires de leurs pouvoirs pour se défendre.

Le sourire de Mal s'évanouit aussitôt, et je regrettai d'avoir dit cela.

– Encore un homme intelligent, commenta-t-il en regardant au loin. (Après un long silence, il reprit :) À présent, il sait que tu n'as pas foncé directement vers la nappe. Il va comprendre que nous sommes partis à la recherche du cerf.

Il s'assit lourdement à côté de moi, l'air sinistre. Nous venions de perdre un de nos atouts, déjà peu nombreux, dans cette lutte.

– Je n'aurais jamais dû nous conduire en ville, bougonna-t-il d'un ton morne.

Je lui donnai un léger coup de poing dans le bras.

– On ne pouvait pas prévoir que ces types s'en prendraient à nous. On n'a pas eu de chance.

– C'était un risque stupide. J'aurais dû écouter la prudence.

Il ramassa une brindille par terre et la jeta avec colère.

– Mais j'ai toujours ma brioche, dis-je sans conviction en sortant de ma poche la viennoiserie écrasée et couverte de peluches.

Le boulanger lui avait donné la forme d'un oiseau pour fêter le retour du printemps, mais à présent, elle ressemblait davantage à une chaussette roulée en boule.

Mal baissa la tête, puis se la prit à deux mains, les coudes posés sur les genoux. Ses épaules se mirent à tressauter et, pendant un instant horrible, je crus qu'il pleurait, avant de comprendre qu'il riait. Son corps tout entier était secoué de spasmes, sa respiration irrégulière. Et il pleurait.

– Elle a intérêt à être bonne, ta brioche !

Je le considérai un instant avec des yeux ronds, craignant qu'il soit devenu fou, puis j'éclatai de rire moi aussi. Je me mis la main sur la bouche pour étouffer le bruit, ce qui ne fit qu'aggraver mon fou rire, un peu comme si la tension et la peur accumulées durant les derniers jours avaient atteint leur seuil critique.

– Chut ! m'ordonna Mal en posant son index sur ses lèvres dans une caricature d'autorité.

Je gloussai de plus belle.

– Je crois bien que tu lui as cassé le nez, à ce type !

– Vilaine fille ! Je ne suis rien qu'une vilaine fille !

– Absolument ! confirma-t-il.

Nous nous écroulâmes tous les deux de rire.

– Tu te rappelles quand le fils du fermier t'a cassé le nez, à Keramzin ? hoquetai-je. Tu n'as rien voulu dire et tu as saigné sur la nappe préférée d'Ana Kuya.

– Où es-tu allée chercher cette histoire ?

– Hein ? Mais c'est la vérité !

– Menteuse, va ! Non seulement c'est toi qui casses les nez, mais en plus tu mens.

Nous rîmes jusqu'à ne plus pouvoir respirer, jusqu'à en avoir mal aux côtes et la tête qui tourne. Je ne me souvenais pas de la dernière fois que j'avais ri de la sorte.

Nous mangeâmes la brioche. Elle était saupoudrée de sucre et avait le même goût que celle de notre enfance.

– Elle était vraiment bonne, dit Mal quand nous eûmes terminé.

Nous rîmes de nouveau. Mal lâcha un soupir, se leva et me tendit la main.

Nous marchâmes jusqu'au crépuscule et nous installâmes pour la nuit dans une maison en ruine. Comme nous n'étions pas passés loin de la catastrophe, nous préférâmes ne pas allumer de feu et nous contenter des provisions que nous avions achetées au village. Comme nous mâchouillions le bœuf séché et ce maudit fromage, Mal me posa des questions sur Botkin et les autres professeurs du Little Palace. Je me rendis compte en le voyant boire mes paroles à quel point il se souciait de ce qui m'était arrivé. Il ne riait pas aussi facilement qu'avant, mais lorsqu'il se laissait aller à le faire, son masque froid et sévère s'effaçait et laissait entrevoir le Mal que j'avais connu. Il n'était peut-être pas perdu pour toujours, en conclus-je.

Lorsque vint l'heure de se coucher, Mal passa au peigne fin le périmètre du camp pour s'assurer que nous étions en sécurité, pendant que je remballais la nourriture. Il y avait beaucoup de place dans le sac maintenant que nous avions perdu le fusil et la couverture en laine. Au moins avait-il toujours son arc.

Je coinçai le chapeau en peau d'écureuil sous ma tête et laissai Mal utiliser le sac comme un oreiller. Je serrai mon manteau autour de moi et me blottis sous les nouvelles fourrures. J'étais sur le point de m'endormir quand Mal me rejoignit et colla son dos contre le mien.

Comme je m'assoupissais, j'eus l'impression de goûter encore le sucre de la brioche sur mes lèvres et d'éprouver de nouveau le plaisir de ce fou rire partagé. On nous avait dépouillés, presque tués, et nous étions pourchassés par l'homme le plus puissant de Ravka. Mais, nous étions redevenus amis, ce qui me rendit le sommeil plus doux.

Au milieu de la nuit, les ronflements de Mal me réveillèrent. Je lui donnai un coup de coude dans le dos. Il roula sur lui-même en marmonnant quelque chose et posa son bras sur moi. Une minute plus tard, il se remit à ronfler, mais cette fois, je ne le réveillai pas.

18

Mis à part quelques pousses d'herbe verte et ici ou là des fleurs sauvages, les indices de l'arrivée du printemps se raréfiaient à mesure que nous nous dirigions vers la Tsibeya et les confins sauvages où Mal pensait trouver le cerf. Les denses sapins cédèrent la place à des forêts de bouleaux épars, puis à de vastes prairies.

Même s'il regrettait notre mésaventure du village, Mal dut rapidement admettre que nous n'aurions pas pu nous permettre de partir sans provisions. En même temps que nous progressions vers le nord, les nuits devenaient plus froides, mais allumer un feu pour cuisiner était exclu du fait de notre proximité avec l'avant-poste de Chernast. De plus, comme nous ne voulions pas perdre de temps en chassant tous les jours, nous nous contentions de nos provisions de plus en plus maigres.

Entre nous, l'ambiance s'était détendue. Terminé, le silence morne du massif de Petrazoi ; désormais, nous parlions en marchant. Mal s'intéressait à la vie au Little Palace, aux us de la Cour et à la nature profonde du pouvoir des Grishas.

Il ne fut pas du tout choqué lorsque je lui révélai que la plupart des Grishas semblaient avoir le plus grand mépris pour le roi. Apparemment, les traqueurs aussi se plaignaient de plus en plus ouvertement de l'incompétence de leur souverain.

– Les Fjerdans ont un fusil qu'on charge par la culasse, capable de tirer jusqu'à vingt-huit balles à la minute. Nos soldats devraient avoir les mêmes. Si le roi s'intéressait un peu plus à la Première Armée, nous ne serions pas aussi dépendants des Grishas. Mais cela n'arrivera jamais. (Puis il ajouta en marmonnant :) Nous savons tous qui dirige ce pays.

Je ne dis rien. D'une manière générale, j'essayais de parler le moins possible du Darkling.

Lorsque je lui posais des questions sur la traque du cerf, Mal se débrouillait pour changer de sujet et parler de moi. Je n'insistais pas. Je savais que son unité était entrée en territoire fjerdan, et je me doutais qu'elle avait eu du mal à s'en extirper. D'où la cicatrice que Mal avait à la mâchoire, sujet qu'il refusait d'aborder.

Comme nous traversions un rideau de saules desséchés en piétinant le sol glacé, Mal me montra un nid d'éperviers. J'aurais pu passer ma vie à marcher avec lui. J'avais certes envie d'un repas chaud et d'un bon lit, mais j'appréhendais la fin de ce voyage et ce qu'elle risquait de nous apporter. Qu'arriverait-il si nous débusquions le cerf et si je lui prenais ses bois ? Comment un amplificateur aussi puissant me changerait-il ? Me donnerait-il assez de pouvoir pour nous libérer du Darkling ? Si seulement nous pouvions continuer à vivre ainsi, à marcher côte à côte, à dormir blottis l'un contre l'autre sous les étoiles. Peut-être ces plaines désertes et ces calmes bosquets pourraient-ils nous accueillir et nous cacher comme ils avaient caché le troupeau de Morozova.

Fantasmes stupides. La Tsibeya était un endroit inhospitalier, un pays vide et sauvage, fait d'une succession d'hivers amers et d'étés étouffants. Et nous n'étions pas des créatures anciennes et étranges qui couraient le monde sous le clair de lune. Nous étions simplement Mal et Alina, et nous n'échapperions pas éternellement à nos poursuivants. Une noire pensée, qui voletait dans mon esprit depuis plusieurs jours, se posa enfin dans ma tête. Je soupirai. Impossible d'éviter ce sujet plus longtemps. Étant donné ce que nous risquions tous les deux, ce serait irresponsable de ma part.

Mal était presque endormi, car sa respiration était lente et régulière. Je rassemblai mon courage.

– Mal ?

Il se réveilla instantanément, se raidit, s'assit et chercha son couteau.

– Non, le rassurai-je en posant ma main sur son bras. Tout va bien. J'ai juste besoin de te parler.

– Maintenant ? grogna-t-il en se recouchant et en remettant son bras autour de moi.

Je soupirai. J'aurais voulu rester allongée dans la nuit à écouter les bruissements du vent dans l'herbe, j'aurais voulu continuer à me blottir contre la chaleur de Mal et dans ce sentiment de sécurité illusoire. Mais ce n'était plus possible.

– J'aimerais que tu fasses quelque chose pour moi.

Il gloussa.

– Tu veux dire en plus de déserter l'armée, d'escalader des montagnes et de me geler les fesses par terre toutes les nuits ?

– Oui.

– Mmm, d'accord, fit-il, évasif.

Sa respiration redevenait régulière et profonde ; il était proche de s'assoupir.

– Mal, poursuivis-je à voix haute. Si on n'y arrive pas… s'ils nous retrouvent avant que nous ayons mis la main sur le cerf, tu ne dois pas les laisser me prendre…

Il se figea. Je sentais les battements de son cœur. Il ne dit rien pendant si longtemps que je crus qu'il s'était bel et bien rendormi.

– Tu ne peux pas me demander ça, dit-il enfin.

– Il le faut.

Il s'assit, s'éloigna de moi et se frotta le visage. Je m'assis aussi, serrai les fourrures autour de mes épaules et le regardai dans le clair de lune.

– Non.

– Tu ne peux pas juste dire non, Mal.

– Tu as posé une question et je t'ai répondu. C'est non.

Il se leva et fit quelques pas.

– S'il me met ce collier autour du cou, tu sais ce qui arrivera. Beaucoup de gens mourront à cause de moi. Je ne peux pas laisser une telle chose se produire. Je refuse d'être responsable de cela.

– Non.

– Tu as forcément pensé à ça quand tu as pris la décision de m'emmener vers le nord, Mal.

Il revint sur ses pas et s'accroupit en face de moi, plongeant son regard dans le mien.

– Je ne te tuerai pas, Alina.

– Tu n'auras peut-être pas le choix.

– Non, répéta-t-il en secouant la tête et en refusant de soutenir mon regard. Non, non, non.

Je pris son visage entre mes mains froides et je l'obligeai à me regarder dans les yeux.

– Si, Mal.

– Je ne veux pas, Alina. Je refuse.

– Mal, l'autre nuit, au Little Palace, tu as dit que j'appartenais au Darkling.

– J'étais en colère, se défendit-il en grimaçant. Je ne voulais pas…

– S'il met la main sur ces bois, je lui appartiendrai vraiment. Complètement. Et il fera de moi un monstre. Je t'en prie, Mal.

J'ai besoin d'être sûre que tu ne permettras pas qu'une telle chose m'arrive.

– Comment peux-tu me demander ça ?

– Je n'ai personne d'autre que toi.

Il me regarda fixement. Son visage exprimait sa colère, son désespoir et quelque chose d'autre, que je ne parvins pas à identifier. Il hocha une fois la tête.

– Promets-moi, Mal.

Il pinça les lèvres d'un air sinistre et serra la mâchoire. Je détestais lui faire ça, mais j'avais besoin d'être rassurée.

– Promets-moi.

– Je te le promets, lâcha-t-il d'une voix rauque.

Je soupirai profondément. Un soulagement intense m'envahit. Je me penchai en avant et posai mon front contre le sien en fermant les yeux.

– Merci.

Nous restâmes ainsi pendant un long moment. Puis il s'écarta. Quand je rouvris les paupières, il me regardait fixement. Son visage n'était qu'à quelques centimètres du mien, si bien que je sentais son souffle chaud sur ma peau. Je lâchai ses joues et sa barbe naissante, soudain consciente de notre proximité. De longues secondes plus tard, il se leva et s'éloigna dans les ténèbres.

Je restai éveillée, le regard plongé dans la nuit. J'avais de nouveau froid et j'étais triste. Je savais qu'il était là, qu'il se déplaçait en silence dans l'herbe jeune, ployant sous le fardeau que je venais de lui imposer. J'étais désolée pour lui, mais j'étais heureuse d'avoir mis les choses au clair. J'attendis qu'il me rejoigne, mais je finis par m'endormir seule sous les étoiles.

Nous passâmes les jours suivants autour de Chernast à explorer des kilomètres et des kilomètres de terrain à la recherche du troupeau de Morozova, nous approchant autant que nous l'osions de l'avant-poste. L'humeur de Mal s'assombrissait de jour en jour. Il s'agitait dans son sommeil et mangeait à peine. Parfois, il me réveillait en se retournant sous les fourrures et en marmonnant encore et encore :

– Où es-tu ? Où es-tu ?

Il repéra des branches cassées, des pierres déplacées, autant de détails invisibles pour moi, mais qui prouvaient que quelqu'un était passé par là. Du cerf et de son troupeau, en revanche, il n'y avait aucune trace.

Un matin, il me réveilla en me secouant avant l'aube.

– Lève-toi. Ils sont tout près. Je le sens.

Il était déjà en train de remballer les fourrures qui me servaient de couverture.

– Eh ! protestai-je, encore somnolente, en essayant en vain de tirer sur les fourrures. Et le petit déjeuner, alors ?

– Mange et avance, me répondit-il en me jetant un morceau de galette. J'ai envie d'essayer les pistes de l'ouest aujourd'hui. J'ai comme un pressentiment.

– Hier, tu voulais aller à l'est.

– C'était hier. (Il mit son sac sur son épaule et s'éloigna dans les herbes hautes.) Dépêche-toi. Comme j'ai pas envie d'avoir à te décapiter, il faut qu'on trouve ce cerf.

– Je n'ai jamais dit que tu devais me décapiter, grommelai-je en frottant mes yeux pleins de sommeil et en le suivant d'un pas incertain.

– Tu préfères que je te transperce avec une épée ? ou bien le peloton d'exécution ?

– Je pensais à une méthode moins violente. Peut-être un genre de poison.

– Tu m'as demandé de te tuer, tu n'as pas précisé comment.

Je lui tirai la langue, mais j'étais heureuse de le voir dynamique. Et puis, qu'il soit capable d'évoquer ce sujet délicat sur le ton de la plaisanterie était une bonne chose. Mais plaisantait-il vraiment ?

Les pistes de l'ouest nous conduisirent dans des bosquets de mélèzes courtauds, en bordure de prairies parsemées d'osier fleuri et de lichen rouge. Mal avançait d'un pas décidé et léger, comme à son habitude.

L'atmosphère était fraîche et humide. À plusieurs reprises, je vis Mal regarder le ciel couvert d'un air méfiant, mais il ne s'arrêta pas pour autant. Tard dans l'après-midi, nous atteignîmes une basse colline derrière laquelle s'étirait un large plateau tapissé d'herbe pâle. Une fois au sommet, il longea la crête vers l'ouest, puis vers l'est. Il descendit sur le plateau, gravit de nouveau la colline, avant de redescendre. À ce moment-là, je faillis me mettre à crier d'exaspération. Enfin, il se dirigea vers un gros amas de rochers sous le vent, s'arrêta, fit glisser son sac de son épaule et dit :

– Ici.

J'étendis une fourrure sur le sol froid et m'assis pour regarder Mal faire les cent pas d'un air préoccupé. Il finit par me rejoindre, les yeux scrutant l'horizon, la main ne quittant pas son arc. Je savais qu'il les imaginait là, qu'il se représentait le troupeau émergeant à l'horizon, créatures blanches brillant dans la lumière déclinante, des volutes de vapeur sortant des naseaux. Peut-être essayait-il de les faire apparaître par la seule force de sa volonté. L'endroit était bien choisi : de l'herbe fraîche, de minuscules lacs bleus qui scintillaient comme des pièces dans le soleil couchant.

L'astre du jour finit par disparaître et, sous nos yeux, la prairie devint bleue sous le clair de lune. Nous attendîmes en écoutant le bruit de notre respiration et les gémissements du vent sur les étendues infinies de la Tsibeya. Toutefois, le plateau demeura désert.

La lune se leva derrière les nuages. Mal ne bougeait pas. Immobile comme une pierre, le regard bleu et distant, il scrutait l'horizon. Je sortis l'autre fourrure du sac et nous couvris les épaules. Là où nous nous trouvions, derrière les rochers, nous ne subissions pas les assauts directs du vent, mais il y avait mieux comme abri.

Mal lâcha un profond soupir et leva les yeux vers le ciel nocturne.

– Il va neiger. J'aurais dû nous conduire dans les bois, mais je pensais que… (Il secoua la tête.) J'étais tellement sûr de moi.

– Ce n'est pas grave, le rassurai-je en posant ma tête sur son épaule. Peut-être demain.

– Nos provisions ne dureront pas éternellement, et chaque jour que nous passons ici augmente nos chances de nous faire prendre.

– Demain, répétai-je.

– Pour ce que nous en savons, il a peut-être déjà trouvé le troupeau et tué le cerf. Maintenant il est juste à notre recherche.

– Je ne crois pas.

Mal se tut. Je soulevai un peu la fourrure et produisis un peu de lumière dans ma main.

– Qu'est-ce que tu fais ?

– J'ai froid.

– C'est dangereux, protesta-t-il en soulevant encore la fourrure pour dissimuler la flamme qui donnait un teint doré à son visage.

– Nous n'avons vu personne depuis plus d'une semaine. Et puis, rester cachés ne nous sera pas d'une grande utilité si nous mourons de froid.

Il fronça les sourcils, tendit la main et joua un peu avec la lumière.

– C'est impressionnant, tout de même, avoua-t-il.

– Merci, dis-je en souriant.

– Mikhael est mort.

La lumière vacilla dans ma main.

– Quoi ?

– Il est mort. Il a été tué en Fjerda. Dubrov aussi.

Je me figeai, stupéfaite. Je n'avais jamais apprécié Mikhael et Dubrov, mais cela ne comptait plus.

– Je l'ignorais… (J'hésitai car je ne savais pas quoi dire.) Comment est-ce arrivé ?

Pendant un instant, je me demandai s'il allait répondre et si j'avais bien fait de lui poser la question. Il fixait la lumière qui dansait toujours dans ma main, mais ses pensées étaient ailleurs.

– Nous étions loin au nord, près du permafrost, bien au-delà de l'avant-poste de Chernast, commença-t-il doucement. Nous avions traqué le troupeau presque jusqu'à Fjerda. Alors le capitaine a eu l'idée d'envoyer quelques-uns d'entre nous en territoire ennemi déguisés en Fjerdans pour continuer la traque. C'était une idée stupide, ridicule même. Même si nous étions parvenus à nous immiscer chez l'ennemi sans être démasqués, qu'aurions-nous fait une fois le cerf débusqué ? On avait reçu l'ordre de ne pas le tuer, aussi aurions-nous dû le capturer et lui faire traverser la frontière en toute discrétion. C'était complètement absurde.

Je hochai la tête. Oui, absurde.

– Ce soir-là, Mikhael, Duvrov et moi avons bien ri en parlant de cette mission suicide. Nous trouvions tellement bête l'idée du capitaine ! Nous avons même bu à la santé des malheureux qui iraient au casse-pipe. Et puis, le lendemain matin, je me suis porté volontaire.

– Mais pourquoi ?

Mal sombra de nouveau dans le silence.

– Tu m'as sauvé la vie, dans le Fold, Alina, finit-il par dire.

– Et toi la mienne, contrai-je en me demandant où était le rapport avec la mission suicide.

Mal sembla ne pas m'entendre.

– Tu m'as sauvé la vie, et pourtant, dans la tente des Grishas, je n'ai pas levé le petit doigt quand ils t'ont emmenée.

– Qu'est-ce que tu aurais pu faire ?

– Je ne sais pas. Quelque chose.

– Mal…

De frustration, il se passa la main dans les cheveux.

– Je sais que ça te paraît bizarre, mais c'est ce que je ressentais à l'époque. Je n'avais plus faim. Je ne dormais plus. Je te revoyais constamment t'éloigner, avalée par la foule.

Je repensai à mes propres nuits d'insomnie au Little Palace. Nuits pendant lesquelles je revoyais le visage de Mal disparaissant lentement tandis que les gardes du Darkling m'emmenaient. Nuits durant lesquelles je me demandais si je le reverrais un jour. Il m'avait terriblement manqué, mais je ne m'imaginais pas que je lui avais manqué aussi.

– Je savais que nous chassions le cerf pour le compte du Darkling, poursuivit Mal. Alors je me suis dit que… Je me suis dit que je pourrais t'aider en le capturant. Arranger les choses. (Nos regards se croisèrent, et je vis dans ses yeux qu'il était conscient d'avoir commis une terrible erreur.) Mikhael ne savait rien de tout ça, mais il était mon ami, alors, comme un imbécile, il s'est porté volontaire aussi. Évidemment, Dubrov a suivi son exemple. J'ai voulu les dissuader, mais Mikhael s'est moqué de moi en arguant qu'il était hors de question que je retire toute la gloire de cette mission.

– Que s'est-il passé ?

– Nous avons traversé la frontière à neuf : six soldats et trois traqueurs. Nous ne sommes rentrés qu'à deux.

Ses mots restèrent suspendus dans l'atmosphère nocturne, froids et définitifs. Sept hommes étaient morts pour essayer de capturer le cerf. Sans compter tous ceux dont je ne savais rien. Cependant, une idée déstabilisante se forma dans mon esprit : combien de vies le pouvoir du cerf pourrait-il sauver ? Mal et moi étions des réfugiés, victimes des guerres qui faisaient rage depuis si longtemps dans les confins de Ravka. Et si le Darkling et le terrible pouvoir du Shadow Fold mettaient un terme à ces horreurs en matant les ennemis de notre pays et en assurant pour toujours notre sécurité ?

Pas uniquement les ennemis de Ravka, me dis-je. *Tous ceux qui se dresseront contre le Darkling, tous ceux qui oseront s'opposer à lui*. Le Darkling préférerait anéantir le monde tout entier plutôt que de céder la moindre parcelle de pouvoir.

Mal frotta son visage fatigué.

– Et tout ça pour rien. Quand le temps a changé, le troupeau est revenu de lui-même en Ravka. On aurait pu se contenter d'attendre que le cerf nous tombe dans les bras.

J'étudiai le visage de Mal, son regard distant, la cicatrice sur sa mâchoire carrée. Il ne ressemblait plus du tout au petit garçon que j'avais connu. Il avait voulu m'aider en partant à la recherche de ce cerf, ce qui signifiait que j'étais en partie responsable du changement opéré en lui, et cela me brisait le cœur.

– Je suis désolée, Mal. Tellement désolée.

– Tu n'y es pour rien, Alina. J'ai fait mes propres choix, et mes amis sont morts par ma faute.

J'avais envie de le prendre dans mes bras et de le serrer très fort, mais ce n'était pas possible. Pas avec le nouveau Mal. Avec l'ancien non plus, en réalité. Nous n'étions plus des enfants. Notre proximité d'avant était une chose du passé. Je lui posai la main sur le bras.

– Si je n'y suis pour rien, alors toi non plus. Mikhael et Dubrov ont choisi en conscience. Mikhael voulait te prouver son amitié, mais il avait peut-être des raisons personnelles de traquer le cerf. Il n'était pas un enfant, et il n'aimerait pas qu'on se souvienne de lui comme tel.

Mal ne me regarda pas, mais, après un moment de silence, il posa sa main sur la mienne. Nous n'avions toujours pas bougé lorsque les premiers flocons se mirent à tomber.

19

Ma lumière nous tint chaud toute la nuit derrière ces gros rochers. Parfois je m'assoupissais, et Mal devait me réveiller pour que j'aille chercher des rayons de soleil par-delà les étendues infinies, noires et étincelantes d'étoiles de la Tsibeya afin de nous réchauffer sous nos fourrures.

Quand nous émergeâmes de sous notre abri de fortune, le lendemain matin, un beau soleil brillait sur un monde blanc. Si loin au nord, il n'était guère surprenant de voir de la neige au printemps, mais nous ne pûmes nous empêcher de nous sentir poursuivis par la malchance. Mal embrassa du regard la prairie tapissée d'un blanc immaculé et secoua la tête, écœuré. Je n'eus pas besoin de lui demander ce qu'il pensait. La neige avait recouvert les traces éventuelles du passage du troupeau dans la région. Et permettrait à nos poursuivants de nous suivre très facilement.

Sans un mot, nous secouâmes nos fourrures et les rangeâmes. Mal noua son arc à son sac, et nous nous engageâmes sur le plateau. Nous avancions péniblement. Mal faisait de son mieux pour brouiller notre piste, mais nous étions clairement dans de sales draps.

J'étais consciente qu'il s'en voulait beaucoup de n'être pas capable de retrouver le cerf, mais je ne savais pas comment le rassurer. La Tsibeya me semblait encore plus vaste que les jours précédents. Ou bien me sentais-je plus petite.

Progressivement, la prairie céda la place à des bosquets de fins bouleaux argentés et à de denses forêts de sapins aux branches ployant sous la neige. Mal n'imprimait plus un rythme infernal. Il avait l'air épuisé ; des cernes noirs soulignaient ses yeux bleus. Sans réfléchir, je glissai ma main gantée dans la sienne. J'eus peur qu'il ne me repousse, au lieu de quoi il serra doucement mes doigts. Nous marchâmes main dans la main jusqu'en fin d'après-midi, la cime des sapins formant une canopée impénétrable au-dessus de nos têtes tandis que nous nous enfoncions au cœur de la forêt.

Juste avant le coucher du soleil, nous émergeâmes dans une petite clairière où la neige s'était accumulée en congères massives qui scintillaient dans la lumière déclinante. Nous avançâmes dans cet univers silencieux, la neige étouffant le bruit de nos pas. Il était tard. Nous aurions dû dresser notre campement, chercher un abri, au lieu de quoi nous restâmes sans bouger, main dans la main, à regarder le ciel s'assombrir.

– Alina, me dit Mal doucement. Je regrette tout ce que je t'ai dit l'autre soir au Little Palace.

Je le regardai, étonnée. Cette fameuse nuit était si lointaine dans ma mémoire.

– Je regrette aussi.

– Et je suis désolé aussi pour tout le reste.

– Je savais qu'on avait très peu de chances de trouver le cerf, le rassurai-je en serrant sa main.

– Non, je ne parle pas de ça… dit-il en se détournant de moi. Quand je suis parti à ta recherche dans les bois, je pensais que c'était parce que tu m'avais sauvé la vie, parce que je te devais quelque chose.

Mon cœur se serra. L'idée que Mal soit venu à moi dans le but de rembourser un genre de dette imaginaire m'était plus douloureuse que je n'aurais cru.

– Et maintenant ?

– Maintenant, je ne sais pas quoi penser. Je sais juste que tout est différent.

Mon cœur se serra davantage.

– Je sais, murmurai-je.

– Vraiment ? Ce soir-là, quand je t'ai vue sur scène avec lui, tu semblais si heureuse. Comme si ta place était avec lui. Et je n'arrive pas à me sortir cette image de la tête.

– J'étais heureuse, avouai-je. À ce moment précis, j'étais vraiment heureuse. Je ne suis pas comme toi, Mal. J'ai toujours eu beaucoup de mal à communiquer avec les autres, à trouver ma place.

– Ta place était à mes côtés, dit-il doucement.

– Non, Mal. Pas vraiment. Ce n'était plus le cas depuis longtemps.

Il me regarda, et ses yeux étaient bleu foncé dans le clair de lune.

– Est-ce que je t'ai manqué, Alina ? Est-ce que je t'ai manqué quand ils t'ont emmenée ?

– Oui, tous les jours, répondis-je sincèrement.

– Toi, tu m'as manqué toutes les heures. Le pire, c'est que je ne m'y attendais pas. Je me surprenais parfois à marcher vers la tente des Atlas sans aucune raison, par habitude, parce que j'avais vu quelque chose que je voulais te raconter, ou juste pour entendre ta voix. Alors je me souvenais que tu n'étais plus là, et chaque fois, *chaque fois*, ça me coupait le souffle. J'ai risqué ma vie pour toi. J'ai traversé la moitié de Ravka pour toi, et je serais prêt à le refaire encore et encore rien que pour être avec toi, rien que pour mourir de faim et de froid avec toi et pour t'entendre maudire ce fromage tous les jours. Alors ne me dis pas que ta place n'est pas avec moi, ajouta-t-il d'un ton féroce. (Il était soudain tout près de moi, et mon cœur s'emballait dans ma poitrine.) Je regrette d'avoir mis si longtemps à te voir, Alina, mais maintenant, je ne vois que toi.

Il se pencha vers moi, et je sentis ses lèvres sur les miennes. Le monde fut réduit au silence et se limita à sa main dans la mienne, à son corps de plus en plus proche du mien, à la chaleur de ses lèvres.

Je croyais avoir fait une croix sur Mal. Je croyais que l'amour que je ressentais pour lui n'était qu'un souvenir, qu'il appartenait à cette adolescente idiote et seule que je refusais de redevenir. J'avais essayé d'enterrer cette fille et ses sentiments, comme j'avais autrefois enterré mon pouvoir. Mais c'était une erreur que je ne commettrais plus. Ce qui brillait entre nous était tout aussi puissant et évident que mon pouvoir. Dès l'instant où nos lèvres se rencontrèrent, je sus que j'avais attendu ce moment toute ma vie.

Nos lèvres se séparèrent, et mes paupières s'ouvrirent en papillonnant. D'une main gantée, il prit mon visage et plongea son regard dans le mien. Soudain, du coin de l'œil, je vis un mouvement furtif.

– Mal... chuchotai-je en regardant par-dessus son épaule. Regarde.

Plusieurs créatures blanches émergeaient de la forêt, leur cou gracieux se baissant pour brouter l'herbe en bordure de la clairière enneigée. Au milieu du troupeau de Morozova se dressait un cerf blanc et massif. Il nous fixait de ses grands yeux noirs. Ses bois argentés brillaient dans le crépuscule.

D'un mouvement fluide, Mal décrocha son arc de son sac.

– Je vais le blesser, Alina, mais il te reviendra de l'achever.

– Attends, dis-je en posant ma main sur son bras.

Le cerf s'avança lentement et s'arrêta à seulement quelques mètres de nous. Je voyais ses flancs se soulever, ses naseaux s'ouvrir au rythme de sa respiration, la vapeur qu'il exhalait dans l'atmosphère hivernale.

Il nous regardait de ses yeux noirs et humides. Je m'approchai de lui.

– Alina ! murmura Mal.

Le cerf ne bougea pas lorsque je me plantai devant lui, ni même lorsque je posai ma main sur ses naseaux chauds. Des mouvements spasmodiques animaient ses oreilles, et sa fourrure avait un éclat laiteux dans la pénombre. Je pensai à tout ce à quoi Mal et moi avions renoncé, aux risques que nous avions pris. Je pensai aux semaines passées à traquer le troupeau, aux nuits glaciales, aux journées épuisantes et interminables. Mais je me sentais heureuse. Heureuse d'être là et en vie dans cette nuit froide. Heureuse que Mal soit près de moi. Je regardai dans les yeux noirs du cerf et je sentis le sol sous ses sabots immobiles, le parfum des sapins dans ses naseaux, les battements puissants de son cœur. Je sus que je ne serais pas celle qui lui ôterait la vie.

– Alina, me pressa Mal en murmurant. Nous n'avons pas beaucoup de temps. Tu sais ce que tu as à faire.

Je secouai la tête. Je n'arrivais pas à détacher mes yeux de ceux du cerf.

– Non, Mal. Nous trouverons un autre moyen.

J'entendis comme un sifflement doux dans l'air, suivi par un bruit mat lorsque la flèche atteignit sa cible. Le cerf meugla et se cabra, le projectile fiché dans le poitrail, avant de s'écrouler sur ses pattes de devant. Je titubai en arrière tandis que le reste du troupeau s'enfuyait, se dispersant dans la forêt. Mal me rejoignit aussitôt, l'arc bandé, alors que la clairière était envahie d'*oprichniki* en uniforme anthracite et de Grishas vêtus de bleu et de rouge.

– Vous auriez dû l'écouter, Alina, lança une voix claire et froide.

Le Darkling sortit de l'ombre, un sourire sinistre aux lèvres, son *kefta* noir flottant derrière lui comme une tache ébène.

Le cerf était tombé sur le flanc, dans la neige. Sa respiration était difficile et ses yeux noirs écarquillés par la panique.

À côté de moi, je sentis Mal bouger. Il visa le cerf et décocha sa flèche ; cependant un hurleur en tenue bleue fit un pas en avant et décrivit un arc avec la main. La flèche fut déviée sur la gauche et tomba, inoffensive, dans la neige.

Mal sortit une autre flèche de son carquois. Au même moment, le Darkling tendit le bras, déroulant un ruban de ténèbres vers nous. Je contre-attaquai, générant un faisceau de lumière qui dissipa facilement l'assaut du Darkling.

Mais ce n'était qu'une diversion. Le Darkling se tourna vers le cerf, décrivant avec le bras un geste que je ne connaissais que trop bien.

– Non ! criai-je.

Sans réfléchir, je me jetai entre le Darkling et le cerf. Les yeux fermés, je me préparai à subir la Coupe du Darkling, mais rien ne se produisit. Derrière moi, un arbre se fendit avec un craquement violent, des vrilles de ténèbres se déversant de sa blessure. Le Darkling m'avait épargnée, mais il avait aussi épargné le cerf.

Le Darkling ne souriait plus lorsqu'il frappa dans ses mains et qu'un énorme mur noir déferla sur nous, nous englobant tous, cerf compris. Je n'eus pas besoin de réfléchir. Ma lumière jaillit, enfla, formant une grosse sphère palpitante autour de Mal et moi, contenant les ténèbres et aveuglant nos assaillants. À ce moment-là, nous étions dans une impasse ; nous étions invisibles pour eux, mais nous ne pouvions pas les voir. Les ténèbres tourbillonnèrent autour de la sphère lumineuse, essayant de la pénétrer.

– Impressionnant, dit le Darkling d'une voix qui semblait venir de très loin. Baghra a été un trop bon professeur. Cependant, vous n'êtes pas encore assez puissante, Alina, et vous le savez.

Je savais surtout qu'il essayait de me déconcentrer et je décidai de ne pas l'écouter.

– Et vous, le traqueur ! Êtes-vous sûr de vouloir mourir pour elle ?

L'expression de Mal ne changea pas. L'arc bandé, prêt à décocher sa flèche, il tournait lentement sur lui-même en essayant de déterminer d'où venait la voix du Darkling.

– Quelle scène touchante que celle à laquelle nous venons d'assister ! poursuivit celui-ci. Lui avez-vous dit, Alina ? Ce garçon sait-il que vous étiez prête à vous donner à moi ? Lui avez-vous dit ce que je vous ai fait dans le noir ?

Une vague de honte me submergea, provoquant le vacillement de ma sphère de lumière. Le Darkling éclata de rire.

Je regardai Mal du coin de l'œil. Il serrait les dents. Il émanait de lui la même colère froide que la nuit de la fête des Neiges. Je sentis mon emprise sur la lumière faiblir et je m'efforçai de concentrer mon pouvoir. La sphère brilla d'une intensité nouvelle, mais je me sentais proche de mes limites. Les ténèbres commençaient à s'immiscer dans ma sphère protectrice.

Je savais ce qui devait être fait. Le Darkling avait raison ; je n'étais pas assez puissante. Nous n'aurions pas d'autre occasion.

– Fais-le, Mal, chuchotai-je. Nous n'avons pas le choix.

Mal me regarda, un éclat de panique dans les yeux. Il secoua la tête. Les ombres se pressèrent contre la bulle. Mes jambes fléchirent légèrement.

– Vite, Mal ! Avant qu'il soit trop tard.

Rapide comme l'éclair, Mal lâcha son arc et dégaina son couteau.

– Vas-y, Mal ! Tout de suite !

Je voyais sa main trembler, sa force vaciller.

– Je ne peux pas, chuchota-t-il, misérable. Je ne peux pas, Alina.

Le couteau tomba sans bruit dans la neige.

Les ténèbres nous avalèrent.

Mal disparut. La clairière disparut. Je me retrouvai dans des ténèbres suffocantes. J'entendis Mal crier. Je tendis les bras en direction de sa voix, mais soudain, des bras puissants m'agrippèrent des deux côtés. Je me débattis, luttant furieusement.

Les ténèbres se levèrent, et aussitôt, je vis que tout était terminé.

Deux gardes du Darkling m'immobilisaient, tandis que Mal était maîtrisé par deux autres types.

– Calmez-vous ou je l'abats dans l'instant ! tonna Ivan.

– Laissez-le ! m'écriai-je.

– Chut ! fit le Darkling en s'avançant vers moi, l'index posé sur ses lèvres soulevées en un sourire moqueur. Silence ou j'ordonne à Ivan de le tuer. Lentement.

Des larmes ruisselèrent sur mes joues, gelant presque dans l'atmosphère nocturne.

– Torches, reprit-il simplement.

J'entendis le bruit des pierres à briquet, et deux torches s'allumèrent soudain, illuminant la clairière, les soldats et le cerf, qui gisait, haletant, dans la neige. Le Darkling prit à sa ceinture un lourd couteau, dont l'acier scintilla dans les flammes.

– Nous avons perdu assez de temps.

Il s'avança d'un pas décidé et, sans la moindre hésitation, trancha la gorge de l'animal.

Son sang se répandit dans la neige, formant une tache rouge autour de lui. Je regardai la vie s'écouler de ses yeux noirs, et un sanglot s'échappa de ma poitrine.

– Coupez ses bois, ordonna-t-il à un *oprichnik*. L'homme s'approcha et se pencha sur la bête, un couteau à dents à la main.

Je détournai les yeux. Mon estomac se souleva tandis que le bruit de la lame résonnait dans la clairière silencieuse. Alors que l'amputation s'éternisait, nous restâmes sans bouger, l'air que nous expirions dessinant des volutes dans l'air glacial. Et même quand tout fut terminé, les vibrations se prolongèrent dans mes mâchoires serrées.

L'*oprichnik* traversa la clairière et tendit deux morceaux de bois au Darkling. Ils avaient presque la même forme, la même taille, et se terminaient tous deux en doubles fourches. Le Darkling les serra dans ses mains et fit glisser son pouce sur la matière rugueuse et argentée. Alors il fit un geste et, à ma grande surprise, je vis David dans son *kefta* violet émerger de l'ombre.

Évidemment. Le Darkling voulait que le collier soit assemblé par le meilleur de ses fabrikators. David se débrouilla pour ne pas croiser mon regard. Je me demandai si Genya savait où il était et ce qu'il faisait. Peut-être serait-elle fière de lui. Peut-être me considérait-elle comme une traîtresse, à présent.

– David… dis-je doucement. Ne faites pas cela.

David me regarda avant de vite détourner les yeux.

– David comprend le futur, intervint le Darkling d'un ton subtilement menaçant. Il sait qu'il ne servirait à rien de le combattre.

Le fabrikator se positionna derrière mon épaule droite. Le Darkling m'étudia à la lumière des torches. Pendant quelques secondes, un silence absolu s'installa. Il faisait nuit noire, mais la lune se levait, pleine et brillante, dans le ciel. La clairière était comme suspendue dans un silence cotonneux.

– Ouvrez votre manteau, m'ordonna le Darkling.

Je ne bougeai pas.

Il se tourna vers Ivan et hocha la tête. Mal hurla et s'effondra en agrippant sa poitrine.

– Non ! protestai-je. (Je voulus me précipiter vers Mal, mais les gardes qui me tenaient m'en empêchèrent.) Je vous en prie, suppliai-je le Darkling. Dites-lui d'arrêter !

Le Darkling hocha la tête, et les cris de Mal cessèrent. Il resta étendu dans la neige, haletant, le regard fixé sur le sourire arrogant d'Ivan, les yeux pleins de haine.

Le Darkling me considéra sans rien dire. Il attendait, impassible. On aurait presque dit qu'il s'ennuyait. Je me dégageai de l'emprise des *oprichniki*. De mes mains tremblantes, j'essuyai mes larmes et déboutonnai mon manteau, le laissant glisser sur mes épaules.

J'avais vaguement conscience du froid qui transperçait ma tunique en laine, des regards scrutateurs des soldats et des Grishas.

Mon monde ne se résumait plus qu'aux deux morceaux de bois incurvés dans les mains du Darkling. Un sentiment de terreur s'empara de moi.

– Soulevez vos cheveux, m'ordonna-t-il.

Je m'exécutai, dégageant mon cou.

Le Darkling se planta devant moi et écarta un peu le col de ma tunique. Je sursautai lorsque ses doigts effleurèrent ma peau. Un masque de colère lui déforma fugacement le visage.

Il mit les morceaux de bois incurvés autour de mon cou, les posant sur mes clavicules avec une infinie délicatesse. Il fit un signe de tête à David, et je sentis le fabrikator se saisir des bois. En esprit, j'imaginai David se tenant derrière moi, l'air aussi concentré que le jour où je l'avais vu pour la première fois dans son atelier du Little Palace. Je vis les bois se déformer, se fondre l'un dans l'autre. Pas d'attache ni de charnière. Ce collier resterait autour de mon cou pour toujours.

– Voilà, annonça David.

Il lâcha le collier qui sembla s'adapter à la forme de mon cou et dont je sentis soudain le poids sur mes épaules. Je serrai les poings et attendis.

Rien ne se produisit. Soudain, une vague d'espoir me submergea. Et si le Darkling s'était trompé ? Et si ce collier n'avait aucun effet sur moi ?

Alors il posa ses mains sur mes épaules, et un ordre silencieux résonna en moi : *Lumière*. J'eus l'impression qu'une main invisible s'enfonçait dans ma poitrine.

Un éclat doré me transperça, inondant la clairière. Le Darkling plissa les yeux. Il exultait, triomphant.

Non, me dis-je en tentant d'éteindre cette lumière. Mais à peine formulée, l'idée même de résister fut balayée par cette main invisible.

Un nouvel ordre résonna en moi : *Encore*. Une onde grossit en moi, plus sauvage et plus forte que tout ce que j'avais connu jusque-là. Elle semblait illimitée. La maîtrise et la compréhension de mes capacités que j'avais acquises s'écroulèrent devant elle ; les maisons que j'avais bâties, fragiles et imparfaites, furent réduites en petit bois par la déferlante du pouvoir de l'animal. Des vagues miroitantes de lumière jaillirent de moi, oblitérant le ciel nocturne dans un torrent de brillance. Je ne ressentis ni la joie ni l'excitation qui accompagnaient habituellement l'usage de mon pouvoir. Car celui-ci ne m'appartenait plus ; je m'y noyais, tandis que la main invisible me maintenait la tête sous l'eau.

Le Darkling insista, testant mes nouvelles limites pendant un temps qui me parut infini avant de relâcher son emprise.

Les ténèbres s'emparèrent de nouveau de la clairière. Je pris une inspiration saccadée et tentai de reprendre mes esprits, le contrôle de moi-même. La lumière vacillante des torches éclairait les visages stupéfaits et impressionnés des gardes et des

Grishas, mais aussi celui, défait et plein de regret, de Mal, toujours étendu sur le sol.

Je me tournai vers le Darkling et découvris qu'il me regardait attentivement, les yeux plissés. Puis il considéra Mal et ordonna à ses hommes :

– Mettez-lui les fers.

J'ouvris la bouche pour protester, mais Mal m'en dissuada d'un regard.

– Nous allons camper ici et prendre la route du Fold demain à l'aube, annonça-t-il. Dites à l'Apparat de se tenir prêt. Essayez de vous faire du mal, ajouta-t-il à mon intention, et le traqueur le paiera très cher.

– Que fait-on du cerf ? demanda Ivan.

– Brûlez-le.

Un des Etherealki attrapa une torche et la lança, lui faisant décrire un arc dans les airs. Le feu avala immédiatement le corps sans vie de l'animal. Comme nous laissions la clairière derrière nous, seuls les bruits de nos pas et les crépitements du feu résonnaient dans la nuit. Aucun son ne provenait de la forêt, aucun bruissement, aucune stridulation d'insecte, aucun chant d'oiseau nocturne. La nature souffrait en silence.

20

Nous marchâmes sans rien dire pendant plus d'une heure. Apathique, j'avançai en regardant mes bottes s'enfoncer dans la neige, pensant au cerf et aux conséquences de ma faiblesse. J'aperçus des flammes derrière un mur d'arbre, et nous émergeâmes bientôt dans un campement au centre duquel brûlait un énorme feu. J'avisai plusieurs modestes tentes et un groupe de chevaux attachés à des troncs. Deux *oprichniki* dînaient près du feu.

Les gardes poussèrent Mal dans une des tentes avant de l'y suivre. J'essayai de croiser son regard, mais il disparut trop vite.

Ivan me conduisit dans une tente voisine. Plusieurs duvets étaient déroulés à l'intérieur. Il me poussa vers le poteau qui se dressait en son centre.

– Asseyez-vous, m'ordonna-t-il.

J'obtempérai, appuyant mon dos contre le poteau, derrière lequel il m'attacha les mains avant de m'entraver les chevilles.

– Confortablement installée ?

– Vous savez ce qu'il a l'intention de faire, Ivan.

– Oui, nous apporter la paix.

– Mais à quel prix ? ajoutai-je, désespérée. C'est de la folie.

– J'avais deux frères, lança-t-il brusquement. (Son sourire suffisant avait totalement disparu de son séduisant visage.) Vous l'ignoriez, évidemment. Ils n'étaient pas nés Grishas.

Ils étaient tous les deux soldats, et ils ont perdu la vie en combattant pour le roi. Tout comme mon père. Et mon oncle.

– Je suis désolée.

– Oui, comme tout le monde. Le roi est désolé. La reine est désolée. Je suis désolé. Mais seul le Darkling peut faire quelque chose pour que cela cesse.

– Il y a d'autres manières de procéder. Mon pouvoir pourrait être utilisé pour détruire le Fold.

Ivan secoua la tête.

– Le Darkling sait ce qui doit être fait.

– Il ne s'arrêtera jamais, et vous le savez. Quand il aura goûté ce pouvoir… Pour l'instant, c'est moi qui porte ce collier, mais à la fin, il vous contrôlera tous grâce à lui. À ce moment-là, rien ni personne ne sera assez fort pour se dresser en travers de sa route.

– Continuez à m'inciter à la trahison et je vous bâillonne, lâcha-t-il en serrant les dents avant de se précipiter dehors.

Un peu plus tard, un invocateur et un soigneur que je ne connaissais pas arrivèrent. Sans un regard pour moi, ils se couchèrent en silence sur leurs fourrures et soufflèrent la lampe.

Je restai assise dans le noir, à regarder les flammes du feu de camp danser sur la toile de la tente. Je sentais le poids du collier sur mon cou ; il me démangeait terriblement de l'arracher, mais je ne pouvais pas. Je pensai à Mal, à quelques mètres de là seulement, dans une autre tente.

Nous en étions arrivés là par ma faute. Si j'avais tué le cerf, son pouvoir serait à moi désormais. Je l'avais pris en pitié, et cela nous avait coûté cher. Ma liberté. La vie de Mal. Celle d'innombrables personnes. J'avais été trop faible pour faire ce qui devait être fait.

Cette nuit-là, je rêvai du cerf. Je revis le Darkling lui trancher la gorge encore et encore, et la vie qui quittait son grand regard noir. Toutefois, c'était mon sang qui se déversait dans la neige immaculée.

Je me réveillai en sursaut au moment où le camp s'animait autour de moi. Le rabat de la tente se souleva et une soigneuse apparut. Elle me détacha et m'aida à me relever. Comme j'avais passé la nuit assise dans une position inconfortable, mon corps et mes articulations craquèrent de partout en signe de protestation.

La soigneuse me conduisit en silence là où les chevaux étaient déjà sellés et où le Darkling parlait à Ivan et aux Grishas. Je cherchai Mal du regard et connus un bref moment de panique en ne le voyant nulle part. Alors je vis un *oprichnik* le sortir d'une autre tente.

– Que fait-on de lui ? demanda le garde à Ivan.

– Que le traître marche. Et quand il sera trop fatigué, les chevaux le traîneront dans la neige.

J'ouvris la bouche pour dire quelque chose, mais le Darkling intervint avant moi.

– Non, lâcha-t-il en montant en selle avec grâce. Je veux qu'il soit vivant lorsque nous arriverons devant la Non-Mer.

Le garde haussa les épaules, aida Mal à monter sur son cheval et attacha ses mains entravées au pommeau de la selle. Mon soulagement céda rapidement la place à la peur. Le Darkling avait-il l'intention de faire juger Mal ? Ou bien lui réservait-il un sort encore plus effrayant ? *Il est toujours en vie*, me dis-je. *Tout espoir de le sauver n'est donc pas perdu.*

– Vous monterez avec elle, dit-il à Ivan. Et assurez-vous qu'elle ne fasse rien de stupide.

Puis il s'éloigna au trot.

Nous chevauchâmes dans la forêt pendant des heures et longeâmes le plateau où Mal et moi avions attendu le troupeau. Je reconnus les rochers derrière lesquels nous nous étions abrités et je me demandai si la lumière qui nous avait tenu chaud cette nuit-là nous avait aussi trahis.

Je savais que le Darkling nous ramenait à Kribirsk, mais je n'avais pas vraiment envie de savoir ce qui nous attendait là-bas. Qui choisirait-il d'attaquer en premier ? Lancerait-il ses skiffs contre les Fjerdans, au nord ? Ou bien préférerait-il étendre le Fold vers le sud et Shu Han ? Quel peuple me demanderait-il de massacrer ?

Il nous fallut encore une nuit et une journée entière pour trouver la route plus importante qui nous conduirait à la Vy, au sud. Une fois sur celle-ci, nous fûmes rejoints par un important contingent d'*oprichniki* tout de gris vêtus, des chevaux frais et la voiture du Darkling. Ivan me poussa sans ménagement sur la banquette de velours et prit place à côté de moi. Dans un claquement de rênes, la voiture se mit en branle.

Ivan ferma tous les rideaux, mais j'eus le temps de voir que nous étions flanqués de cavaliers lourdement armés. Difficile de ne pas penser au premier voyage effectué en compagnie d'Ivan dans cette même voiture.

Le soir venu, les soldats dressèrent un campement, mais on me garda isolée dans la voiture. Ivan m'apporta à manger avec un dégoût manifeste ; il rechignait clairement à s'occuper de moi. Il refusait de me parler lorsque nous voyagions et me menaça même de ralentir mon pouls jusqu'à me faire perdre connaissance si je persistais à lui demander des nouvelles de Mal. Cela ne m'empêcha pas de lui poser la question tous les jours et d'essayer d'apercevoir Mal entre les rideaux tirés.

Je dormis très peu. Chaque nuit, je rêvais de la clairière tapissée de neige, des yeux noirs du cerf rivés sur moi. Chaque nuit, mon subconscient me rappelait que j'avais échoué et que ma faiblesse était la cause de nos malheurs. Le cerf était mort de toute façon, et Mal et moi étions condamnés. Chaque matin, je me réveillais honteuse et coupable, mais aussi frustrée car j'avais le sentiment que mes rêves essayaient de me faire parvenir un message qui m'échappait, qui me glissait entre les doigts dès que j'ouvrais les paupières.

Je ne revis le Darkling que lorsque nous eûmes atteint les faubourgs de Kribirsk. Ce jour-là, la porte de la voiture s'ouvrit brusquement, et il s'assit en face de moi. Ivan s'éclipsa aussitôt sans rien dire.

– Où est Mal ? demandai-je dès que la porte fut fermée.

Je le vis serrer son poing ganté, mais lorsqu'il parla, sa voix était aussi froide et lisse que d'habitude.

– Nous entrons dans Kribirsk. Quand les autres Grishas vous salueront, vous ne direz pas un mot de votre petite excursion.

J'en restai bouche bée.

– Ils ne sont pas au courant ?

– Officiellement, vous vous étiez isolée pour vous reposer, prier et préparer votre voyage dans la nappe.

Un rire amer et sinistre m'échappa.

– C'est vrai que j'ai l'air très reposée !

– J'expliquerai que vous avez jeûné.

– Maintenant, je comprends pourquoi les soldats de Ryevost n'étaient pas à ma recherche. Vous n'avez rien dit au roi.

– Si la nouvelle de votre disparition avait fuité, les assassins fjerdans n'auraient mis que quelques jours à vous retrouver et à vous tuer.

– Et vous auriez été responsable de la mort de la seule invocatrice de lumière du royaume.

Le Darkling me considéra pendant un long moment.

– Quel genre de vie pensiez-vous vivre avec lui, Alina ? C'est un *otkazat'sya*. Il ne comprendra jamais rien à votre pouvoir. Et s'il y parvenait, il serait effrayé. Les gens comme vous et moi ne peuvent vivre une existence ordinaire.

– Je ne suis pas comme vous, rétorquai-je d'un ton neutre.

Ses lèvres s'ourlèrent en un sourire amer.

– Bien sûr, acquiesça-t-il avec courtoisie. (Il donna quelques coups dans le toit de la voiture, qui s'arrêta aussitôt.) Quand nous serons arrivés, vous saluerez tout le monde, puis vous vous excuserez et vous retirerez dans votre tente pour vous reposer. Faites la moindre incartade, et je torturerai le traqueur jusqu'à ce qu'il me supplie de l'achever.

Et il s'en fut.

Je passai la fin du voyage seule à essayer de contenir mes tremblements. *Mal est vivant*, me répétai-je. *C'est tout ce qui compte*. Mais une autre pensée s'imposa à moi. *Peut-être le Darkling te fait-il croire qu'il est toujours en vie pour te tenir en laisse*. Je serrai mes bras autour de ma poitrine et priai pour que ce soit faux.

J'ouvris les rideaux à l'approche de Kribirsk et ressentis une certaine tristesse en me souvenant que j'avais arpenté cette même route bien des mois auparavant. J'avais failli me faire écraser par la voiture dans laquelle j'étais aujourd'hui installée. Mal m'avait sauvée, et Zoya l'avait regardé par la fenêtre de la voiture des invocateurs. À cette époque-là, je rêvais d'être comme elle, une jolie fille en *kefta* bleu.

Lorsque la voiture s'arrêta enfin devant l'immense tente en soie noire, une foule de Grishas se rassembla autour de moi. Marie, Ivo et Sergei vinrent m'accueillir, je constatai avec étonnement que j'étais heureuse de les revoir.

En me voyant, leur allégresse s'évanouit, remplacée par de l'inquiétude. Alors qu'ils s'attendaient à voir une invocatrice de lumière triomphante, forte d'un pouvoir renforcé et de la confiance du Darkling, et portant l'amplificateur le plus puissant qui soit, ils découvraient une jeune femme blême, épuisée, rongée par la tristesse.

– Vous vous sentez bien ? me demanda Marie en me serrant dans ses bras.

– Oui, mentis-je. Ce voyage m'a épuisée.

Je fis mon possible pour les rassurer et prendre un air confiant. Je feignis l'enthousiasme lorsqu'ils s'extasièrent devant le collier de Morozova et se pressèrent pour le toucher.

Comme le Darkling n'était pas très loin et que son regard lourd de menaces ne me lâchait pas, je fendis la foule sans me départir de mon sourire. Je souris tellement que j'en eus mal aux joues.

Nous nous enfonçâmes dans le pavillon des Grishas, où j'aperçus Zoya, affalée, boudeuse, sur un tas de coussins. Tandis que je passais devant elle, elle regarda mon collier avec envie. *Tu n'as qu'à le prendre s'il te plaît tant*, me dis-je en pressant le pas.

Ivan me conduisit à une tente privative proche des appartements du Darkling. M'y attendaient des vêtements propres posés sur un lit de camp, une baignoire d'eau chaude et mon *kefta* bleu. Seules quelques semaines s'étaient écoulées, mais devoir porter de nouveau la couleur des Etherealki me fit un drôle d'effet.

Les gardes du Darkling étaient positionnés tout autour de ma tente. J'étais la seule à savoir qu'ils étaient là pour me surveiller et pas uniquement pour assurer ma protection. La tente était luxueuse ; j'y avisai des piles de fourrures, une table et des chaises peintes, ainsi qu'un miroir de fabrikator aussi clair que de l'eau et serti d'or. J'aurais renoncé à ce confort sans hésiter pour pouvoir trembler en compagnie de Mal sur une couverture élimée.

Comme je ne reçus aucune visite, je passai mes journées à faire les cent pas, à angoisser et imaginer le pire. Je ne savais pas pourquoi le Darkling attendait pour entrer dans le Fold ni ce qu'il avait en tête, et mes gardes n'étaient apparemment pas disposés à aborder ce sujet avec moi.

La quatrième nuit, quand le rabat de ma tente se souleva, je faillis tomber de mon lit. Une Genya incroyablement belle m'apportait un plateau-repas. Je me redressai en me demandant ce que je devais dire.

Elle entra, posa le plateau et resta près de la table.

– Je ne devrais pas être ici, commença-t-elle.

– Sans doute, admis-je. Je ne suis pas certaine d'avoir le droit de recevoir de la visite.

– Non, je veux dire que je n'ai rien à faire ici. C'est tellement *sale*.

Je ris, soudain très heureuse de la voir. Elle sourit un peu et s'assit avec grâce au bord d'une chaise peinte.

– Il paraît que vous vous prépariez pour l'épreuve du Fold, dit-elle.

J'étudiai son visage, me demandant ce qu'elle savait.

– Je n'ai pas eu le temps de vous dire au revoir avant de... partir, repris-je avec circonspection.

– Si vous étiez venue me voir, je vous aurais dissuadée de... partir.

Elle savait donc que je m'étais enfuie.

– Comment va Baghra ?

– Personne ne l'a revue depuis votre disparition. On dirait qu'elle a voulu s'isoler, elle aussi.

J'eus un frisson. Je priai pour que Baghra ait réussi à s'échapper, mais je savais que c'était très peu probable. Quel avait été le prix de sa trahison ?

Je me mordis la lèvre, hésitante, puis décidai de me lancer.

– Genya, si je pouvais transmettre un message au roi... Je suis certaine qu'il ne se doute pas de ce que le Darkling a l'intention de...

– Alina, m'interrompit Genya, le roi est tombé malade. L'Apparat a pris les rênes du royaume.

Mon cœur s'arrêta de battre. Je me rappelai ce que le Darkling m'avait dit le jour où j'avais rencontré l'Apparat : *Il a son utilité.*

Le prêtre avait parlé de renverser les rois, mais aussi les Darklings. Avait-il essayé de me mettre en garde ? Si seulement j'avais été moins craintive. Si seulement j'avais accepté de l'écouter. Encore des regrets à ajouter à ma longue liste. J'ignorais si l'Apparat était vraiment loyal envers le Darkling ou s'il visait d'autres objectifs. Et je n'avais plus aucun moyen de l'apprendre.

L'idée que le roi ait pu avoir l'envie ou la volonté de s'opposer au Darkling était un mince espoir auquel je me raccrochais depuis plusieurs jours. Un espoir vain.

– Et la reine ? tentai-je avec un optimisme mesuré.

Un petit sourire féroce éclaira le visage de Genya.

– La reine est confinée dans ses quartiers. Pour des raisons de sécurité, évidemment. Pour éviter une contagion…

À ce moment-là, je me rendis compte que Genya ne portait pas sa couleur habituelle. J'avais été si surprise de la voir et j'étais tellement perdue dans mes pensées que je n'avais rien remarqué. Genya était vêtue de rouge. Le rouge des Caporalki. Ses manches étaient brodées de bleu, combinaison que je n'avais encore jamais vue.

Un frisson me parcourut l'échine. Quel rôle avait joué Genya dans la maladie soudaine du roi ? Quels services avait-elle rendus pour avoir le droit de porter ces couleurs ?

– Je vois, dis-je doucement.

– J'ai bien essayé de vous mettre en garde, ajouta-t-elle avec une certaine tristesse.

– Et vous savez ce que le Darkling compte faire ?

– Des rumeurs circulent, répondit-elle, mal à l'aise.

– Elles sont toutes fondées.

– Le Darkling sait ce qui est bon pour nous.

Je la regardai fixement. Elle baissa la tête et s'abîma dans la contemplation de son *kefta*, dont elle s'évertua à lisser les plis.

– David se sent très mal, murmura-t-elle. Il pense qu'il a détruit Ravka.

– Ce n'est pas sa faute, rétorquai-je avec un rire vide. Nous avons tous joué un petit rôle dans la fin du monde.

Genya releva subitement la tête.

– Vous ne pensez pas vraiment ce que vous dites.

Son visage était un masque de détresse. Voulait-elle encore une fois me mettre en garde ?

Je repensai à Mal et aux menaces du Darkling.

– Non, concédai-je d'un ton morne. Bien sûr que non.

Je savais qu'elle ne me croyait pas, mais son front se dérida et elle me sourit de son magnifique et doux sourire. Elle ressemblait à une icône ; sa chevelure figurait un halo cuivré aux reflets dorés. Elle se leva, et comme je l'accompagnais vers la sortie, les yeux noirs du cerf m'apparurent en esprit. Ces yeux que je voyais chaque nuit en rêve.

– Je ne sais pas si ça compte vraiment, mais vous pouvez dire à David que je lui pardonne.

Et je vous pardonne aussi, ajoutai-je en silence. J'étais sincère. Je connaissais ce sentiment : vouloir à tout prix trouver sa place, être acceptée.

– Je n'y manquerai pas, dit-elle à voix basse.

Elle se retourna et disparut dans la nuit. J'eus cependant le temps de voir ses magnifiques yeux emplis de larmes.

21

Je picorai mon dîner, puis retournai dans mon lit de camp, où je ressassai ce que Genya m'avait dit. Elle avait passé presque toute sa vie cloîtrée à Os Alta, à vivre une existence compliquée entre le monde des Grishas et les intrigues de la Cour. Le Darkling l'avait placée là à dessein, avant de l'en sortir. Plus jamais elle n'aurait à supporter les caprices du roi et de la reine ni à porter les couleurs d'une servante. David, toutefois, avait des remords. Et il n'était peut-être pas le seul. Sans doute seraient-ils nombreux à se mordre les doigts lorsque le Darkling déchaînerait la puissance de la Non-Mer. Mais alors, il serait trop tard.

Je fus arrachée à mes pensées quand Ivan se présenta à l'entrée de ma tente.

– Debout, m'ordonna-t-il. Il veut vous voir.

Mon estomac se tordit nerveusement, mais je me levai et le suivis. Dès que je fus dehors, des gardes apparurent pour nous escorter jusqu'à la tente du Darkling, toute proche.

En voyant Ivan, les *oprichniki* s'écartèrent de l'entrée. D'un signe de tête, il me fit signe de continuer seule.

– Allez-y, dit-il avec un sourire satisfait.

J'aurais tant voulu le gifler pour faire disparaître cet air suffisant de son visage, mais je me contentai de lever le menton et de passer devant lui sans le regarder.

Les lourdes soieries se refermèrent derrière moi. Je fis quelques pas et m'arrêtai pour reprendre mes esprits. La tente était grande et faiblement éclairée. Le sol était couvert de tapis et de fourrures. En son centre, brûlait un feu dans un grand récipient en argent. Très haut au-dessus, une ouverture permettait à la fumée de s'échapper et révélait un carré de ciel nocturne.

Le Darkling était assis sur une grande chaise, ses longues jambes tendues devant lui, le regard rivé sur le feu, un verre à la main et une bouteille de *kvas* posée sur une table à côté de lui.

Sans relever la tête, il me fit signe de m'asseoir en face de lui. Je m'avançai jusqu'au feu, mais je restai debout. Il me jeta un regard exaspéré, avant de se tourner vers les flammes.

– Prenez place, Alina.

Je me perchai sur le bord de la chaise et le considérai avec méfiance.

– Parlez.

J'avais l'impression d'être un vulgaire chien.

– Je n'ai rien à dire.

– Au contraire, je suis sûr que vous avez beaucoup de choses à raconter.

– Si je vous demande d'arrêter, vous n'arrêterez pas. Si je vous dis que vous êtes fou, vous ne me croirez pas. Alors à quoi bon me fatiguer ?

– Peut-être parce que vous voulez que le garçon vive.

Mes poumons se vidèrent de leur air, et je ravalai un sanglot. Mal était en vie. À moins que le Darkling ne mente, mais je ne le pensais pas. Il adorait le pouvoir, et la vie de Mal lui conférait un pouvoir infini sur moi.

– Que dois-je dire pour le sauver ? murmurai-je en me penchant en avant. Ordonnez, et j'obéirai.

– C'est un traître et un déserteur.

– Il est votre meilleur traqueur. Vous n'en trouverez pas de plus efficace.

– C'est possible, concéda le Darkling dans un haussement d'épaules indifférent.

Je le connaissais mieux à présent, et je reconnus une lueur d'avidité dans ses yeux lorsqu'il pencha la tête en arrière pour vider son verre de *kvas*. Je savais qu'il rechignerait à détruire tout ce qui pourrait lui être utile, aussi décidai-je de profiter de cet avantage.

– Vous pourriez l'exiler dans le Nord en attendant d'avoir besoin de lui.

– Vous le condamneriez à passer le restant de sa vie dans un camp ou en prison ? s'étonna-t-il.

Je déglutis difficilement.

– Oui.

– Vous essaieriez de le retrouver, n'est-ce pas ? s'amusa-t-il. Si je l'épargnais, vous auriez toujours l'espoir de le retrouver. (Il secoua la tête et éclata d'un rire sec.) Je vous ai donné des pouvoirs dépassant l'imagination, et vous, vous ne pensez qu'à vous enfuir pour devenir une bonne ménagère.

J'aurais dû me taire, me comporter en bonne diplomate, mais je n'y parvins pas.

– Vous ne m'avez rien donné du tout. Vous avez fait de moi votre esclave.

– Ce n'est pas ce que je voulais, Alina.

Il se frotta la barbe, l'air fatigué, frustré, humain. Ou bien jouait-il la comédie ?

– Je ne pouvais pas prendre de risque, reprit-il. Pas avec le pouvoir du cerf, pas avec l'avenir de Ravka dans la balance.

– N'essayez pas de me faire croire que vous vous souciez du royaume. Vous m'avez menti. Vous n'avez pas cessé de me mentir depuis que nous nous sommes rencontrés.

Ses longs doigts blanchirent autour de son verre.

– Avez-vous mérité ma confiance ? me demanda-t-il d'une voix moins froide et maîtrisée que d'habitude. Il a suffi que Baghra vous murmure quelques accusations à l'oreille pour que vous perdiez votre sang-froid. Vous êtes-vous demandé ce que votre disparition signifierait pour moi et pour tout Ravka ?

– Vous ne m'avez pas laissé le choix.

– Bien sûr que vous aviez le choix. Vous avez choisi de tourner le dos à votre pays et à tout ce que vous êtes.

– Vous êtes injuste.

– Injuste ! (Il rit.) Et elle parle de justice ! La justice n'a rien à voir avec notre situation. Les gens me maudissent et se prosternent devant votre image, alors que c'est vous qui les avez abandonnés. Grâce à moi, ils vaincront leurs ennemis. Grâce à moi, ils ne seront plus les sujets d'un roi tyrannique.

– Ils remplaceraient un tyran par un autre.

– Ce pays a besoin d'un chef, Alina. Quelqu'un doit mettre un terme à ce chaos. J'aimerais vraiment pouvoir faire autrement, croyez-moi.

Il semblait si sincère et si raisonnable. Il ne paraissait pas dévoré par une ambition démesurée, mais désireux de faire le bien pour son peuple. Malgré tout ce qu'il avait fait et la nature de son plan, je le crus presque. *Presque.*

Je secouai la tête.

Il s'affaissa sur sa chaise.

– Très bien, dit-il avec un haussement d'épaules las. Faites de moi le vilain de cette histoire. (Il posa son verre vide et se leva.) Approchez.

J'avais peur, mais je me levai et m'avançai vers lui. Il m'étudia à la lumière des flammes. Il tendit la main et effleura le collier de Morozova, laissant ses longs doigts courir sur la matière rugueuse, puis le long de mon cou. Enfin, il prit mon visage dans le creux de sa main. Je ressentis une certaine révulsion, mais aussi son assurance contagieuse. Cet effet, qu'il avait toujours sur moi, me dégoûtait.

– Vous m'avez trahi, dit-il doucement.

Je voulus rire. Moi, je l'aurais trahi ? Il m'avait utilisée, séduite, réduite en esclavage, et c'était moi la traîtresse ? Je pensai à Mal et je ravalai ma colère et ma fierté.

– Oui. Je suis désolée.

Il rit.

– Non, vous n'êtes pas désolée du tout. Vous ne pensez qu'à une chose : à ce garçon et à sa misérable vie.

Je me tus.

– Dites-moi. (Ses doigts se refermèrent douloureusement sur mon visage, s'enfonçant dans ma chair. Son regard était particulièrement lugubre.) Dites-moi combien vous l'aimez. Suppliez-moi de l'épargner.

– Je vous en prie, chuchotai-je en tentant de retenir mes larmes. Je vous en prie, épargnez-le.

– Pourquoi le ferais-je ?

– Parce que le collier ne peut pas vous donner seul ce que vous voulez, lâchai-je, imprudente. (J'avais une très faible marge de manœuvre, mais je décidai d'essayer d'en profiter.) Je n'ai d'autre choix que de vous servir, mais s'il devait arriver malheur à Mal, je ne vous le pardonnerais jamais. Je vous combattrais de toutes les manières imaginables. Je passerais le restant de ma vie à chercher un moyen de mettre un terme à votre vie, et je finirais par le trouver. Laissez-le vivre, faites preuve de clémence, et je vous servirai volontiers. Je vous serai reconnaissante jusqu'à la fin de mes jours.

Je faillis m'étouffer en prononcer cette dernière phrase.

Il pencha la tête sur le côté, un petit sourire sceptique au coin des lèvres. Puis son sourire disparut, cédant la place à quelque chose que je ne reconnus pas et qui aurait pu être de la nostalgie.

– De clémence, répéta-t-il comme s'il goûtait un aliment à la saveur inhabituelle. Oui, je pourrais essayer.

Il prit mon visage à deux mains et m'embrassa doucement. Mon corps tout entier se rebella, mais je le laissai faire. Je le détestais, je le craignais, mais je n'en ressentais pas moins une attirance étrange pour son pouvoir et je ne pus empêcher mon traître de cœur d'y répondre favorablement.

Il recula et me regarda. Sans me lâcher des yeux, il appela Ivan.

– Accompagnez-la aux cellules et laissez-la voir le traqueur.

Une pointe d'espoir naquit dans mon cœur.

– Oui, Alina, dit-il en me caressant la joue. Je sais faire preuve de clémence. (Il se pencha sur moi et m'attira contre lui, ses lèvres effleurant mon oreille.) Demain, nous entrerons dans la nappe, poursuivit-il d'une voix caressante. Alors, je donnerai votre ami à manger aux volcras, et vous le regarderez mourir.

– Non ! criai-je en me recroquevillant, horrifiée. (Je voulus m'éloigner de lui, mais ses doigts étaient comme de l'acier autour de mon visage.) Vous aviez dit…

– Vous pourrez vous dire adieu ce soir. Vous n'êtes que des traîtres, après tout. N'espérez pas davantage de moi.

Quelque chose se brisa en moi. Je l'attrapai, l'agrippai, lui hurlai ma haine. Un instant plus tard, Ivan était derrière moi, me maîtrisant tandis que je me débattais.

– Meurtrier ! Assassin !

– Peut-être bien.

– Je vous hais ! crachai-je.

Il haussa les épaules.

– Vous vous fatiguerez de me haïr avant longtemps. Vous vous fatiguerez de tout, d'ailleurs. (Il sourit, et je vis dans ses yeux les mêmes gouffres mornes et sans fond que dans le regard ancien de Baghra.) Vous porterez ce collier pendant le restant de votre longue, très longue vie, Alina. Combattez-moi aussi longtemps que vous le pourrez. Vous verrez que j'ai beaucoup plus d'expérience que vous en matière d'éternité.

Il eut un geste dédaigneux de la main, et Ivan m'emmena de force hors de la tente. Un sanglot s'échappa de ma gorge. Les larmes que j'avais retenues jusque-là se mirent à couler abondamment sur mes joues.

– Calmez-vous, chuchota Ivan, furieux. Quelqu'un va vous voir.

– Je m'en moque !

Le Darkling tuerait Mal de toute façon. Je n'avais plus besoin de cacher ma tristesse. La cruauté du Darkling et la gravité de la situation me frappèrent. J'entrevoyais les événements terribles et douloureux qui nous attendaient.

Ivan me poussa dans ma tente et me secoua sans ménagement.

– Vous voulez voir le traqueur, oui ou non ? Il est hors de question que je traverse le camp avec une fille en pleurs.

Je me plaquai les mains sur les yeux et ravalai mes sanglots.

– Voilà qui est mieux, dit-il. (Il me donna une longue cape brune, que j'enfilai par-dessus mon *kefta*, puis rabattit la capuche sur ma tête.) Marchez tête baissée et tenez votre langue ou je vous jure que vous vous ferez vos adieux dans le Fold. Compris ?

Je hochai la tête.

Nous suivîmes un chemin non éclairé qui longeait le périmètre du camp. Mes gardes restèrent à distance, marchant loin devant et derrière nous. Je compris rapidement qu'Ivan ne voulait pas qu'on me reconnaisse et qu'on sache que je me rendais à la prison.

Comme nous progressions entre les baraquements et les tentes, je sentis une tension étrange dans l'atmosphère du camp.

Les soldats que nous croisions semblaient nerveux, et quelques-uns lancèrent des regards hostiles à Ivan. Je me demandai comment la Première Armée avait pris la subite accession au pouvoir de l'Apparat.

La prison était située à l'autre bout du camp. C'était un vieux bâtiment, bien plus ancien que ceux qui l'entouraient. Les gardes qui flanquaient l'entrée semblaient s'ennuyer ferme.

– Un nouveau prisonnier ? demanda l'un d'entre eux à Ivan.

– Un visiteur.

– Depuis quand escortez-vous les visiteurs jusqu'à la prison ?

– Depuis ce soir, répondit Ivan, d'une voix presque menaçante.

Les gardes échangèrent un regard nerveux et s'écartèrent.

– Inutile de vous fâcher.

Ivan me précéda dans un couloir donnant sur une majorité de cellules inoccupées. Je vis tout de même quelques hommes en haillons, ainsi qu'un ivrogne ronflant bruyamment, allongé à même le sol. Au bout du couloir, il déverrouilla une porte et nous descendîmes une volée de marches branlantes jusqu'à une pièce dépourvue de fenêtre éclairée par une lampe unique à la flamme vacillante. Dans la pénombre, je distinguai les barreaux de fer de la cellule et, dans le fond de celle-ci, avachi contre le mur, le prisonnier.

– Mal ? murmurai-je.

Il bondit aussitôt sur ses pieds, et nous nous retrouvâmes accrochés l'un à l'autre à travers les barreaux, les doigts entremêlés. J'étais incapable de contenir les sanglots qui me secouaient.

– Chut, Alina. Tout va bien, ne t'inquiète pas.

– Vous avez la nuit devant vous, annonça Ivan en rebroussant chemin.

Nous entendîmes la porte métallique se refermer au sommet de l'escalier. Mal se tourna vers moi et me regarda longuement.

– Je n'arrive pas à croire qu'il t'ait permis de venir me voir.

De nouvelles larmes inondèrent mes joues.

– Mal, il m'a permis de venir parce que…

– Quand ? demanda-t-il d'une voix rauque.

– Demain. Dans le Shadow Fold.

Il déglutit et encaissa la nouvelle.

– D'accord.

Je lâchai un bruit à mi-chemin entre le rire et le sanglot.

– Il n'y a que toi pour dire « d'accord » en apprenant que tu vas bientôt mourir !

Il sourit et repoussa une mèche de cheveux de mon visage maculé de larmes.

– Tu préférerais « oh, non ! » ?

– Mal, si j'avais été plus forte…

– Si j'avais été plus fort, je t'aurais enfoncé mon couteau dans le cœur.

– Si seulement, marmonnai-je.

– Je ne suis pas d'accord.

– Mal, repris-je, le regard rivé sur nos mains jointes. À propos de ce que le Darkling a dit dans la clairière sur lui et moi… Je n'ai pas… Je n'ai jamais…

– Ça n'a pas d'importance.

– Vraiment ? lui demandai-je en le regardant dans les yeux.

– Bien sûr, confirma-t-il avec un peu trop d'enthousiasme.

– Je ne te crois pas.

– En fait, je ne sais pas, mais ce n'est pas grave. (Il serra mes mains encore plus fort et les tint au-dessus de son cœur.) Je me fiche que tu aies dansé nue avec lui sur le toit du Little Palace. Je t'aime, Alina, même cette part de toi qui l'a aimé.

J'aurais voulu nier tout cela, l'effacer, mais ce n'était pas possible. Un nouveau sanglot me secoua.

– Je me déteste d'avoir voulu… d'avoir pensé…

– M'en veux-tu d'avoir commis moi aussi toutes ces erreurs ? D'avoir couché avec toutes ces filles ? D'avoir dit toutes ces idioties ? De nous deux, je crois savoir qui a été le plus stupide !

– Non, je ne t'en veux pas, répondis-je avec un petit sourire. Enfin, pas beaucoup.

Il sourit, et mon cœur se mit à battre la chamade. Comme toujours.

– Nous nous sommes retrouvés, Alina, et c'est tout ce qui compte.

Il m'embrassa à travers les barreaux, le fer s'enfonçant dans mes joues comme nos lèvres se rencontraient.

Nous restâmes ensemble cette dernière nuit. Nous parlâmes de l'orphelinat, des colères d'Ana Kuya, du goût de la confiture de cerise volée, de l'odeur de l'herbe fraîchement coupée dans le pré, de la chaleur étouffante des étés où nous aimions à nous réfugier dans la salle de musique au sol dallé de marbre, du voyage que nous avions effectué ensemble pour rejoindre les rangs de l'armée, des violons sulis que nous avions entendus lors de notre première soirée passée loin de la seule maison dont nous nous souvenions.

Je lui racontai le jour où j'étais occupée à réparer de la vaisselle avec une servante dans la cuisine de Keramzin en me demandant quand il allait rentrer de la chasse. À cette époque, il partait de plus en plus longtemps pour trouver du gibier. J'avais quinze ans et, debout devant le plan de travail, je m'efforçais de recoller les morceaux dentelés d'une tasse bleue. Lorsqu'il était apparu à l'autre bout du champ, je m'étais précipitée dehors en agitant les bras. Il m'avait vue et s'était mis à courir.

J'avais traversé la cour lentement en le regardant approcher, étonnée par la manière dont mon cœur battait dans ma poitrine. Il m'avait prise dans ses bras pour me faire tournoyer dans les airs, et je m'étais accrochée à lui en respirant son odeur sucrée et familière, stupéfaite de découvrir qu'il m'avait tant manqué. J'étais vaguement consciente d'avoir un morceau de céramique fiché dans ma main, mais il était hors de question que je lâche Mal. Mon Mal.

Quand il m'avait enfin reposée pour aller manger quelque chose dans la cuisine, j'étais restée là sans bouger, la main dégoulinante de sang, comme soûle. Quelque chose avait changé en moi.

Ana Kuya m'avait grondée parce que j'avais taché de sang le sol tout propre de la cuisine. Puis elle m'avait bandé la main et dit que ce n'était pas grave, que cela guérirait. Mais moi je savais que cela ne guérirait jamais.

Dans le silence caverneux de la cellule, Mal embrassa la cicatrice de ma paume, la blessure infligée il y avait si longtemps par une tasse brisée, chose fragile que j'imaginais impossible à réparer.

Nous nous endormîmes par terre, joue contre joue, de part et d'autre des barreaux de la cellule, les mains jointes. Je ne voulais pourtant pas dormir. Je voulais savourer ces moments passés ensemble. Les derniers. Toutefois, je finis par m'assoupir et je rêvai du cerf. Cette fois, Mal était avec moi dans la clairière, et le sang dans la neige était le sien.

Je fus réveillée par le bruit de la porte métallique, en contrehaut, et par celui des bottes d'Ivan dans l'escalier.

Mal m'avait fait promettre de ne pas pleurer pour lui rendre les choses moins difficiles. Alors je ravalai mes larmes. Je l'embrassai une dernière fois et laissai Ivan m'emmener.

22

L'aube rampait sur Kribirsk quand Ivan me reconduisit à ma tente. Je m'assis sur mon lit de camp et regardai devant moi sans rien voir. Mes membres étaient étonnamment lourds et mon esprit vide. Je n'avais pas bougé d'un millimètre quand Genya arriva.

Elle m'aida à me débarbouiller le visage et à enfiler le *kefta* noir que je portais à la fête des Neiges. Je fixai la soie du regard et eus envie de la déchirer en mille morceaux, mais je n'en eus pas la force. Mes bras pendaient mollement contre mes flancs.

Genya me fit asseoir. Je restai immobile pendant qu'elle arrangeait mes cheveux, empilant mèches et boucles sur le sommet de ma tête à l'aide de barrettes en or, faisant en sorte que le collier de Morozova soit bien visible.

Lorsqu'elle eut terminé, elle pressa sa joue contre la mienne, puis me conduisit à Ivan, posant ma main sur son bras, comme si j'étais une jeune mariée. Nous n'avions pas échangé un seul mot.

Ivan m'emmena dans la tente des Grishas, où je pris place à côté du Darkling. Je savais que mes amis me regardaient, qu'ils chuchotaient, se demandant ce qui n'allait pas. Ils devaient se dire que j'étais nerveuse à l'idée de retourner dans le Fold. Ils avaient tort. Je n'étais ni nerveuse ni effrayée. Je n'étais plus rien.

Les Grishas nous suivirent en une procession bien ordonnée jusqu'aux docks. Là-bas, seuls quelques-uns d'entre eux furent autorisés à monter à bord du skiff des sables. Il était plus grand que les vaisseaux que j'avais vus jusque-là et doté de trois énormes voiles arborant l'emblème du Darkling. J'étudiai la foule de soldats et de Grishas qui avaient déjà embarqué. Je savais que Mal était à bord, quelque part, mais j'ignorais où.

Le Darkling et moi fûmes escortés jusqu'à l'avant du skiff, où je fus présentée à un groupe d'hommes aux tenues élaborées, à la barbe blonde et aux yeux bleus perçants. Des ambassadeurs fjerdans, compris-je, stupéfaite. À côté d'eux, toute de soie rouge vêtue, une délégation de Shu Han, et, un peu plus loin, un groupe de marchands de Kerch aux vestes courtes et aux étranges manches évasées. Un envoyé du roi en uniforme et au visage parcheminé, sévère et solennel, se tenait parmi eux. Son écharpe bleu pâle arborait l'aigle à deux têtes du royaume.

Je les étudiai tous avec curiosité. Voilà pourquoi le Darkling avait retardé notre voyage. Il lui avait fallu du temps pour rassembler le bon public, les bons témoins. Jusqu'où était-il décidé à aller ? Un sentiment d'appréhension enfla en moi, remplaçant l'engourdissement agréable qui avait été le mien toute la matinée.

Le skiff trembla et glissa sur l'herbe avant de pénétrer la brume noire et mystérieuse du Fold. Trois invocateurs levèrent les bras, et les grandes voiles se gonflèrent en claquant.

La première fois que j'étais entrée dans la brume noire de la Non-Mer, j'étais terrifiée ; j'avais tellement peur de mourir. À présent, les ténèbres ne signifiaient plus rien pour moi, et l'idée de risquer ma vie me mettait en joie. J'avais toujours su que mon destin était de retourner dans le Fold. Avec le recul, je me rendais compte qu'une part de moi-même avait attendu ce moment avec impatience. Ce que je voulais, c'était montrer de quoi j'étais capable et, même si cela me faisait mal de l'avouer, faire plaisir au Darkling. Ce moment, à ses côtés, j'en avais rêvé. Car je voulais croire au destin qu'il avait déroulé devant moi ; je voulais croire qu'une orpheline rejetée par le monde entier pouvait sauver celui-ci et être adorée pour cela.

Le Darkling regardait droit devant lui. Il semblait confiant, à l'aise. Le soleil clignota. Un instant plus tard, nous étions dans les ténèbres.

Pendant un long moment, nous dérivâmes dans le noir, les hurleurs poussant les skiffs sur le sable sec.

Alors, la voix du Darkling tonna :

– Brûlez !

Des deux côtés du skiff, les inferni générèrent d'énormes nuages enflammés qui illuminèrent le ciel d'encre. Les ambassadeurs et même les gardes qui me flanquaient s'agitèrent nerveusement. Le Darkling trahissait notre présence, appelant les volcras.

Ils ne mirent d'ailleurs pas longtemps à répondre, et un frisson me parcourut la colonne vertébrale en entendant les battements rythmés de leurs ailes de cuir. Une vague de peur se propagea sur le skiff, et j'entendis les Fjerdans prier dans leur langue chantante. À la lumière du feu grisha, je vis les créatures noires voler vers nous. Leurs hurlements transpercèrent l'atmosphère.

Les gardes agrippèrent leurs fusils. Quelqu'un se mit à pleurer. Cependant, le Darkling attendait, impassible, tandis que les volcras approchaient.

Baghra m'avait dit que ces créatures avaient été humaines, des hommes et des femmes victimes des pouvoirs surnaturels libérés par le Darkling et son avidité. Peut-être était-ce mon imagination, mais il me sembla entendre des accents certes horribles, mais également humains, dans leurs cris.

Quand ils furent presque sur nous, le Darkling m'attrapa le bras et dit simplement :

– Maintenant.

La main invisible se saisit de mon pouvoir. Au fond de moi, je le sentis s'étirer, traverser les ténèbres à la recherche de lumière. Celle-ci m'arriva si vite et avec une telle violence que je faillis perdre l'équilibre. Elle explosa au-dessus de moi en une douche de brillance et de chaleur.

Le Shadow Fold était illuminé, aussi clair que le jour, comme si ses ténèbres insondables n'avaient jamais existé. Je vis une vaste étendue de sable blanchi, un paysage mort parsemé d'épaves de navires et, au-dessus, une volée de volcras. Ils hurlaient de terreur, leurs horribles corps gris se tortillant dans le soleil. *Voici sa vérité*, me dis-je en plissant les yeux à cause de la lumière aveuglante. *Ce qui se ressemble s'assemble.* C'était son âme faite chair, sa vérité nue dans le soleil brûlant, vierge de tout mystère, de toute ombre. C'était la vérité qui se cachait derrière son visage séduisant et ses pouvoirs miraculeux, la vérité tel l'espace vide et mort entre les étoiles, un désert peuplé de monstres effrayés.

Créez un chemin. Avait-il parlé ou juste pensé ? En tout cas, son ordre résonna en moi. Désespérée, je laissai la nappe se refermer autour de nous et je créai une route devant le skiff, un passage flanqué de deux murs ondulants de ténèbres. Les volcras se réfugièrent dans le Fold, et j'entendis leurs hurlements de colère et de confusion derrière le rideau noir.

Nous foncions sur le sable terne et sans couleur, la lumière solaire progressant en vagues scintillantes devant nous. Loin devant, j'avisai un éclair vert, la fin du Fold, compris-je. Nous voyions donc Ravka-Ouest, et comme nous en approchions, je distinguai des prairies, des docks et, derrière, le village de Novokribirsk. Les tours d'Os Kervo scintillaient au loin.

Était-ce mon imagination, ou l'odeur salée de la Vraie-Mer parvenait-elle à mes narines ?

Les gens affluaient du village, se massaient sur le port, pointant du doigt la lumière qui avait transpercé le Fold devant eux. Je vis des enfants jouer dans l'herbe. J'entendis les dockers s'interpeller.

Au signal du Darkling, le skiff ralentit. Puis il leva les bras. Horrifiée, je compris ce qui allait se passer.

– Ce sont les nôtres ! m'écriai-je.

Il fit comme s'il ne m'avait pas entendue et frappa bruyamment dans ses mains.

Tout se déroula comme au ralenti. Les ténèbres jaillirent de ses mains. Quand elles rencontrèrent celles de la nappe, un grondement grave s'éleva du sable mort. Les parois noires du couloir que j'avais créé palpitèrent et enflèrent. *On dirait que les ombres respirent*, pensai-je, horrifiée.

Le grondement s'intensifia. Le Shadow Fold vibra, trembla autour de nous, avant de déferler en une vague folle et terrible.

Un gémissement effrayé s'éleva de la foule des docks tandis que les ténèbres se déroulaient dans sa direction. Les gens s'éparpillèrent en courant, et je vis leur peur, j'entendis leurs cris, à mesure que le tissu noir du Fold s'abattait sur le port et le village comme une déferlante. L'ombre les enveloppa, et les volcras fondirent sur leurs proies. Une femme portant un petit garçon trébucha en tentant d'échapper à l'avancée des ténèbres, mais elle fut avalée, elle aussi.

Je fouillai au fond de moi, essayant d'alimenter la lumière, de chasser les volcras, d'offrir une protection à ces gens. Mais j'étais impuissante. Mon pouvoir m'échappait. En moi, la main invisible et moqueuse m'empêchait de m'en emparer. J'aurais voulu avoir un couteau et l'enfoncer dans le cœur du Darkling ou dans le mien pour mettre un terme à cette horreur.

Le Darkling se tourna vers les ambassadeurs et vers l'envoyé du roi. Leurs visages étaient des masques d'horreur et de stupéfaction. Satisfait de leur réaction, le Darkling sépara ses mains, et les ombres interrompirent leur avancée. Le grondement cessa.

J'entendais les cris angoissés des gens perdus dans le noir, les hurlements des volcras, des coups de feu. Les docks avaient disparu. Le village de Novokribirsk avait disparu. Nous nous trouvions dans les territoires nouvellement gagnés par le Fold.

Le message était clair : après Ravka-Ouest, à qui le tour ? Fjerda ? Shu Han ? La Non-Mer dévorerait des pays entiers et pousserait les ennemis du Darkling à la mer. De combien de morts étais-je directement responsable ? Et combien d'autres, demain ?

Refermez le chemin, m'ordonna le Darkling. Je n'avais d'autre choix que d'obéir. Je rappelai la lumière, la limitant à un simple dôme au-dessus du navire.

– Qu'avez-vous fait ? demanda l'envoyé du roi d'une voix chevrotante.

Le Darkling se tourna vers lui.

– Vous voulez en voir davantage ?

– Vous étiez censé défaire cette abomination, pas l'étendre ! Vous avez massacré des Ravkans ! Le roi n'acceptera jamais…

– Le roi fera ce que je lui dirai ou bien le Fold fera trembler les murs d'Os Alta !

L'émissaire bégaya, ouvrant et fermant successivement la bouche sans émettre le moindre son.

– Je crois que vous me comprenez, maintenant, poursuivit le Darkling à l'intention des ambassadeurs. Nos pays respectifs n'existent plus. Il n'y a plus de frontières et il n'y aura plus de guerres. À partir de maintenant, il n'y aura que l'intérieur et l'extérieur de la nappe, et la paix régnera.

– *Votre* paix, rectifia un représentant de Shu Han en colère.

– Elle ne durera pas, enchérit un Fjerdan.

Le Darkling les regarda un à un, puis dit très calmement :

– Oui, la paix selon mes termes. Ou alors, vos précieuses montagnes et votre toundra oubliée des Saints cesseront purement et simplement d'exister.

Je compris à mon grand désespoir que ce n'étaient pas des paroles en l'air. Les ambassadeurs croyaient peut-être que la menace était exagérée, qu'il y avait une limite à sa soif de pouvoir, mais ils apprendraient vite. Le Darkling n'aurait aucune hésitation. Aucune pitié. Ses ténèbres avaleraient le monde tout entier, et il assisterait à ce spectacle, impassible.

Il tourna le dos aux représentants étrangers abasourdis et furieux pour s'adresser aux Grishas et aux soldats.

– Racontez partout ce que vous avez vu aujourd'hui. Dites à tous que le temps des incertitudes et de la peur est révolu. Les combats sans fin sont terminés. Dites-leur que vous avez assisté à l'avènement d'un nouvel âge.

Des cris de joie retentirent dans la foule, mais je vis quelques soldats marmonner. Certains Grishas semblaient mécontents, mais la plupart des visages étaient enthousiastes et triomphants.

Ils approuvent, compris-je. Même après avoir vu ce dont il était capable, même après l'avoir vu tuer les leurs. Le Darkling ne leur offrait pas uniquement la paix, mais aussi la force. Après toutes ces années de souffrance et de terreur, il promettait de leur donner ce qui leur échappait depuis toujours, semblait-il : la victoire. Ainsi, en dépit de leur peur, ils l'aimaient.

Le Darkling fit signe à Ivan qui se tenait derrière lui, attendant ses ordres.

– Amenez le prisonnier.

Je relevai aussitôt la tête. Une vrille de peur me transperça comme on poussait Mal à travers la foule vers le bastingage. Il avait les mains nouées dans le dos.

– Nous retournons en Ravka, annonça le Darkling. Mais le traître reste.

Avant que j'aie eu le temps de réagir, il poussa Mal par-dessus bord. Les volcras couinèrent et battirent des ailes. Je me précipitai vers le bastingage. Mal était couché sur le flanc, dans le sable, à l'intérieur du cercle protecteur de ma lumière. Il cracha du sable et, malgré ses mains nouées, parvint à se redresser.

– Mal ! criai-je.

Sans réfléchir, je me tournai vers Ivan et lui donnai un coup de poing dans la mâchoire. Sonné, il tituba avant de me sauter dessus. *Excellent*, pensai-je comme il m'attrapait. *Jette-moi par-dessus bord !*

– Arrêtez ! tonna le Darkling d'une voix glaciale.

Ivan fronça les sourcils, les joues rouges d'embarras et de colère. Il me serra un peu moins fort mais ne me lâcha pas.

Je voyais que les passagers du skiff étaient perplexes ; ils ne savaient pas ce que signifiait cet incident et se demandaient bien pourquoi le Darkling avait choisi ce moment pour s'occuper de ce déserteur et pourquoi une Grisha venait de frapper son officier en second.

Rappelez la lumière. L'ordre résonna en moi, et je tournai un visage horrifié vers le Darkling.

– Non !

Impossible de résister. Le dôme de lumière commença à se contracter. Mal me regardait tandis que le cercle se rapprochait de la coque du skiff. Si Ivan ne m'avait pas fermement maintenue contre lui, je serais tombée à genoux devant les yeux bleus pleins de regret et d'amour de Mal. Je luttai jusqu'au bout, je mis toutes mes forces dans la bataille, utilisant tout ce que Baghra m'avait appris, mais l'emprise que le Darkling avait sur moi était trop importante. Inexorablement, la lumière recula.

J'agrippai le bastingage et hurlai ma colère et ma tristesse, mes larmes ruisselant sur mes joues. Mal se tenait au bord du cercle de lumière, à présent. Je distinguais les silhouettes des volcras qui tournoyaient dans les ténèbres. Je sentais même les courants d'air brassés par leurs ailes. Il aurait pu courir, pleurer, il aurait pu s'accrocher à la coque du skiff jusqu'à ce que la nappe l'avale, mais il ne fit rien de tout cela. Il affronta les ténèbres dignement.

J'étais la seule à pouvoir le sauver, mais j'étais impuissante. Un souffle plus tard, les ténèbres l'avaient recouvert. Je l'entendis crier. Le souvenir du cerf émergea en moi, si réel que, pendant un instant, l'image de la clairière enneigée se superposa au paysage désolé du Shadow Fold. Je sentais le parfum des sapins, l'air glacial sur mes joues. Je me rappelai les grands yeux noirs et mouillés du cerf, les volutes de vapeur sortant de ses naseaux dans la nuit froide, l'instant où j'avais décidé de ne pas lui ôter la vie. Enfin, je compris pourquoi l'animal me rendait visite en rêve toutes les nuits.

Je croyais que le cerf me hantait pour me rappeler mon échec, pour me faire payer ma faiblesse, mais je me trompais.

Il voulait me montrer la force qui était la mienne. Pas seulement celle de la compassion, dont le Darkling ne serait jamais capable, mais aussi la puissance nouvelle qui m'était accordée.

J'avais épargné la vie du cerf, aussi sa force vitale m'appartenait-elle autant qu'à l'homme qui l'avait tué.

Cette prise de conscience me coupa le souffle, et la main invisible qui me dominait faiblit un peu, perdant le contrôle de mon pouvoir, me le restituant. J'étais de retour dans la cabane de Baghra ; j'appelais la lumière pour la première fois, je la sentais enfler en moi, je reprenais possession de ce qui m'appartenait de droit. Voilà pourquoi j'avais vu le jour. Jamais je ne laisserais personne nous séparer.

La lumière explosa en tous sens, pure et forte, inondant l'endroit sombre où Mal se trouvait quelques secondes plus tôt. Le volcra qui s'était saisi de lui hurla et le relâcha. Tandis que ma lumière l'enveloppait et chassait le volcra, Mal tomba à genoux. Il saignait abondamment.

Le Darkling parut un instant déstabilisé. Il plissa les yeux, se concentra, et je sentis sa main invisible fondre sur moi ; toutefois, je la repoussai facilement. Son emprise n'était plus rien. Il n'était plus rien.

– Que se passe-t-il ? pesta-t-il.

Il leva les bras, et des vrilles noires se déroulèrent dans ma direction. D'un simple mouvement de la main, je les éparpillai comme de la vapeur.

Le Darkling avança vers moi, ses traits si séduisants déformés par la colère. Mon esprit tournait à plein régime. Je savais qu'il aurait voulu me tuer sur place, sans attendre, mais il ne pouvait pas à cause des volcras qui tournoyaient autour du cercle de lumière que je générais.

– Emparez-vous d'elle ! cria-t-il aux gardes qui nous entouraient.

Ivan tendit les bras.

Je sentis le poids du collier autour de mon cou. Les battements du cœur si ancien du cerf étaient synchronisés avec les miens. Mon pouvoir enfla, solide et sûr de lui, véritable épée dans ma main.

Je levai le bras et fis le geste de trancher, coupant en deux un des mâts du skiff. Les gens bêlèrent de panique et s'éparpillèrent tandis que l'épais morceau de bois tombait sur le pont. Le visage du Darkling trahit enfin son état de choc.

– La Coupe ! lança Ivan, stupéfait, avec un mouvement de recul.

– Restez où vous êtes ! les mis-je en garde.

– Vous n'êtes pas une meurtrière, Alina, dit le Darkling.

– Les Ravkans que je viens de vous aider à massacrer ne seraient sans doute pas de cet avis.

Un sentiment de panique se propagea dans le navire. Les *oprichniki* se méfiaient de moi, ce qui ne les empêcha pas de m'encercler.

– Vous avez vu ce qu'il a fait à ces gens ! criai-je aux gardes et aux Grishas qui m'entouraient. Est-ce le futur auquel vous rêviez ? Un monde de ténèbres ? Un monde refait à son image ? (Je voyais qu'ils doutaient, qu'ils étaient en colère et qu'ils avaient peur.) Il n'est pas trop tard pour l'arrêter ! Aidez-moi ! les suppliai-je. Je vous en prie, aidez-moi !

Personne ne bougea. Soldats et Grishas restèrent figés sur le pont. Ils étaient terrorisés. Terrorisés par lui et par l'idée d'un monde dépourvu de sa protection.

Les *oprichniki* s'approchèrent lentement. Je devais faire un choix ; Mal et moi n'aurions pas de seconde chance.

Qu'il en soit ainsi, pensai-je.

Je regardai par-dessus mon épaule, espérant que Mal comprendrait, et je me précipitai vers le bastingage.

– Ne la laissez pas sauter ! hurla le Darkling.

Les gardes bondirent. Je laissai la lumière m'échapper, nous plongeant dans les ténèbres. Les gens hurlèrent tandis que, au-dessus de nous, les volcras couinaient. Les mains tendues, je touchai le bastingage. Je me faufilai en dessous et sautai dans le vide. Je roulai sur le sable, me relevai et courus sans rien voir vers Mal en projetant un arc de lumière devant moi.

Derrière moi, les volcras entreprirent de massacrer les passagers du skiff. Les flammes des Grishas explosèrent dans les ténèbres. Malheureusement, je ne pouvais pas m'arrêter pour penser aux gens que je laissais derrière moi.

Mon arceau lumineux passa au-dessus de Mal, accroupi dans le sable. Le volcra qui voletait au-dessus de lui hurla et disparut dans les ténèbres. Je rejoignis Mal en courant et l'aidai à se relever.

Une balle souleva un paquet de sable à côté de nous. Je nous replongeai dans les ténèbres.

– Ne tirez pas ! entendis-je le Darkling crier par-dessus le chaos du skiff. Il nous la faut vivante.

Je créai dans le ciel un nouveau dôme de lumière, éparpillant les volcras qui planaient au-dessus de nous.

– Vous ne m'échapperez pas, Alina !

Je ne pouvais pas le laisser nous poursuivre. Je ne pouvais pas prendre le risque de le laisser vivre. Je détestai ce que j'avais à faire. Les autres passagers du skiff ne m'étaient pas venus en aide, mais méritaient-ils pour autant d'être abandonnés aux volcras ?

– Vous ne pouvez pas nous laisser tous mourir, Alina ! beugla le Darkling. Si vous franchissez cette limite, vous savez où cela vous conduira !

Un rire hystérique bouillonna en moi. Je savais. Je savais que cela me rendrait un peu plus comme lui.

– Il y a peu, vous m'avez supplié de faire preuve de clémence, lança-t-il par-dessus le sable mort de la Non-Mer, couvrant les couinements des monstres qu'il avait créés. Est-ce votre idée de la clémence ?

Une autre balle souleva le sable à seulement quelques centimètres de l'endroit où nous nous trouvions. *Oui*, pensai-je comme le pouvoir enflait en moi. *La clémence telle que vous me l'avez enseignée.*

Je levai le bras et l'abattis en décrivant un demi-cercle dans les airs, coupant le skiff en deux avec un craquement de tonnerre qui résonna dans tout le Fold. Des hurlements animaux emplirent l'atmosphère tandis que les volcras se dispersaient.

J'attrapai le bras de Mal et je nous couvris d'une coupole lumineuse. Nous nous hâtâmes, titubant dans les ténèbres. Bientôt, les monstres furent loin derrière nous, et le bruit de la bataille se dissipa.

Nous émergeâmes de la nappe quelque part au sud de Novokribirsk et posâmes donc pour la première fois le pied à Ravka-Ouest. Le soleil de l'après-midi brillait dans le ciel, l'herbe de la prairie était grasse et verte, mais nous ne nous arrêtâmes pas pour profiter du paysage. Même fatigués, affamés, meurtris, nous n'avions d'autre choix que de continuer. Nos ennemis ne prendraient aucun repos.

Nous marchâmes jusqu'à un verger, où nous nous cachâmes en attendant la nuit, de peur de nous faire remarquer. L'air embaumait les pommiers, mais les fruits étaient trop petits et trop verts pour être consommés.

Sous notre arbre, il y avait un seau plein d'eau de pluie croupie, qui nous permit de nettoyer à peu près la chemise maculée de sang de Mal. Il s'efforça de ne pas grimacer en la retirant, mais il ne pouvait pas cacher les blessures laissées par les griffes du volcra sur la peau lisse de ses épaules et de son dos.

À la nuit tombée, nous reprîmes la route en direction de la côte. Je craignis brièvement que nous soyons perdus, mais même en terre inconnue, Mal savait se repérer.

Peu de temps avant l'aube, nous atteignîmes le sommet d'une colline et découvrîmes la grande baie d'Alkhem et les lumières scintillantes d'Os Kervo en contrebas. Nous aurions dû rester à l'écart de la route car celle-ci grouillerait bientôt de marchands et de voyageurs qui ne manqueraient pas d'être intrigués par ce traqueur blessé et cette fille en *kefta* noir. Cependant, nous avions trop envie de voir la Vraie-Mer.

Le soleil se leva dans notre dos, ses rayons roses se reflétant sur les tours fines de la ville et éclatant en une myriade de pépites dorées sur l'eau de la baie. J'avisai le port dans lequel étaient amarrés de grands navires et, au-delà, du bleu, du bleu et encore du bleu. La mer semblait s'étendre à l'infini, jusqu'à un horizon incroyablement lointain. J'avais vu un grand nombre de cartes. Je savais qu'il y avait de la terre de l'autre côté, à des milles et des milles. Il faudrait plusieurs semaines de bateau pour la rallier. Et pourtant, j'avais cette impression vertigineuse de me trouver au bout du monde. Une brise légère soufflait depuis l'océan, charriant une odeur de sel et d'humidité, portant les cris des mouettes.

– C'est tellement… grand, finis-je par dire.

Mal hocha la tête. Puis il me regarda et sourit.

– Une excellente cachette, non ?

Il me passa la main dans les cheveux et retira une de mes barrettes en or. Une de mes boucles emmêlées se déroula dans mon cou.

– Pour acheter des vêtements, dit-il en glissant la barrette dans sa poche.

Ces barrettes, c'est Genya qui me les avait mises la veille. Genya, que je ne reverrais plus jamais. Tout comme les autres. Mon cœur se serra. J'ignorais si Genya avait vraiment été mon amie, mais elle me manquerait.

Mal me laissa un peu à l'écart de la route, cachée dans un ruban d'arbres. Nous avions conclu tous les deux qu'il serait plus sage qu'il entre seul dans Os Kervo, mais j'eus beaucoup de mal à le regarder s'éloigner. Il m'avait conseillé de me reposer un peu, mais lorsque je me retrouvai seule, je fus incapable de trouver le sommeil. Je sentais toujours mon pouvoir gronder au fond de moi, comme un écho de ce que j'avais fait dans le Fold. Sans y penser, je portai la main à mon collier. Je n'avais jamais rien ressenti de tel, et une part de moi avait envie de réitérer l'expérience.

Et les gens que tu as laissés là-bas ? demanda une voix que je m'efforçai de ne pas entendre. Ambassadeurs, soldats, Grishas. Ils étaient pour ainsi dire condamnés. Sauf le Darkling. Pour ce qui le concernait, je ne pouvais être sûre de rien. Avait-il été déchiqueté par les volcras ? Ceux qui avaient été les femmes et les hommes de la vallée de la Tula s'étaient-ils enfin vengés de l'Hérétique noir ? Ou bien était-il en ce moment même en train de me poursuivre sur le sable mort de la Non-Mer, animé par le désir de vengeance ?

Je frissonnai en faisant les cent pas et en sursautant au moindre bruit.

La journée touchant à sa fin, j'étais convaincu que Mal avait été reconnu et capturé. Quand j'entendis des bruits de pas et que je vis sa silhouette familière émerger d'entre les arbres, je faillis lâcher un sanglot de soulagement.

– Des soucis ? demandai-je en essayant de dissimuler ma nervosité.

– Aucun, répondit-il. Jamais vu une ville aussi peuplée. Personne n'a fait attention à moi.

Il était vêtu d'une nouvelle chemise et d'une veste mal ajustée et portait des habits qui m'étaient destinés : une robe en forme de sac qui devait avoir été rouge dans un passé lointain et un vieux manteau usé couleur moutarde. Il me les tendit et, plein de tact, se retourna, le temps que je me change.

Je m'affairai sur les minuscules boutons noirs de mon *kefta*. Il y en avait des milliers, semblait-il. Quand la soie finit par glisser de mes épaules pour tomber par terre, je me sentis libérée d'un grand poids. Un vent frais printanier me chatouilla la peau et, pour la première fois, je me surpris à espérer que nous soyons réellement libres. Toutefois, je préférai étouffer cette pensée. Tant que je n'aurais pas la confirmation de la mort du Darkling, je ne pourrais respirer normalement.

J'enfilai la robe en laine grossière et le manteau jaune.

– Tu as choisi exprès les vêtements les plus laids que tu as pu trouver ?

Mal me regarda de haut en bas et ne put s'empêcher de sourire.

– J'ai surtout acheté les premiers habits venus. (Son sourire s'évanouit. Il m'effleura la joue et ajouta d'une voix grave et rauque :) Je ne veux plus jamais te voir porter du noir.

– Plus jamais, murmurai-je.

Il enfonça la main dans la poche de son manteau et en sortit une longue écharpe rouge, qu'il noua doucement autour de mon cou, dissimulant le collier de Morozova.

– Voilà, dit-il en souriant de nouveau. C'est parfait.

– Je vais faire comment, moi, quand l'été sera là ? m'amusai-je.

– D'ici là, on aura trouvé un moyen de t'en débarrasser.

– Non ! m'exclamai-je avec une violence qui m'étonna.

Pris de court, Mal eut un mouvement de recul.

– On n'a pas le droit de faire ça, expliquai-je. C'est la seule chance qu'a Ravka de se libérer du Shadow Fold.

C'était la vérité, quoique incomplète. Nous avions bel et bien besoin du collier. Il nous protégerait du Darkling ; il était la garantie de notre retour à Ravka, de notre réussite. Ce que je ne pouvais pas dire à Mal, en revanche, c'était que le collier m'appartenait, que le pouvoir du cerf était en moi et que je n'étais pas certaine de vouloir m'en passer.

Mal m'étudia en fronçant les sourcils. Je repensai aux mises en garde du Darkling, au regard sinistre de Baghra.

– Alina…

J'essayai d'arborer un sourire rassurant.

– On s'en séparera, promis-je. Le moment venu.

Les secondes défilèrent.

– D'accord, acquiesça-t-il avec réserve. (Puis il poussa le *kefta* chiffonné du bout du pied.) Qu'est-ce qu'on fait de ça ?

Je regardai le tas de soie froissée, et un sentiment de colère mêlé de honte enfla en moi.

– Brûlons-le.

Et c'est ce que nous fîmes.

Comme les flammes consumaient la soie, Mal retira une à une les barrettes en or de ma chevelure, libérant mes boucles, qui tombèrent sur mes épaules. Doucement, il écarta mes mèches et m'embrassa sur le cou, juste au-dessus du collier. Quand mes larmes vinrent, il m'attira contre lui et me serra dans ses bras jusqu'à ce que mon *kefta* ne soit plus que cendres.

ÉPILOGUE

Le garçon et la fille se tiennent au bastingage du navire, un vrai navire qui roule et tangue sur les hautes vagues de la Vraie-Mer.

– *Goed morgen, fentomen !* leur crie un matelot en passant à côté d'eux, les bras chargés de cordages.

L'équipage tout entier les appelle les *fentomen*, ce qui signifie « les fantômes » en kerch.

Quand la fille demande pourquoi au maître de manœuvre, celui-ci éclate de rire et lui répond que c'est à cause de leur teint pâle et parce qu'ils restent pendant des heures sur le pont sans rien dire, comme si c'était la première fois qu'ils voyaient de l'eau. Elle sourit et ne lui dit pas la vérité : en réalité, ils scrutent sans arrêt l'horizon de peur de voir apparaître un navire aux voiles noires.

Le *Verloren* dont Baghra avait parlé était parti depuis longtemps, aussi étaient-ils restés cachés dans les taudis d'Os Kervo jusqu'à ce que le garçon troque les barrettes en or contre une traversée dans un autre navire. La ville bruissait de rumeurs concernant ce qui s'était passé à Novokribirsk. Certains accusaient le Darkling, d'autres les Fjerdans et les Shus. D'autres encore affirmaient que les Saints en colère avaient infligé un juste châtiment aux victimes.

On commençait à parler d'événements étranges survenus à Ravka. Il se disait que l'Apparat avait disparu, que des troupes étrangères étaient massées aux frontières, que la Première et la Seconde Armée menaçaient de se faire la guerre, que l'Invocatrice de lumière était morte. Ils attendirent en vain d'apprendre la nouvelle de la mort du Darkling dans la Non-Mer.

La nuit, le garçon et la fille dorment blottis l'un contre l'autre dans les entrailles du navire. Il la serre fort contre lui quand elle fait un énième cauchemar et qu'elle se réveille en sursaut en claquant des dents, les oreilles résonnant encore des cris horrifiés des hommes et des femmes qu'elle a abandonnés sur le skiff éventré, ses membres tout tremblants à cause du souvenir de sa puissance.

– Tout ira bien, lui murmure-t-il dans les ténèbres. Tout ira bien.

Elle a envie de le croire, mais elle a peur de fermer les yeux.

Le vent fait claquer les voiles. Le bateau soupire et craque autour d'eux. Ils sont de nouveau seuls, comme quand ils étaient petits et qu'ils se cachaient des autres enfants, de la si sévère Ana Kuya et des choses qui grouillaient dans le noir.

Ils étaient de nouveau des orphelins et ils n'avaient plus de chez-eux. Mais ils étaient ensemble, et une nouvelle vie les attendait de l'autre côté de la mer.

REMERCIEMENTS

Merci à mon agent, à ma championne, Joanna Stampfel-Volpe. Chaque jour qui passe, je suis reconnaissante de les avoir à mes côtés, elle et la fantastique équipe de Nancy Coffey Literary : Nancy, Sara Kendall, Kathleen Ortiz, Jaqueline Murphy et Pouya Shahbazian.

Noa Wheeler, mon éditrice au regard affûté, croyait en cette histoire et savait exactement comment l'améliorer. Merci également aux gens de Holt Children's et Macmillan : Laura Godwin, Jean Feiwel, Rich Deas et April Ward pour la fabrication ; Karen Frangipane et Lizzy Mason pour le marketing et la publicité. J'aimerais également remercier Dan Farley et Joy Dellanegra-Sanger. Ce livre n'aurait pas pu trouver plus belle maison.

Mes généreux lecteurs, Michelle Chihara et Josh Kamensky, m'ont prêté leurs cerveaux extraordinaires et ont fait preuve d'un enthousiasme et d'une patience à toute épreuve. Merci aussi à mon frère Shem pour son art et ses câlins à distance, à Miriam « Sis » Pastan, Heather Joy Kamensky, Peter Bibring, Tracy Taylor, les Apocalypsies (en particulier Lynne Kelly, Gretchen McNeil et Sarah J. Maas, qui fut la première à publier une critique de mes œuvres), et à mes camarades du WOART Leslie Blanco et Dan Moulder.

J'accuse Gamynne Guillote d'avoir encouragé ma mégalomanie et mon amour des méchants, Josh Minuto de m'avoir fait découvrir la fantasy épique et apprécier les héros, et Rachel Tejada d'avoir passé tant de soirées à regarder des films avec moi. Hedwig Aerts, reine pirate comme moi, a, quant à elle, passé de longues heures nocturnes à taper mon texte. Merci à Erdene Ukhaasai qui a diligemment traduit du russe et du mongol pour moi sur Facebook. Merci à Morgan Fahey pour les cocktails, la conversation et la fiction, et à Dan Braun et Michael Pessah de m'avoir donné le rythme.

De nombreux ouvrages m'ont inspiré Ravka, m'ont aidé à lui donner vie, dont *Natasha's Dance : A Cultural History of Russia*, d'Orlando Figes, *Land of the Firebird : The Beauty of Old Russia*, de Suzanne Massie, et *Russian Folk Belief*, de Linda J. Ivanits. Enfin, un grand merci à ma famille : à ma mère, Judy, qui n'a jamais perdu la foi et a été la première à commander son *kefta* ; à mon père, Harve, mon roc, celui qui me manque tous les jours ; à mon grand-père, Mel Seder, qui m'a appris à aimer la poésie, à chercher l'aventure et à donner des coups de poing.

La quête d'Alina et Mal
continue dans

GRISHA

2. LE DRAGON DE GLACE

DÉJÀ EN LIBRAIRIE